Jayne Ann Krentz, la reine du roman populaire aux États-Unis, a fait ses études en Californie. Après avoir suivi des cours d'histoire, elle obtient un diplôme de bibliothécaire, métier qu'elle exerce à la Duke University, avant de se consacrer entièrement à l'écriture. Jayne Ann Krentz commence à écrire dans les années 70 dans des genres très différents et signe sous de nombreux pseudonymes. C'est avec ses romans féminins qu'elle connaît un très grand succès. Parmi la cinquantaine de romans qu'elle a écrits, 21 sont sur la liste des best-sellers du *New York Times* et plus de 20 millions d'ouvrages ont été vendus aux États-Unis et dans le monde.

Une dizaine de ses livres ont été traduits en français : *Coup de folie* (Pocket, 1998), *Passionnément, à la folie* (Belfond, 1999), *Un mariage blanc* (J'ai lu, 1999) ou encore *Les yeux de l'amour* (Belfond, 2001) et *Le feu aux poudres* (Belfond, 2001).

LA MAISON DE VERRE

DU MÊME AUTEUR

CHEZ POCKET

PASSIONNÉMENT, À LA FOLIE
COMME UNE EAU DORMANTE

JAYNE ANN KRENTZ

LA MAISON DE VERRE

Traduit de l'américain par Michel Ganstel

BELFOND

Titre original :
SHARP EDGES
publié par Pocket Books, a division of
Simon & Schuster Inc., New York.

Ce livre est une œuvre de fiction. Les noms, les personnages, les lieux et les événements sont le fruit de l'imagination de l'auteur ou utilisés fictivement. Toute ressemblance avec des personnes réelles, vivantes ou mortes, des événements ou des lieux serait pure coïncidence.

ISBN 2-266-12029-8

Pour Linda Marrow, ma directrice littéraire,
qui sait comment une bonne intrigue doit être bâtie.
Mille mercis.

« Créé dans et par le feu, ni solide ni liquide, capable aussi bien de propager la lumière que de la réfléchir, le verre apporte la preuve que la magie existe dans le monde. »

Extrait de l'introduction
au *Catalogue du musée Leabrook*
par Eugenia Swift, conservateur en chef

« Le meilleur verre est celui qu'on remplit d'une bonne bière bien fraîche. »

Cyrus Chandler Colfax,
détective privé

par Fergus Swift, conservateur en chef

PROLOGUE

Trois ans plus tôt…

Hadès poursuivait Perséphone qui fuyait les Enfers en emportant les germes du printemps. Le visage du dieu des Ténèbres exprimait un tel désarroi que Cyrus Chandler Colfax en fut ému.

Il savait si bien ce qu'éprouvait le pauvre diable qu'il aurait voulu pouvoir lui donner de bons conseils. Une compagnie féminine est toujours agréable, bien sûr, surtout dans un endroit aussi lugubre que ce royaume souterrain. On aime avoir quelqu'un à qui parler, quelqu'un qui veut bien rire de vos mauvaises plaisanteries, quelqu'un avec qui partir en vacances – à condition qu'on puisse en prendre. Quelqu'un qui saurait même que le thon en boîte peut servir à faire autre chose que des sandwichs.

Mais à quoi bon avoir une femme qui ne veut pas de vous ?

Penché vers le dieu en proie au désespoir, Cyrus lui parla par la pensée : *Ne regrette pas cette garce. Elle faisait sûrement semblant de prendre son plaisir avec toi*. Il était bien placé pour le savoir, lui. Katy avait beau simuler ses orgasmes à la perfection, il n'en était pas dupe.

— Admirable, n'est-ce pas ? commenta Damien March avec un sourire qui dévoila ses dents blanches dans la pénombre. Rome, IVe siècle. L'âge d'or du travail du verre dans l'Antiquité, ajouta-t-il d'un ton suffisant.

— Hmm, ajouta simplement Cyrus.

Il n'écoutait déjà plus. En temps normal, Damien l'exaspérait. Quand il pontifiait, c'était bien pire.

Sous le pinceau lumineux qui l'éclairait d'en haut, la coupe brillait de cent nuances allant de l'ambre sourd à l'ocre éclatant. Les flammes de l'enfer ont-elles ces couleurs ? se demanda Cyrus. Les personnages étaient gravés avec tant d'habileté et leurs postures si naturelles qu'ils avaient l'aspect d'êtres vivants figés pour l'éternité dans un bloc de matière translucide. Mais c'était moins la perfection de l'objet sous ses yeux que son caractère antique qui troublait Cyrus. Savoir que cette fragile coupe de verre avait traversé près de dix-sept siècles sans dommage lui donnait la chair de poule.

— Notre client l'a acquise dans une vente aux enchères très particulière, déclara Damien qui émergea de l'ombre pour se poster derrière la vitrine. Aucun enchérisseur ne connaissait l'identité des autres ni même celle du vendeur. L'affaire était menée dans un secret total afin de garantir l'anonymat de tous les participants.

— Voulez-vous dire que cette vente était illégale ? s'étonna Cyrus.

— Illégale ? répondit Damien, amusé. Comment l'aurait-elle pu ? Les experts du monde entier vous diront que la coupe Hadès a disparu depuis belle lurette. La dernière trace de son existence remonte au début du siècle dernier, et tout le monde s'accorde à penser qu'elle a été détruite à l'époque victorienne. En réalité, elle a changé de mains à plusieurs reprises depuis lors, mais avec discrétion.

— Elle a donc passé tout ce temps dans des collections privées ?

— La rumeur fait état de sa présence de temps à autre sur le marché clandestin des œuvres d'art. La rareté de ses apparitions lui a d'ailleurs valu une certaine renommée.

Fasciné, Damien March se penchait vers la coupe. La lumière du spot qui se reflétait sur sa chevelure prématurément argentée soulignait la finesse aristocratique de ses traits.

— Quel genre de renommée ? demanda Cyrus.

Le sourire condescendant qui l'agaçait de plus en plus depuis des semaines reparut sur les lèvres de Damien.

— Selon la légende, chacun de ses changements de propriétaire s'accompagne d'une mort. Rien d'inhabituel pour une œuvre aussi ancienne, ajouta-t-il en voyant la moue sceptique de Cyrus. Les objets de cette nature sont souvent chargés d'un certain pouvoir magique. Seuls le perçoivent ceux qui y sont sensibles.

Devant l'attention passionnée avec laquelle Damien contemplait la coupe, Cyrus éprouva un sentiment de malaise qui ne devait rien à l'objet lui-même ni à ses prétendus pouvoirs.

— Allons donc, March ! Ne me dites pas que vous croyez à ce genre de superstition absurde.

— Cette coupe est mal connue, vous savez, répondit-il sans relever le défi. Aucun expert n'a pu l'examiner, puisqu'elle a toujours été conservée dans des collections privées. Il est impossible, par exemple, de dire avec précision comment les Anciens s'y sont pris pour obtenir ces couleurs extraordinaires. Ont-ils mêlé de l'or ou d'autres métaux au verre en fusion ? L'effet a-t-il été le résultat du simple hasard ?

Cyrus connaissait ses limites dans le domaine de l'art : au sein de l'agence March & Colfax Security, c'était Damien qui faisait seul autorité en la matière. Il ne pouvait cependant admettre que la beauté de la coupe soit due au hasard. Le soin extrême apporté à son exécution, le souci de la perfection jusque dans les moindres détails étaient trop évidents, même aux yeux d'un profane tel que lui.

— Je ne crois pas que le hasard y soit pour quelque chose, se borna-t-il à dire sèchement.

— Vraiment ? répondit l'autre avec un ricanement dédaigneux.

Le début de la semaine marquait les six mois d'existence de l'agence March & Colfax. Cyrus savait qu'elle ne durerait pas six mois de plus. En dépit de ce que pensait Katy, son association avec Damien March avait été une erreur. Bien sûr, s'était-il dit, il n'est pas indispensable qu'un associé soit un ami intime pour travailler correctement avec lui. Il s'était pourtant vite rendu compte que Damien March lui inspirait non seulement de l'antipathie mais une méfiance croissante.

Comme aimait dire Beauregard Lancelot Colfax, son cher grand-père, on ne se met pas en affaires avec un type auquel on ne fait pas confiance plus loin qu'on ne peut pisser...

Certes, Damien lui avait ouvert les portes de ces milieux fermés dont la fortune et le pouvoir constituent les seuls critères. Leur association fonctionnait donc bien, en apparence du moins. March savait côtoyer avec aisance les riches et les puissants, les séduire, décrocher de juteux contrats. De son côté, Cyrus tenait sans peine le rôle qu'il s'était assigné. Il possédait l'instinct, l'expérience et la ténacité nécessaires pour mener ses missions de manière à satisfaire la clientèle.

La livraison de la coupe Hadès en mains propres représentait le plus gros contrat décroché jusqu'alors par l'agence March & Colfax. Le richissime collectionneur qui avait engagé ses services exigeait la discrétion absolue afin que son acquisition demeure ignorée des milieux du marché de l'art, encore plus de la presse. Aussi était-il prêt à payer très cher la protection de son anonymat.

N'étant pas homme à revenir sur ses engagements, Cyrus savait donc qu'il ne pouvait mettre un terme à son association avec March avant d'avoir rempli leur contrat. Sa contemplation de l'antique objet l'affermissait pourtant dans sa décision : la coupe à peine livrée au mystérieux milliardaire texan, il interromprait sur-le-champ les activités de l'agence et reprendrait son indépendance. De toute façon, il n'avait jamais eu d'atomes crochus avec les snobs aux prétentions artistiques.

Katy serait folle furieuse, bien entendu : elle avait toujours rêvé d'évoluer grâce à Damien dans les cercles huppés qu'il fréquentait. Mais, comme disait bon-papa Beauregard, certains rêves coûtent trop cher pour se donner ne serait-ce que la peine d'y penser.

— La coupe Hadès a par ailleurs des propriétés intéressantes, poursuivit Damien sur le même ton pédant. Éclairée sous certains angles, elle change de couleur jusqu'à paraître littéralement modelée dans des flammes. Voyez, par exemple, ce qu'elle devient quand j'incline le spot de manière à réfléchir la lumière.

Cyrus ne put retenir une exclamation de surprise. La coupe avait pris une teinte rouge sombre. La couleur du sang, pensa-t-il malgré lui.

Damien lâcha le spot et recula de nouveau dans l'ombre.

— Il est temps de nous mettre en route, déclara-t-il en relevant avec affectation la manchette de sa chemise de soie italienne pour consulter sa montre suisse en or massif. Notre riche ami texan doit sûrement attendre notre arrivée avec une vive impatience.

Cyrus vérifia l'heure à sa propre montre de bazar, dont le cadran s'ornait d'un perroquet au plumage assorti aux couleurs criardes de sa chemise hawaiienne.

— Nous ne sommes pas en retard, se borna-t-il à répondre.

— Dans la vie comme en affaires, dit Damien avec un de ses sourires crispants, il faut toujours savoir choisir le bon moment.

— Hmm, grogna Cyrus. Mon grand-père disait quelque chose dans ce genre-là.

Ce ne fut que deux heures plus tard, lorsque la balle le frappa dans le dos, que Cyrus comprit à quel point il avait eu tort de ne pas tenir compte de cette sage vérité : c'était la veille qu'il aurait dû rompre son association avec Damien March, eut-il le temps de se dire avant d'être projeté à terre par la puissance de l'impact. Mais ses regrets étaient bien tardifs : le projectile avait déjà traversé son épaule gauche, et un flot de sang éteignait les couleurs chatoyantes de sa chemise hawaiienne.

Il avait au moins une consolation, car il savait que la balle aurait dû lui fracasser la colonne vertébrale au lieu de lui perforer l'épaule. Seul son instinct l'avait poussé à s'écarter de la trajectoire en l'alertant du danger une fraction de seconde auparavant. Cet instinct de chasseur, que son grand-père lui avait inculqué dès l'enfance, lui avait plus d'une fois sauvé la vie.

Cyrus survécut à sa blessure. Mais, quand il se réveilla le lendemain à l'hôpital, ce fut pour découvrir qu'en une nuit son univers avait été bouleversé de fond en comble.

Katy, sa femme, était morte. Victime d'un prisonnier évadé, armé et dangereux qui, selon la version de la police, l'avait tuée pour lui voler sa voiture.

Damien March avait disparu après avoir fait main basse sur les liquidités de March & Colfax Security, ce qui laissait l'agence au bord de la faillite.

Quant à la coupe Hadès, elle s'était purement et simplement volatilisée.

1

Eugenia Swift dut épuiser ses réserves de maîtrise de soi afin de ne pas exploser :

— Pour l'amour du ciel, Samantha, j'ai besoin de tout sauf d'un garde du corps !

Samantha Leabrook lui décocha le sourire confiant de ceux qui exercent depuis toujours une autorité indiscutée.

— Simple précaution, Eugenia. C'est une mesure de prudence élémentaire, comme de boucler sa ceinture de sécurité en voiture.

— Ou de se faire vacciner contre la grippe, ajouta Cyrus Chandler Colfax avec un sourire plein de bonne volonté.

La main d'Eugenia se crispa sur le bristol d'invitation au gala annuel de la Fondation du musée Leabrook, tout juste sorti des presses. Quelle peine encourt-on, se demanda-t-elle, pour le meurtre par strangulation d'une espèce d'ours en chemise hawaiienne, pantalon kaki et mocassins indiens ? En voyant le corps du délit, aucun jury n'aurait la cruauté de la condamner…

Colfax parlait peu ; il se contentait à l'évidence d'attendre que la discussion suive son cours. Eugenia avait d'ailleurs compris son plan aussi clairement que s'il lui en avait fait lire le scénario : une fois que Samantha l'aurait épuisée à l'usure, il interviendrait pour lui donner le coup de grâce.

Avec sa chemise aux ramages criards bleus, verts et orange, il aurait dû être hors de son élément dans le cadre feutré de son luxueux bureau aux boiseries de chêne. Malheureusement, constatait-elle avec dépit, il ne paraissait pas déplacé le moins du monde. Et, si son allure jurait affreusement avec le décor, c'était le décor qui donnait une impression de préciosité artificielle.

Eugenia ne se laissait pas abuser par la chemise hawaiienne de Cyrus Colfax et son affectation de pesanteur taciturne. Elle ne se fiait jamais aux apparences et savait voir sous la surface, faculté précieuse dans l'évolution de sa carrière au musée Leabrook dont elle avait été conservateur adjoint, avant d'en devenir conservateur en chef.

Dès le début de l'entretien, elle avait senti que Cyrus Colfax lui donnerait du fil à retordre. Sous son accoutrement trop voyant et son apparente placidité, Eugenia avait deviné la ruse, l'obstination, l'intelligence instinctive d'un justicier du Far West. Il avait même des mains d'ange exterminateur, telles qu'elle se les imaginait du moins, à la fois puissantes et fines, sensibles et impitoyables. Il avait surtout une présence impossible à ignorer. Là où il se trouvait, il occupait l'espace ou, plutôt, il le dominait.

Il avait environ trente-cinq ans, estimait-elle, bien que ce fût difficile à déterminer, car sa physionomie était de celles qui s'affirment très tôt et ne changent guère avec l'âge. On discernait quelques fils gris dans sa chevelure brune, mais rien d'autre ne trahissait le passage du temps. Sûrement pas au niveau de la taille, en tout cas, aussi ferme et plate que celle d'un jeune athlète. C'étaient toutefois ses yeux qui la troublaient le plus : d'une rare nuance de vert, lisses, impénétrables, ils semblaient taillés dans un bloc de cristal.

Agacée, Eugenia jeta le bristol froissé dans la corbeille à papier et se croisa les mains sur son bureau. Elle était sur son territoire, après tout, c'était à elle de diriger la conversation comme elle l'entendait.

— Cette idée de garde du corps est inutile, déclara-t-elle avec autorité. De toute façon, je suis censée aller là-bas en vacances.

— Des vacances studieuses, lui rappela Samantha.

Eugenia savait que la bataille était perdue d'avance, mais sa nature n'admettait pas de capituler sans avoir lutté jusqu'au bout. Elle était conservateur en chef du musée, soit, mais Samantha était présidente et fondatrice de la Fondation Leabrook qui finançait le musée. C'était donc à Samantha que le dernier mot revenait de plein droit.

La plupart du temps, elle entretenait avec Eugenia des rapports parfaitement harmonieux. Septuagénaire délicate et raffinée, dotée d'un cœur d'or et d'une volonté d'acier trempé, ainsi que d'une fortune considérable et d'une énergie infatigable au service des bonnes causes, Samantha inspirait à tous ceux qui l'approchaient un affectueux respect. Elle appréciait à leur juste valeur l'intelligence et les capacités d'Eugenia à qui elle avait donné carte blanche pour la gestion du musée, décision dont elle ne pouvait que se féliciter : sous son impulsion, le musée s'était dépouillé de son image vieillotte pour devenir un des leaders mondiaux dans le domaine spécialisé, jusqu'alors mal connu, de la sculpture en verre ancienne et contemporaine.

Il était donc pour le moins inhabituel de la part de Samantha Leabrook d'interférer dans les décisions d'Eugenia Swift. Qu'elle le fasse ce jour-là indiquait à quel point l'affaire lui tenait à cœur.

— J'aurais la conscience beaucoup plus tranquille si M. Colfax vous accompagnait à l'île de Frog Cove, reprit-elle. Puisqu'il est question d'un meurtre...

— Pour la dernière fois, Samantha, il n'en a jamais été question ! l'interrompit Eugenia. L'enquête de police a conclu à une mort accidentelle. Adam Daventry s'est brisé les vertèbres cervicales en faisant une chute malencontreuse dans son escalier.

— L'avocat chargé de la succession Daventry m'a téléphoné il y a une heure, répondit Mme Leabrook. Les exécuteurs testamentaires tiennent à ce que M. Colfax fasse toute la lumière sur ce décès.

— Eh bien, qu'il enquête ! répliqua Eugenia. Pourquoi devrais-je m'en mêler d'une manière ou d'une autre ?

— Ces gens souhaitent la plus grande discrétion, intervint Cyrus.

Eugenia décocha un regard peu amène à sa chemise aux couleurs éclatantes :

— Sans vouloir vous vexer, monsieur Colfax, vous ne me donnez pas l'impression d'être un modèle de discrétion.

— J'ai d'autres talents cachés, répondit-il en souriant.

— Vous savez fort bien les dissimuler, dans ce cas.

— Voyons, Eugenia, vous vivrez un vrai roman d'espionnage ! s'exclama Samantha avec enthousiasme. Une enquête clandestine ! Ne serait-ce pas follement amusant ?

— Absolument pas, rétorqua Eugenia. J'ai lu tous les articles parus sur la mort de Daventry, aucun ne fait état du moindre soupçon. S'il y en avait eu, la presse se serait jetée dessus.

— Je suis obligée de vous rappeler, Eugenia, que plus vite les exécuteurs testamentaires de la succession Daventry auront satisfaction, plus vite notre fondation pourra transférer la collection dans notre musée, déclara Samantha d'un ton qui n'admettait pas de réplique.

Elle avait raison et Eugenia le savait. Adam Daventry avait légué sa fabuleuse collection de sculptures en verre au musée Leabrook. Après s'être essentiellement intéressé aux œuvres classiques et modernes, du XVIIe au XXe siècle, il avait commencé, quelques mois avant sa mort, à acquérir des pièces beaucoup plus anciennes, d'une grande rareté. Eugenia aurait été aussi impatiente d'en prendre possession que les administrateurs de la fondation si elle n'avait eu, en réalité, une autre raison de vouloir se rendre dans l'île de Frog Cove.

La mort d'Adam Daventry avait fait la une de la presse régionale. D'abord parce qu'il était le dernier descendant d'une dynastie, célèbre dans tout le Nord-Ouest, ayant bâti sa fortune sur les exploitations forestières avant de l'accroître dans l'armement maritime. Ensuite, parce qu'il s'était installé cinq ans plus tôt dans une île où il avait fondé une colonie d'artistes. Frog Cove était vite devenue un but d'excursion pour les habitants de Seattle, les touristes de passage et les amateurs d'art. Le festival des Arts plastiques et les journées « ateliers portes ouvertes », qui s'y tenaient tous les ans au mois de juin, avaient vite acquis une large renommée et attiraient des foules considérables.

Si Daventry avait volontiers associé son nom à la colonie artistique et au festival annuel, il avait toujours tenu, en revanche, à préserver le secret de sa vie privée. Les rares photos de lui publiées dans la presse montraient un élégant quadragénaire svelte et brun, au regard de braise et au charme ténébreux, sinon vénéneux. Eugenia avait fait sa connaissance six mois auparavant, lorsqu'il était venu à Seattle la consulter à titre professionnel. Elle s'était vite rendu compte que, s'ils partageaient la même passion pour le verre, ils n'avaient aucune autre affinité sur le plan personnel. Un seul mot lui était venu à l'esprit pour le décrire, celui de *vampire*.

— Je ne comprends vraiment pas pourquoi vous en faites une telle montagne, Eugenia, déclara Samantha. Vous ne vous gênerez pas l'un l'autre le moins du monde. L'avocat m'a précisé que la résidence de Daventry, la Maison de Verre, est très spacieuse. Elle comporte plusieurs étages, des chambres et des salles de bains en quantité. Elle est même assez vaste pour que la succession envisage de la vendre à une chaîne d'hôtels de luxe. La cuisine est la seule pièce que Cyrus et vous devrez partager.

— Rassurez-vous, mademoiselle Swift, intervint ce dernier. J'apporterai mes provisions et je préparerai mes repas moi-même.

Eugenia feignit de n'avoir pas entendu.

— Personne ne vous empêche d'aller dans l'île de Frog Cove, monsieur Colfax. Ce que je conçois mal, c'est la raison pour laquelle vous devriez vous installer avec moi dans cette Maison de Verre, même si elle est assez vaste pour devenir un hôtel.

— Parce que j'aurai besoin d'y accéder en permanence, mademoiselle Swift. Je dois, entre autres choses, examiner les papiers et les dossiers de Daventry. Une enquête soigneuse prend du temps. La solution la plus simple sera donc de résider sur place.

— Rien de plus logique, approuva Samantha.

Mme Leabrook raffolait des romans policiers, Eugenia ne l'ignorait pas. À l'évidence, la perspective de se trouver impliquée dans une enquête criminelle, même par procuration, l'émoustillait.

— J'ai une mission précise à accomplir dans l'île, vous me l'avez vous-même rappelé, Samantha, déclara Eugenia. Je dois procéder à l'inventaire de la collection et veiller à son emballage et à son expédition à Seattle. Je n'aurai pas le loisir de jouer les fidèles assistantes.

— Mais il n'est pas question que vous collaboriez avec M. Colfax ! protesta Samantha. Il a seulement besoin d'une… comment dit-on, déjà ? D'une couverture pour travailler dans de bonnes conditions.

— Pourquoi diable doit-il s'entourer de tant de secret ? répliqua Eugenia. Pourquoi ne pas dire franchement qu'il enquête sur la mort de Daventry à la demande des exécuteurs testamentaires ?

— Parce que je dois agir avec discrétion, je viens de vous le dire, répondit Cyrus. La population de l'île est restreinte, elle a une mentalité insulaire. Il est peu probable que les habitants parlent sans réticence à un enquêteur, s'ils savent qui il est et la raison de sa présence.

— M. Colfax ne vous gênera pas dans votre propre travail, j'en suis sûre, affirma Samantha avec un sourire rassurant.

Plus elle observait Cyrus, plus Eugenia était certaine du contraire. Nul ne pouvait ignorer la présence d'un homme tel que lui – ses chemises à elles seules le rendaient par trop encombrant.

Dans des circonstances normales, à vrai dire, sa compagnie ne lui aurait pas posé de sérieux problèmes. Elle l'aurait parfois agacée, sans plus. Ainsi que Samantha l'avait précisé, la maison était assez vaste pour que chacun réussisse à préserver son intimité. Sauf que les activités auxquelles Eugenia entendait se livrer dans l'île ne pouvaient pas être qualifiées de normales. Elle avait, elle aussi, un programme bien défini, programme n'ayant rien à voir avec le seul inventaire de la collection Daventry.

Vingt-quatre heures après la chute mortelle d'Adam Daventry dans son escalier, Nellie Grant, la dernière en date de ses nombreuses maîtresses, s'était noyée en tombant de son bateau. Les recherches n'avaient pas permis de retrouver son corps. Selon les conclusions de l'enquête officielle, la mer était forte ce jour-là, et Nellie, qui avait commis l'imprudence de ne pas porter de harnais de sécurité, aurait été balayée par une lame dans les eaux glaciales du Puget Sound. Pour certains, elle se serait suicidée de désespoir à la mort de son amant.

Eugenia ne croyait ni au suicide ni à l'accident, Nellie était une navigatrice expérimentée. Faute d'une explication plus logique, elle voulait au moins éclaircir les circonstances du drame pour le repos de sa conscience. Afin de pouvoir mener sa propre enquête à sa guise, elle avait absolument besoin d'avoir les mains libres.

Car c'était elle qui avait présenté Nellie à Adam Daventry. À tort ou à raison, Eugenia se considérait donc comme responsable de sa mort : si Nellie n'avait pas connu Daventry, elle ne serait jamais allée dans l'île et elle serait sans doute encore en vie.

— M. Colfax pourrait très bien se rendre dans l'île en touriste, suggéra-t-elle d'un ton qu'elle espéra persuasif. Il visiterait les galeries d'art, ferait parler le personnel des tavernes. N'est-ce pas ainsi que s'y prennent les *vrais* détectives lorsqu'ils veulent soutirer des renseignements aux gens ? ajouta-t-elle d'un ton sarcastique.

Colfax ne cilla même pas sous l'insulte. Mais Samantha, ulcérée, vola à son secours :

— M. Colfax est un professionnel hautement qualifié ! protesta-t-elle. Son agence, Colfax Security, a déjà deux bureaux sur la côte Ouest, dont un à Portland.

— Nous projetons même d'en ouvrir un autre à Seattle d'ici à la fin de l'année, précisa Cyrus.

— Félicitations, dit Eugenia avec ironie. Mais, dites-moi, pourquoi les avocats de la succession Daventry soupçonnent-ils la mort d'Adam de ne pas être accidentelle ?

— Ils estiment que les autorités locales ont bâclé l'enquête et qu'elle doit être approfondie. Ils souhaitent obtenir un avis objectif et désirent que ce soit fait discrètement, voilà tout.

— Mais, enfin, si crime il y a eu, quel en serait le mobile ?

— Je n'en ai aucune idée, répondit Cyrus.

— Par conséquent, vous n'avez aucun suspect non plus ? Aucun début de piste ?

— Aucun.

— Écoutez, monsieur Colfax, vous demandez au musée de vous procurer une couverture pour mener votre enquête. Soit. Dites-moi alors comment nous devrons nous y prendre. Quel prétexte suis-je censée invoquer pour expliquer que je passe mes « vacances » seule avec vous dans une maison qui ne nous appartient pas ?

— Présentez-le comme votre assistant, déclara aussitôt Samantha.

Eugenia en resta un instant sans voix.

— Mon *assistant* ? Personne au monde ne prendra une seconde M. Colfax pour un membre du personnel d'un musée, Samantha, je vous prie de me croire !

— Serait-ce la faute de ma chemise ? s'enquit Cyrus d'un air faussement contrit.

Eugenia ne daigna même pas relever.

— Qu'il ait une présentation un peu… excentrique, je l'admets, soupira Samantha. Nous pourrions alors le faire passer pour un reporter chargé de photographier la collection Daventry. Comme beaucoup d'artistes, les photographes arborent souvent des tenues non conventionnelles.

— Ce serait trop compliqué, intervint Cyrus. Je serais obligé de me munir d'un équipement dont je ne saurais même pas me servir. Et, si je rencontrais un vrai photographe qui veuille parler boutique, je serais grillé en deux minutes.

— Nous ne nous en sortirons jamais ! gémit Eugenia.

— Ne vous découragez pas, enchaîna Cyrus. Il m'est venu une idée qui devrait marcher, je crois.

— Que le ciel me protège, murmura Eugenia. Laquelle ?

— Allons dans l'île en couple.

Elle le dévisagea, interloquée :

— En couple de quoi ? demanda-t-elle enfin.

— C'est une merveilleuse idée, monsieur Colfax ! s'exclama Samantha, ravie.

Eugenia reprit lentement son souffle :

— Un couple ? Attendez ! Vous voulez parler de… *vous* et *moi* ?

— Et pourquoi pas ? répondit Cyrus d'un air innocent. Ce serait le meilleur prétexte pour séjourner seuls dans cette maison.

— Oh ! Mais vous n'y serez pas seuls, intervint Samantha. Il y a sur place une sorte de majordome, un certain Leonard Hastings m'a dit l'avocat. La succession le garde pour veiller sur la collection.

Eugenia reconnut le nom de l'expéditeur du colis d'effets personnels de Nellie Grant, renvoyés à Seattle après sa disparition.

— Ce n'est plus seulement grotesque, nous sombrons dans l'absurde ! déclara-t-elle. Il faudrait être aveugle pour ne pas se rendre compte que cette idée ne tient pas debout.

— Je ne suis pas de votre avis, Eugenia, dit Samantha. L'idée de M. Colfax me plaît beaucoup.

— Elle est simple, surtout, renchérit Cyrus. J'ai toujours pensé que la simplicité était la clé de la réussite.

En dépit des apparences qu'il se donnait, Colfax était tout sauf simple, Eugenia en était désormais intimement persuadée.

— Simple ? Dites plutôt simpliste, grommela-t-elle.

Leurs regards se croisèrent un instant. Eugenia retint à grand-peine un frisson. Alors même qu'elle croyait l'avoir percé à jour, il l'avait déjà jaugée et évaluée, et il était déterminé à ce qu'elle ne découvre de lui rien de plus qu'il ne lui plairait de dévoiler.

À nous deux, Monsieur Colfax, pensa-t-elle sombrement. Vous n'êtes pas le seul à savoir jouer à ce petit jeu.

— Vous n'espérez quand même pas que je puisse travailler dans de pareilles conditions, Samantha ! s'écria-t-elle dans une dernière tentative d'échapper à l'inéluctable.

— Sornettes ! rétorqua Samantha. Auriez-vous perdu le goût de l'aventure ? Si je n'avais pas autant d'engagements ici au cours des semaines à venir, je serais tentée d'y partir à votre place.

Pour rien au monde Eugenia n'aurait cédé sa place à quiconque, même à Samantha Leabrook. Mais elle avait absolument besoin de pouvoir accomplir ses propres projets et ce qu'elle avait découvert de Colfax depuis moins d'une heure lui donnait tout lieu de craindre qu'il ne soit pas le genre d'homme à se laisser ignorer.

— Et si je refusais de coopérer à cette mauvaise farce, voulut-elle savoir, que se passerait-il ?

— Je serais tenu d'en informer les exécuteurs de la succession, répondit Colfax avec un sourire bienveillant.

Elle attendit la suite, qui ne vint pas.

— Eh bien ? insista-t-elle. C'est tout ?

— Sans doute pas. Il est vraisemblable que l'attitude inamicale du musée Leabrook incitera les avocats à ne pas coopérer eux non plus. Une bonne équipe juridique devrait pouvoir faire traîner le règlement de la succession, disons… quatre ou cinq ans. Peut-être davantage.

Bouche bée, Samantha fut pétrifiée d'horreur.

— Grand Dieu ! s'écria-t-elle enfin. Nous ne pouvons pas prendre un tel risque, Eugenia ! Cette collection est trop précieuse.

— Il bluffe, Samantha. C'est du chantage pur et simple.

Eugenia savait pourtant que Colfax ne bluffait pas. Les procédures à engager coûteraient une fortune à la fondation. Quant à son propre avenir au musée, mieux valait ne pas l'envisager.

— Vous allez trop loin, Eugenia ! protesta Samantha. M. Colfax ne nous menace pas, il se contente de nous expliquer comment les exécuteurs de la succession Daventry réagiraient si nous l'empêchions de faire son enquête. De toute façon, poursuivit-elle avec fermeté, la question ne se pose pas, j'ai déjà donné mon accord à M. Colfax. Et pas seulement pour faire plaisir à la succession Daventry.

— Je sais, je sais, soupira Eugenia. Vous vous inquiétez aussi de mon sort.

— Il ne s'agit pas d'inquiétude, mais de prudence. Si la mort d'Adam Daventry n'était pas accidentelle, il se pourrait fort bien que le crime ait été commis à cause de sa collection. Je ne veux pas vous savoir seule dans cette grande maison avec autant d'objets précieux sous la garde illusoire d'un vieux majordome.

Eugenia comprit que sa défaite était consommée.

— Soit, se résigna-t-elle à admettre. Puisque vous insistez, je ne puis faire autrement que d'accepter cette idée invraisemblable...

— J'en suis ravie, ma chère petite. Je dormirai en paix en sachant que M. Colfax sera là pour veiller sur vous.

— Mais à une condition, enchaîna Eugenia. Moi seule déciderai de notre couverture. Comme nous avons dans ce domaine un choix plus que limité, je choisis la version selon laquelle vous serez mon assistant.

Sa déclaration tomba dans un profond silence.

— Puis-je savoir pourquoi vous préférez cette solution à celle du couple d'innocents vacanciers ? demanda enfin Colfax.

— Je croyais que c'était évident, répliqua-t-elle en lançant un regard appuyé à sa chemise multicolore. J'aurai déjà le plus grand mal à vous faire passer pour mon assistant, je me sentirai tout à fait incapable de convaincre les gens que nous formons un couple.

— Si je comprends bien, dit-il avec un sourire amusé, je ne suis pas précisément votre type d'homme.

— Non, en effet, répliqua-t-elle sèchement. Autre point que je désire éclaircir une fois pour toutes. Je ne connais pas grand-chose à votre métier, mais il m'est arrivé de voir à la télévision que les détectives privés sont toujours armés.

— Je suis un enquêteur professionnel, mademoiselle Swift, pas un privé de série télévisée.

— Si cela veut dire que vous ne vous promenez pas avec un pistolet sur vous, tant mieux. Je refuse catégoriquement de cohabiter avec un inconnu armé. Je déteste les armes à feu.

— Moi aussi, répondit-il avec un léger haussement d'épaules. L'une d'elles m'a valu une fois une expérience désagréable.

À six heures et demie ce soir-là, Eugenia se versa un verre de sauvignon frais qu'elle alla savourer devant la baie vitrée du living. Son appartement se trouvait à un étage élevé d'une tour résidentielle au cœur de la ville. La vue imprenable sur la baie d'Elliott lui avait coûté cher, mais Eugenia ne regrettait pas la dépense.

La contemplation de vastes étendues d'eau avait toujours eu sur elle un effet apaisant.

Les travaux entrepris quatre mois auparavant touchaient à leur fin. Elle avait fait abattre toutes les cloisons, sauf celles de la chambre à coucher et de la salle de bains. L'espace ainsi dégagé était peint en blanc afin de mettre en valeur sa collection personnelle de sculptures en verre, disposées sur des socles éclairés avec soin. Un canapé et des sièges de cuir blanc, des tables de verre et d'acier constituaient tout l'ameublement. Dans ce décor d'une sobriété monacale, la seule touche de couleur était apportée, en dehors des sculptures elles-mêmes, par le mur de la cheminée. Eugenia y tourna un regard pensif.

C'était Nellie Grant qui avait peint exprès pour elle les carreaux ambre et vert. Elle avait vu Nellie pour la dernière fois ici même. Les travaux étaient presque achevés, il ne restait qu'à poser le carrelage autour de la cheminée. Les carreaux étaient encore empilés sur le plancher quand Nellie avait franchi la porte, le lendemain de la mort d'Adam Daventry. Plutôt que d'attendre le ferry qui desservait l'île, Nellie avait pris le cabin-cruiser d'Adam pour faire la traversée et loué une voiture au débarcadère afin de gagner Seattle.

Et elle ne versait certes pas de larmes de désespoir, ce matin-là, sur la mort de son amant !

« Tu avais raison, Eugenia, j'aurais dû t'écouter, avait-elle déclaré en guise d'entrée en matière. C'était un vrai salaud et je suis contente qu'il soit mort. C'est peut-être affreux à dire, mais je suis sincère. Je dois retourner dans l'île cet après-midi chercher le reste de mes affaires, mais après cela je ne veux jamais plus y remettre les pieds. »

Un seul tableau ornait les murs. C'était une œuvre de Nellie, le premier d'une série qu'elle venait de terminer, avait-elle expliqué. Il représentait un vase, œuvre d'un verrier français du XIXe siècle, faisant partie de la collection Daventry. Nellie avait su capturer à merveille la magie de la lumière qui brillait à travers le verre opalescent.

« Daventry disait que, faute d'avoir des enfants dont il me commanderait les portraits, je devais faire ceux de ses œuvres préférées. J'ai eu le temps d'en finir quatre avant qu'il se tue. Maintenant qu'il n'est plus là, je considère qu'ils m'appartiennent. Je te donne celui-ci, Eugenia. Disons que c'est un cadeau pour ta pendaison de crémaillère. Tu as été formidable avec moi, tu m'as encouragée à travailler, je te dois bien cela. »

Nellie désirait avec tant d'ardeur lancer sa carrière artistique que c'était, pensait Eugenia, la raison pour laquelle elle avait si facilement cédé à la séduction de Daventry. Il lui avait fait miroiter la perspective de la présenter à des collectionneurs influents et de l'aider à exposer dans les plus prestigieuses galeries.

Au bout d'un moment, Eugenia vida son verre et décrocha le téléphone posé sur une table basse près du canapé. Elle manipula quelques touches et retrouva en mémoire le numéro personnel d'une de ses amies, Sally Warren, cadre dirigeant de l'agence Mills & Mills chargée d'assurer la sécurité du musée.

L'intuition sur laquelle elle se reposait volontiers pour juger des œuvres d'art l'alertait en ce qui concernait Cyrus Colfax. Cet homme n'était décidément pas le personnage dont il affectait le rôle.

— Sally ? Eugenia. Je voudrais te demander un service.

— Il est près de sept heures du soir ! s'étonna Sally. Tu es encore à ton bureau à une heure pareille ?

— Non, je suis chez moi. Je dois m'absenter à partir d'après-demain et j'aurais besoin de quelques renseignements.

— Tu te décides enfin à prendre des vacances ? Il est grand temps. Je parie que tu ne te souviens même plus de la dernière fois.

— Mais si, voyons ! Je suis allée en Angleterre il y a deux ans.

— Pour y passer ton temps à écumer les musées et les antiquaires ! Bon, je n'insiste pas... Qu'est-ce que je peux faire pour toi ?

— Mills & Mills existe depuis trente ans, n'est-ce pas ? Je suppose que vous devez tout savoir sur vos concurrents de la côte Ouest.

— Je l'espère, du moins. Pourquoi ?

— J'en ai rencontré un aujourd'hui, Cyrus Chandler Colfax. Tu en as entendu parler ?

— Colfax ? répéta Sally avec un évident étonnement.

— Oui. Tu le connais ?

— Pas en personne, seulement de réputation. Je ne le considérerais pas comme un concurrent, en tout cas. Mills & Mills est spécialisée dans la sécurité des musées et des collections privées, Colfax travaille presque exclusivement pour des grands groupes industriels et certains clients triés sur le volet. Son agence est en pleine expansion. On le dit hors de prix.

— Que peux-tu m'apprendre d'autre sur son compte ?

— Une seconde ! Ne me dis pas que Leabrook envisage de nous retirer son budget pour le lui confier !

— Non, bien sûr. Je voudrais simplement que tu récupères le maximum de renseignements à son sujet.

— Je m'y attelle dès demain matin. Puis-je au moins savoir pourquoi tu t'intéresses tellement à Colfax ?

— Parce que je dois passer mes vacances avec lui.

2

Meredith Tasker chassa une mèche de cheveux blonds que le vent rabattait dans ses yeux.

— Sois franc, Cyrus ! Quel chantage as-tu exercé sur Jake pour le faire venir à la remise de diplômes de Rick ? L'as-tu menacé de le dénoncer pour fraude fiscale ? De saboter ses dernières tractations d'affaires ? Ou aurais-tu employé la méthode plus directe d'engager des gros bras pour lui casser la figure ?

La cérémonie venait de se terminer et la foule affluait dans le parking de l'école. Il faisait à Portland, ce jour-là, un beau temps doux et ensoleillé. Les parents d'élèves, les uns en proie au soulagement, d'autres à la résignation, se félicitaient d'avoir survécu à l'épreuve de mener des adolescents jusqu'au seuil fatidique des études supérieures ou de la recherche d'un emploi. Quant aux lauréats eux-mêmes, enivrés de leur sentiment d'immortalité et des perspectives sans limites qui s'ouvraient devant eux, ils faisaient assaut de rires et de cris de joie.

Adossé à sa Jeep vert bouteille, Cyrus observait la scène.

— Je ne vois pas de quoi tu parles, Meredith, répondit-il de son air le plus innocent. Jake n'aurait sûrement pas manqué le jour de gloire de son fils pour tout l'or de la Californie.

— Ce salaud ne s'est même pas montré à l'enterrement de sa mère, sous le prétexte d'une affaire à régler qui exigeait d'urgence sa présence à New York. Ne lui cherche pas d'excuses, je t'en prie ! J'ai été sa femme, je le connais mieux que n'importe qui. Quel moyen de pression as-tu employé pour le faire venir aujourd'hui ?

— Aucun, je t'assure. J'ai simplement demandé à ma secrétaire de lui téléphoner la semaine dernière pour lui rappeler la date.

Cyrus estimait inutile d'ajouter que sa secrétaire n'avait appelé Jake Tasker à son bureau de Los Angeles que pour passer aussitôt la communication à son patron. La conversation entre les deux ex-beaux-frères avait été brève et directe :

— Je ne peux pas y aller, voyons ! avait protesté Jake. J'ai du travail par-dessus la tête, Rick le comprendra !

— Écoute-moi, Tasker. Ou bien tu fais acte de présence à la cérémonie de ton fils, ou bien j'adresse mon prochain coup de téléphone à Harry Pellman. Ton plus gros client, je crois ?

— Oui. Et alors ? Qu'est-ce que tu sais de lui ?

— Beaucoup. Et il me fait entièrement confiance.

Un an auparavant, Cyrus avait réussi à récupérer une précieuse tapisserie flamande du XVIIe siècle volée à la collection Pellman. Le larcin ayant été commis par une maîtresse vindicative, avec laquelle le richissime collectionneur avait rompu depuis peu, une discrétion absolue s'imposait. Dans des situations délicates de ce genre, Colfax Security savait accomplir des miracles.

— Où veux-tu en venir ? s'enquit Tasker avec inquiétude.

— Si je suggère à Pellman de prendre un autre agent de change, il suivra mon conseil et transférera son compte chez un de tes concurrents en moins de dix secondes.

— Tu oserais dire à Pellman de me larguer pour la seule raison que je n'ai pas le temps d'aller à cette ridicule distribution des prix ?

— Je constate avec plaisir que tu m'as tout de suite compris.

— Comme enfant de salaud, Colfax, il n'y a pas mieux que toi !

— Merci, j'ai toujours aimé être le meilleur dans ce que je fais. Je compte te voir ici la semaine prochaine.

Cyrus repoussa le souvenir de cette conversation dans un recoin de sa mémoire et sourit à Meredith d'un air rassurant :

— Il avait sincèrement l'intention de venir, crois-moi.

— Bon, je n'insiste pas, soupira-t-elle. Je me contenterai donc de te dire merci, comme je n'arrête pas de le faire depuis cinq ans. Je ne sais pas ce que je serais devenue sans toi, Cyrus. Je ne pourrai jamais te rendre tout ce que je te dois.

— Tu ne me dois rien du tout, voyons.

— Si, tu le sais très bien. Quand je repense à la manière dont tu as repris les choses en main après que Jake m'a plaquée…

— Rick est mon neveu, l'aurais-tu oublié ? J'avais non seulement le droit mais le devoir de m'en mêler.

— Katy et toi n'avez été mariés que deux ans, dit Meredith. C'est un peu court pour t'imposer des obligations envers sa famille.

— Je l'ai fait parce que j'en avais envie, répondit-il. Pas parce que je m'en sentais obligé, ne l'oublie jamais.

— Rick était si content quand Jake est arrivé tout à l'heure, il ne l'avait pas vu depuis des mois, dit-elle avec amertume. Mais Rick est encore jeune. Quand il se souviendra de son adolescence, il comprendra que c'est toi, pas Jake, qui lui as évité les catastrophes et qui as fait de lui un homme, et il t'en sera reconnaissant. Quand je pense que tu lui as consacré pratiquement toutes tes maigres vacances, sans parler de la plupart de tes week-ends...

Rick et son père se frayaient un chemin à travers la foule. Cyrus les suivit des yeux en se demandant ce qu'il éprouverait si Rick était son fils plutôt que son neveu par alliance.

— N'en parlons plus, Meredith. Je ne demande pas à Rick qu'il me manifeste de la gratitude, c'est plutôt moi qui devrais le remercier des bons moments que nous avons passés ensemble.

Un sourire lui vint aux lèvres au souvenir des week-ends de camping, des descentes de rapides en kayak, des leçons de karaté et de plongeon. Rick et lui avaient fait tout ce que sont censés faire un père et un fils. Lui, il n'avait jamais connu son père, et sa mère était morte d'un accident de voiture quelques mois après sa naissance. Il avait quand même eu de la chance : ses grands-parents l'avaient recueilli et élevé, mieux sans doute que de vrais parents.

À Second Chance Springs, la bourgade où s'étaient écoulées son enfance et sa jeunesse, il n'était pas plus question de cours de karaté que de leçons de plongeon, les Colfax n'en avaient pas les moyens. Mais Beauregard, son grand-père, l'avait emmené à la chasse et à la pêche dès qu'il avait été en âge de marcher. C'est ainsi que Cyrus avait appris à traquer le gibier, à se servir d'un fusil, à survivre dans le désert, à trouver son chemin dans les montagnes sans l'aide d'une carte. Il ne chassait plus, maintenant, mais les leçons de son grand-père n'avaient pas été vaines. Il lui arrivait encore de pêcher quand il en avait le temps. Les longues plages de silence et d'immobilité indispensables au pêcheur lui convenaient. Il n'avait pas besoin d'attraper du poisson pour y prendre plaisir.

Gwen, sa grand-mère, lui avait appris à lire, à cultiver les roses dans le désert – et à accommoder le thon en boîte d'une cinquantaine de manières différentes.

Ses grands-parents lui avaient enseigné beaucoup d'autres choses, infiniment plus importantes mais difficiles à définir par des mots. De ces idées qui vous font passer pour un attardé dans le monde moderne. Des principes sur lesquels se fondait sa personnalité et qui auraient suffi à le dépeindre. Katy n'avait jamais rien compris ni même discerné de son moi profond. Elle était loin d'être la seule, à vrai dire. Personne ou presque ne pouvait se vanter de le connaître.

Pour certains, les enseignements de Beau et de Gwen ne préparaient pas un individu à affronter la vie dans le monde actuel. Cyrus n'était pas de cet avis. Il était convaincu, au contraire, qu'il devait aux leçons de ses grands-parents d'y avoir survécu.

— Ne me dis pas que tu ne t'es occupé de lui que dans les bons moments, Cyrus. Tu étais surtout là dans les mauvais, je ne l'oublierai jamais. Il avait très mal pris le divorce.

— Treize ans est un âge difficile pour subir un choc pareil.

— Il n'y a pas d'âge facile. Il a mal tourné après le départ de Jake. Il passait ses nuits dehors avec des gamins qui se droguaient, qui buvaient. Il devenait invivable, agressif. Il me faisait peur.

— C'est fini, Meredith. Il a terminé ses études avec mention, il entrera à la fac en septembre. Ce n'est plus qu'un mauvais souvenir.

— Grâce à toi, Cyrus. Quand je repense à cet appel de la police au milieu de la nuit pour me dire qu'il était en état d'arrestation, j'en tremble encore.

Cette nuit-là, seule, paniquée, désespérée, Meredith s'était tout naturellement tournée vers Cyrus. C'est lui qui avait couru extraire Rick de la situation dangereuse où il se trouvait impliqué par la conjugaison d'excès de vitesse, d'alcool et de la fréquentation d'une bande de gamins livrés à eux-mêmes qui se prenaient pour des adultes.

Rick avait accueilli son sauveteur avec méfiance et hostilité :

— Pourquoi tu es venu me chercher ? C'est ma mère qui aurait dû venir, pas toi.

— Je suis ton oncle.

— Tu parles ! Tu as épousé tante Katy il y a six mois. Tu me connais à peine.

— Raison de plus pour faire connaissance, avait répondu Cyrus en ouvrant la portière de sa voiture. Monte.

— Non, je prendrai le bus pour rentrer.

Cyrus n'eut pas besoin d'élever la voix :

— Il est deux heures du matin, il n'y a pas de bus. Monte en voiture. Tu as causé assez d'inquiétude à ta mère pour cette nuit.

Le garçon hésita, prêt à se rebeller, mais la nuit avait été éprouvante. De mauvaise grâce, il s'exécuta.

— Tu as eu de la chance de tomber sur des flics professionnels et de t'en tirer à bon compte, dit Cyrus en démarrant.

— Tu appelles ça de la chance ?

— Oui. À seize ans, je me suis fait arrêter par le shérif de mon bled qui m'a passé à tabac avant de me relâcher.

— Sans blague ? s'étonna Rick.

— Sans blague.

— Tes parents lui ont fait un procès ?

— Tu es bien de ta génération, dit Cyrus avec un sourire amer. Non, il n'y a pas eu de procès. Mon père avait disparu avant ma naissance, ma mère a été tuée par un chauffard ivre quand j'avais quelques mois, et mes grands-parents n'avaient pas de quoi payer des avocats.

— Qu'est-ce que tu as fait, alors ?

— J'ai appris une bonne leçon : ne plus jamais me faire arrêter.

— Non, je voulais dire : qu'est-ce que tu avais fait pour que ce shérif te tape dessus ?

— Je sortais avec sa fille.

— Hein ? Il t'a arrêté rien que pour ça ?

— Officiellement, pour excès de vitesse. Mais je savais qu'il était furieux parce que je venais de passer la soirée avec sa chère Angela.

— Et alors ? Ce n'était pas une raison pour te taper dessus. Il était dingue, ce type !

Cyrus ralentit et stoppa à un feu rouge.

— Ce n'est pas aussi simple. Angela voulait se venger de son petit ami, je n'ai donc pas eu de mal à la convaincre de sortir avec moi. Parce que, quelques jours avant, j'avais entendu son père raconter à l'épicier que ma mère était une traînée qui s'était fait faire son gosse à dix-huit ans par le premier venu, que j'étais un bon à rien et qu'il ne permettrait jamais à sa fille de me fréquenter.

— Tu es donc sorti avec Angela pour te venger ?

— Bien sûr. Je savais qu'il serait furieux.

— Alors, tu te doutais qu'il te casserait la figure s'il pouvait te coincer ! Pourquoi avoir fait ça ?

— Parce que je n'avais pas trouvé de meilleur moyen pour remettre les pendules à l'heure.

— Tu veux dire que tu étais prêt à te faire casser la figure rien que pour ça ? s'exclama Rick, stupéfait.

— Oui. Je n'étais peut-être pas aussi futé à seize ans que tu l'es à treize. Mais cette aventure m'a servi de leçon. Maintenant, je suis beaucoup plus prudent et j'essaie de ne pas me faire taper dessus si je peux l'éviter.

La voix de Meredith le ramena au présent. Elle regardait avec inquiétude son fils et son ex-mari sur le point de les rejoindre.

— Toujours solide comme un roc, Cyrus, lui disait-elle en souriant. Pas étonnant que Katy ait voulu t'épouser dès le lendemain de votre rencontre.

— C'était mutuel.

L'image de Katy reparut dans sa mémoire. Innocente, éthérée comme un portrait de la Renaissance. Au premier regard, il avait su qu'il devait la protéger. Pourtant, il avait échoué. Damien March l'avait exploitée sans scrupule avant de la supprimer de sang-froid. Cyrus n'avait jamais cru à la version officielle du crime d'un évadé affolé. Il était convaincu que March s'était débarrassé d'elle parce qu'elle en savait trop sur son projet de disparaître avec la coupe Hadès.

— Quel malheur que Katy et toi ayez si peu profité de votre vie ensemble.

— Ne pensons plus au passé, Meredith, cela ne sert à rien. Tu as mis trop longtemps ta vie personnelle entre parenthèses. Fred veut t'épouser, accepte. C'est un type bien, cesse de le faire souffrir.

— Tu as raison…

— Hé ! Maman ! Oncle Cyrus !

Rick avait parcouru les derniers mètres en courant et s'était arrêté devant eux, hors d'haleine.

— Vous savez quoi ? reprit-il en se tournant vers son père. Papa va m'acheter une voiture à la fin de l'été, avant mon départ pour la fac. Je n'aurai pas besoin de ta vieille Honda, maman !

Une main protectrice sur l'épaule de son fils, Jake Tasker évitait soigneusement le regard de Cyrus.

— Ce garçon aura besoin d'un moyen de transport à l'université, affirma-t-il. Je te rappellerai fin août pour commander la voiture.

— Bien, dit Meredith. Rick aura eu le temps de choisir le modèle.

— Plutôt deux fois qu'une ! approuva ce dernier en riant.

— Eh bien, nous sommes d'accord, déclara Jake en consultant sa montre. Oh ! bon sang, vous avez vu l'heure ? Il faut que je file, mon avion est à trois heures.

La déception assombrit le regard de Rick, qui brillait de joie un instant plus tôt.

— Tu pars déjà, papa ?

— Bien obligé, j'ai un rendez-vous très important ce soir à Newport Beach. Le travail n'attend pas, tu sais ce que c'est.

— Oui, je sais… Je suis content que tu sois quand même venu.

— Pour rien au monde je n'aurais manqué une occasion pareille, voyons ! Allons, bonne chance pour ton job de vacances. Je te passerai un coup de fil dès que j'aurai une minute.

— Ouais, bien sûr.

Le silence retomba pendant que Jake Tasker s'éloignait d'un pas allègre vers sa voiture de location.

— Tu as des projets pour ce soir ? demanda enfin Cyrus.

Rick sursauta avant de se tourner vers lui.

— Quoi ? Ah, oui. Alan, Doug et quelques copains vont venir faire la fête à la maison. Maman nous a donné quartier libre.

— Oui, je sors dîner avec Fred, confirma Meredith. Je ne me sentais pas la force de passer la soirée avec une bande de joyeux lurons qui célèbrent la fin de leurs études. Veux-tu venir avec nous, Cyrus ?

— Une autre fois, volontiers. Je dois m'absenter quelques jours et j'ai des affaires à régler ce soir avant de partir.

— Où vas-tu ? demanda Rick.

— Dans l'île de Frog Cove. C'est une des petites îles du Puget Sound, en face de Seattle. Une colonie d'artistes s'y est installée.

— Je vois. Combien de temps comptes-tu y rester ?

— Je ne sais pas encore. Une quinzaine de jours, peut-être.

— Tu te décides enfin à prendre des vacances, ou tu y vas pour ton travail ? demanda Meredith.

— Le travail.

— Tu aurais pourtant grand besoin de vacances, Cyrus.

— J'ai eu pas mal d'occupations depuis trois ans, tu sais.

— Oui, je sais, répondit-elle avec un sourire sans gaieté.

— On se verra à ton retour ? demanda Rick avec une désinvolture affectée.

— Bien sûr. Nous irons à la pêche ensemble.

Les derniers nuages s'évanouirent du regard de Rick.

— Ça va ! déclara-t-il. Il faut que j'y aille, les amis attendent.

— J'espère trouver la maison encore debout quand je rentrerai ce soir ! lui lança Meredith alors qu'il s'éloignait déjà.

— Voyons, maman, on n'est pas des sauvages.

— Et n'oublie pas nos accords, lui rappela Cyrus.

— Ne t'inquiète pas, le rassura Rick avant de partir en courant.

— Quels accords ? s'enquit Meredith en fronçant les sourcils.

— Pas d'alcool ni de rodéo en voiture.

Meredith dut se hisser sur la pointe des pieds pour lui donner un baiser sur la joue.

— Décidément, je ne sais pas ce que je ferais sans toi, Cyrus !

Le lendemain après-midi, Cyrus arrêta sa Jeep au bout d'une des deux courtes files d'attente à l'embarcadère du ferry de l'île de Frog Cove. Il ne lui fallut pas une minute pour repérer Eugenia Swift.

Au volant d'une Toyota Camry gris métallisé en tête de l'autre file, elle avait un téléphone portable à l'oreille. Bien qu'elle eût sa vitre baissée, Cyrus ne pouvait pas entendre ce qu'elle disait mais, à son attitude, il se rendait compte que la conversation était animée.

Tout en composant un numéro sur son propre appareil, il étudia le visage d'Eugenia qu'il voyait en profil perdu. Elle avait les traits trop accusés pour être jolie à proprement parler, mais elle irradiait une telle vitalité qu'il ne pouvait en détourner le regard. Ses cheveux noirs étaient tirés en chignon sur la nuque, son pull-over noir très ajusté accentuait sa minceur. Cyrus remarqua aussi qu'elle avait les poignets fins et la poitrine haute. S'il était trop éloigné pour voir la couleur de ses yeux, il se souvenait clairement de leur riche nuance ambrée.

Très chic, dans l'ensemble. Du genre artiste ou intellectuel. Ne sachant sûrement même pas quoi faire d'une boîte de thon. Pour sommaire qu'il soit, cet examen lui confirmait sa première impression : dans un film des années trente, elle aurait pu jouer un rat d'hôtel.

On décrocha à l'autre bout :

— Quint à l'appareil, s'annonça une voix masculine.

— Colfax. As-tu trouvé quelque chose ?

— Rien d'excitant, répondit Quint Yates, son assistant. Désolé de te décevoir, mais la dame paraît avoir mené jusqu'à présent ce qu'il est convenu d'appeler une vie irréprochable.

— Personne n'est jamais tout à fait irréprochable, déclara Cyrus sans quitter Eugenia des yeux. Donne-moi ce que tu as pêché sur son compte.

— Peu de choses en dehors de ce que tu sais déjà. Diplômée de l'université de Washington et des Beaux-Arts option verrerie d'art. Complément d'études à Venise, engagée ensuite au musée Leabrook comme conservateur adjoint. S'est attiré la reconnaissance éternelle de Samantha Leabrook en persuadant Dorothy McBrady de léguer au musée sa collection de verre de Murano du XVe siècle.

— Ensuite ?

— Notre charmante Mlle Swift a atteint de nouveaux sommets un an plus tard en détectant des faux dans une collection de camées d'époque romaine prêtés au musée pour une exposition. Elle a remis ça six mois après en expertisant des verreries chinoises du XVIIIe siècle. Du coup, sa réputation était faite. Tous les collectionneurs sérieux la consultent désormais systématiquement.

Cyrus ne s'en étonna pas, il la connaissait déjà de réputation. Depuis trois ans, il s'efforçait d'en savoir le plus possible sur les experts spécialisés dans les œuvres en verre.

— Il y a deux ans et demi, poursuivit Quint, Samantha Leabrook l'a bombardée conservateur en chef du musée en lui allouant un budget à faire pâlir d'envie le Metropolitan. Depuis, elle reçoit des propositions alléchantes du monde entier, mais elle les refuse toutes. C'est tout ce que j'ai sur le plan professionnel.

Les collections du musée Leabrook jouissaient, en effet, d'une réputation qui dépassait les frontières des États-Unis et inspiraient le respect aux plus prestigieuses institutions d'Europe. Une nouvelle aile consacrée aux œuvres contemporaines était ouverte depuis peu.

— Sans doute parce qu'elle a pris goût à l'autorité et à l'autonomie dont elle bénéficie au Leabrook. Et sur le plan personnel ?

— Pas grand-chose là non plus. Trente ans, jamais mariée. Aînée d'une famille de trois enfants. Le frère et la sœur suivent des carrières universitaires. L'un est professeur de faculté dans l'Oregon, l'autre en Californie.

— Et les parents ?

— Enseignants eux aussi. Divorcés quand Eugenia avait quatorze ans. La mère est retournée à la fac pour avoir un doctorat. Elle enseigne maintenant dans une université de la côte Est. Le père est professeur de sociologie dans le Middle West.

— Ça correspond, grogna Cyrus.

— À quoi ?

— À la manière dont elle m'a snobé pendant notre première rencontre. Un bas-bleu, cette fille.

— Ce ne serait pas plutôt ta chemise ? hasarda Quint.

— Non, j'avais mis ma plus discrète. Amants, aventures ?

— Deux ou trois, mais rien de sérieux depuis dix-huit mois. Elle ne sort le soir que pour des dîners de travail. En fait, sa vie sentimentale me rappelle furieusement la tienne. Rien d'excitant à signaler.

— Je te dispense de tes commentaires, je suis mieux placé que n'importe qui pour le savoir. Autre chose ?

— Non. Elle vit seule et paraît s'en satisfaire. Prendre des vacances, pour elle, consiste à visiter des musées.

— C'est tout ?

— C'est tout.

— Rien de neuf sur le Club des Connaisseurs ?

— J'ai les noms et les adresses, j'attaque les recherches.

— Bon. Tu sais comment me joindre si tu trouves autre chose.

Cyrus coupa la communication. Il n'avait pas quitté Eugenia des yeux. Elle parlait toujours et devait attacher beaucoup d'importance à sa conversation, ses gestes, ses attitudes le laissaient deviner, même de loin. Agacée, frustrée, impatientée, elle pianotait nerveusement sur son volant, observa-t-il en souriant. Certaines personnes ne peuvent pas rester cinq minutes sans bouger. Lui, il était capable de garder une immobilité complète des heures durant s'il le fallait. Son grand-père lui avait enseigné ce vieux truc de chasseur à l'affût.

Cyrus observa donc son gibier tapi dans la Toyota. Il ne s'agissait pas d'une querelle d'amoureux puisque, selon Quint, elle n'en avait pas. En procédant par élimination, il conclut assez vite qu'il était lui-même l'objet de cette mystérieuse conversation : elle se renseignait sur son compte comme il s'était informé sur le sien.

L'acharnement qu'elle avait manifesté pour tenter de le dissuader de venir avec elle dans l'île de Frog Cove soulevait des questions intéressantes, qui intriguaient Cyrus depuis leur entretien au musée. Si elle n'avait cherché qu'à profiter d'agréables vacances tout en inventoriant la collection Daventry, elle n'aurait pas réagi de cette manière en apprenant qu'il allait l'accompagner.

Elle n'avait pas non plus été simplement agacée ou dépitée de devoir partager la maison avec lui : Eugenia avait eu peur, réellement peur. L'éclair de panique qui lui avait traversé le regard avant qu'elle parvienne à le dissimuler n'avait pas échappé à l'œil observateur de Cyrus. Il ne représentait pas pour elle une incommodité mineure, mais bel et bien un problème sérieux.

Pourquoi ? Il y avait lieu de se poser la question.

L'attitude d'Eugenia pouvait avoir une explication : si elle avait eu vent des mêmes rumeurs que lui, peut-être était-elle elle aussi sur la piste de la coupe Hadès.

Dans ce cas, c'était lui qui avait un sérieux problème sur les bras.

Avec un soupir, il ouvrit la portière de sa Jeep, mit pied à terre et se dirigea sans hâte vers la Toyota.

— Je sais que tu n'as pas trouvé grand-chose, Sally, dit Eugenia en regardant l'équipage du ferry procéder aux manœuvres d'appareillage. Donne-moi ce que tu as, ce sera toujours mieux que rien.

— L'élément le plus intéressant que j'ai appris est que Colfax avait été associé pour moitié dans une agence dénommée March & Colfax.

— En quoi est-ce intéressant ?

— Il y a trois ans, l'agence a disparu à la suite d'un grave incident survenu au cours d'un transport de valeurs. Une attaque à main armée, je crois, mais nous disposons de très peu de détails, ce qui est étonnant. Je n'ai même pas pu retrouver le nom du client ni la nature des valeurs transportées. Tout ce que je sais, c'est que Colfax a été assez grièvement blessé par balles.

— Par balles ? s'écria Eugenia.

— Oui, mais ce n'est pas le pire. Pendant qu'il était à l'hôpital, sa femme a été tuée par un prisonnier évadé qui voulait lui voler sa voiture. La police n'a pas retrouvé le meurtrier. L'ancien associé de Colfax, Damien March, a disparu à la même époque.

— Que veux-tu dire par « disparu » ? Il a été tué, lui aussi ?

— C'est la conclusion à laquelle est arrivée la police, mais on n'a jamais retrouvé le corps. L'objet que Colfax et lui transportaient au moment du braquage s'est également volatilisé.

— Il n'y a pas eu de déclaration auprès des assurances ? s'étonna Eugenia. Pas de demande d'indemnité ?

— Aucune.

— C'est invraisemblable, Sally !

— Oui, c'est aussi mon avis.

— Et sur le plan personnel ?

— Un minimum. La mère morte accidentellement peu après sa naissance, aucune information sur le père. Élevé par ses grands-parents, a lâché ses études pour prendre soin d'eux la dernière année de leur vie. Après leur mort, a été policier deux ou trois ans dans une petite ville de Californie avant de s'installer à son compte comme détective privé. C'est tout ce que j'ai pu réunir sur ses débuts.

L'apparition soudaine d'un objet volumineux à côté de sa portière plongea Eugenia dans l'ombre. Sa main se crispa sur le téléphone et elle sursauta en reconnaissant Cyrus Colfax. Elle cligna des yeux, éblouie par les reflets du soleil sur ses lunettes miroirs.

— Il faut que je te quitte, Sally.

— Pas si vite, éclaire d'abord ma lanterne ! Comment est-il ?

— Qui ça ?

— Je te parlais de Colfax, pas du Père Noël !

— Tout ce que je peux t'en dire dans l'immédiat, c'est qu'il roule en Jeep, s'affuble de chemises hawaiiennes à hurler et arbore de ces horribles lunettes de soleil réfléchissantes.

— Pas précisément ton genre, si je comprends bien ?

— Absolument pas.

— Essaie quand même de profiter de tes vacances.

— J'essaierai, soupira Eugenia. Bonjour, monsieur Colfax, enchaîna-t-elle en coupant la communication. Belle journée, n'est-ce pas ?

— Je crois que nous avons des choses à nous dire.

— Sans doute, mais pas maintenant. Nous devons embarquer.

Elle chaussa ses propres lunettes de soleil, portant la griffe d'un couturier célèbre, mit le contact, démarra et engagea sa voiture sur la rampe du ferry sans accorder un regard à Cyrus Colfax.

3

Le ferry à peine éloigné du quai, Eugenia vit Cyrus Colfax s'approcher de sa voiture et s'asseoir à côté d'elle, en laissant la portière entrebâillée et un pied sur le pont du bateau.

— Et si nous reprenions cette conversation interrompue ? dit-il avec une désinvolture affectée.

Elle en eut le souffle coupé, comme s'il lui avait aspiré tout son oxygène. Il m'envahit ! pensa-t-elle. Elle était partagée entre l'envie de s'enfuir à toutes jambes et celle, aussi impérieuse, de lui demander… la marque de son after-shave.

Choquée par l'absurdité de sa réaction, elle en resta un instant aussi bloquée qu'un ordinateur victime d'une saute de tension. Masqué par l'écran de ses lunettes réfléchissantes, Cyrus ne lui apparaissait plus sous les traits d'un mythique justicier du Far West, mais d'une sorte de Robocop surgi d'un futur inquiétant et grouillant de périls. Que son imagination batte ainsi la campagne au sujet de cet individu, se dit-elle, était mauvais signe. Très mauvais signe. Aussi loin que remontaient ses souvenirs, aucun homme ne lui avait fait un tel effet. Depuis quelque temps, elle envisageait même d'adopter un chat.

Elle se détourna et baissa les yeux pour découvrir avec horreur qu'elle se cramponnait à la poignée de sa portière. Au prix d'un effort, elle dénoua ses doigts crispés et posa la main sur le volant d'un geste qu'elle espéra naturel. Il fallait qu'elle reprenne contenance. Ses fonctions de conservateur en chef du musée Leabrook lui donnaient journellement l'occasion de côtoyer les riches et les puissants. Elle n'allait quand même pas se laisser intimider par un vulgaire détective privé en chemise à ramages du plus mauvais goût !

Un vieux proverbe lui traversa alors la mémoire : « Sois proche de tes amis, plus proche encore de tes ennemis ». Puisqu'elle ne pouvait pas éviter la compagnie de Cyrus Colfax pour les quinze jours à venir, elle serait donc bien avisée de le surveiller de près et, dans son propre intérêt, d'en apprendre le plus possible sur son compte. D'ici là, elle pourrait au moins tenter de reprendre l'avantage sur lui…

— On vous a sans doute déjà posé cent fois la question, dit-elle en feignant de regarder le banc de brouillard qui se levait au large, mais je ne peux pas y résister. Pourquoi ces chemises hawaiiennes ?

— Je suis en vacances, comme vous.

— L'île de Frog Cove n'est pas précisément un paradis tropical. Je croyais que vous y alliez afin d'enquêter sur la mort de Daventry, pas pour y prendre des vacances.

— Puisque vous parlez de vacances, je m'étonnais, de mon côté, qu'une femme importante, accablée de travail comme vous l'êtes, accepte de se distraire de ses précieuses occupations pour effectuer un inventaire dont aurait aussi bien pu se charger un de ses collaborateurs.

— La collection Daventry représente une des donations les plus importantes jamais reçues par le musée. Je voulais procéder moi-même à cet inventaire.

— Sachez alors que les exécuteurs de la succession Daventry veulent s'assurer que la mort d'Adam était bien accidentelle. Un travail facile qu'ils sont prêts à payer. Je ne vois pas pourquoi je manquerais l'occasion de changer d'air une quinzaine de jours en gagnant de l'argent sans me donner trop de mal.

Elle savait qu'il mentait sans même se donner la peine de feindre, comme s'il lui était indifférent qu'elle le croie. Mais, comme elle lui mentait elle aussi, elle considéra qu'ils étaient quittes.

— Puisque vous êtes un enquêteur chevronné, monsieur Colfax, vous avez dû prendre connaissance des rapports de la police locale. Qu'est-il arrivé à Daventry, à votre avis ?

— L'île ne dispose pas d'une police qu'on pourrait qualifier de professionnelle. D'après ce que j'ai appris, l'unique représentant de la loi est une sorte de shérif délégué répondant au nom bucolique de Peaceful Jones.

Eugenia fouilla dans sa mémoire. Ce nom ne figurait pas sur les rapports concernant la disparition de Nellie car c'était la police du continent qui avait procédé à l'enquête.

— Un nom… intéressant, commenta-t-elle.

— En effet, dit Cyrus avec un léger sourire. C'est lui, en tout cas, qui a établi le rapport Daventry. Il y avait une réception à la Maison de Verre ce soir-là. On y buvait sec et, si on lit entre les lignes du rapport de ce paisible policier, on y consommait aussi force drogues.

Eugenia se rappela que, lors de sa dernière visite à son appartement le lendemain de la mort d'Adam Daventry, Nellie avait en effet mentionné son attrait morbide pour les drogues rares et exotiques. « Quand il en prenait, il se croyait l'égal d'un dieu et il se conduisait en conséquence », avait-elle dit. Aussi, estima Eugenia, jusqu'à ce qu'elle connaisse les projets exacts de Colfax, mieux valait le laisser ignorer ce qu'elle savait de Daventry et, surtout, l'intérêt qu'elle portait au sort d'une femme présente chez lui le soir de sa mort.

— Il n'y a aucun témoin oculaire de la chute de Daventry dans son escalier, reprit Cyrus. Mais rien jusqu'à présent ne permet de supposer qu'il ne s'agissait pas d'un accident.

— Autrement dit, déclara-t-elle, vous n'allez pas à Frog Cove dans le seul but de chercher les preuves d'un meurtre.

— J'ai promis à mes clients toute la lumière sur un problème obscur, mademoiselle Swift, c'est ce que j'ai l'intention de leur fournir.

— Je me demande, dit-elle en pianotant sur le volant, ce qui a pu les amener à avoir des doutes sur la mort d'Adam Daventry.

— Insinuez-vous par là que je les aurais intoxiqués pour leur vendre mes services ?

— Pourquoi pas ? Si vos affaires sont un peu lentes à cette époque de l'année, vous avez peut-être trouvé ce moyen de les relancer.

— Ne vous inquiétez pas, la succession a les moyens de payer mes honoraires, dit-il calmement sans même relever l'insulte.

— Vous admettez donc que votre prétendue enquête n'est qu'un moyen commode de vous remplir les poches ? insista-t-elle avec une insolence délibérée.

— Je m'efforce toujours de donner satisfaction à mes clients, je vous l'ai déjà dit et j'espère que nous n'y reviendrons pas, répondit-il en détachant ses mots. La succession Daventry veut des certitudes, elle les aura.

Cette fois, Eugenia comprit qu'il était temps de battre en retraite. Sa mauvaise foi et son impertinence avaient au moins réussi à agacer ce personnage dont l'assurance l'exaspérait.

— Que se passera-t-il si vous ne découvrez rien de plus que ce que ce shérif a mentionné dans son rapport ?

— Je confirmerai à mes clients qu'il s'agissait bien d'un accident. Corrigez-moi si je me trompe, ajouta-t-il, mais j'ai l'impression que vous vous méfiez de moi.

— Où avez-vous pris une idée pareille ? répondit-elle de son air le plus candide.

Il se leva, reprit pied sur le pont du bateau avec une étonnante souplesse chez un homme aussi massif, referma la portière et s'appuya d'une main au toit de la voiture.

— C'est drôle, dit-il par la vitre ouverte, mais vous ne m'inspirez pas confiance non plus. Voici donc un bon conseil gratuit, mademoiselle Swift. Ne me sous-estimez pas, ce serait une erreur.

— Je n'accorde aucune valeur aux choses qu'on me donne sans que je les demande, répondit-elle sèchement.

— À votre aise. Si vous voulez payer mes conseils au prix fort, je ne vous en dissuaderai pas.

Permettez-moi toutefois de ne pas en faire autant avec les vôtres.

— Vraiment ? répliqua-t-elle, piquée au vif.

— Vraiment. Vos qualités professionnelles m'inspirent un trop grand respect pour les galvauder. Au fait, votre exposition du printemps dernier sur la verrerie de l'Antiquité était remarquable.

— Vous avez vu cette exposition ? s'écria-t-elle, stupéfaite.

— Je suis venu trois fois de Portland à Seattle pour n'en rien perdre. La sélection des œuvres et leur présentation ne pouvaient que provoquer l'admiration. J'ai particulièrement apprécié les créations romaines des IIIe et IVe siècles.

Elle se sentit moins flattée que déconcertée par ces compliments inattendus.

— Merci. Vous avez vraiment revu trois fois l'exposition ?

— Bien sûr. J'y ai même emmené une fois mon neveu Rick. Il est bon pour un garçon de cet âge de réfléchir un peu au passé.

Eugenia réprima la bouffée de vanité qui menaçait de faire voler sa lucidité en éclats. Si Colfax passait ainsi sans transition de la menace à la flatterie, c'est qu'il avait une raison et qu'elle devait plus que jamais rester sur ses gardes.

— Je ne me doutais pas que vous portiez un tel intérêt aux œuvres en verre de l'Antiquité, dit-elle avec froideur.

— Je ne m'y intéresse vraiment que depuis trois ans. Que des objets fabriqués dans une matière aussi fragile aient traversé les siècles a de quoi étonner, vous ne trouvez pas ?

Trois ans… Le rapprochement était évident : selon les renseignements communiqués par Sally Warren, Colfax avait été blessé au cours d'un hold-up, sa femme avait été tuée, son associé avait disparu, et nul n'avait retrouvé la trace de l'objet volé. Il ne fallut pas un grand effort de réflexion à Eugenia pour comprendre qu'elle avait touché sans le faire exprès un point sensible et peut-être dangereux.

— Le verre est une substance étonnante et moins fragile qu'on ne le croit, répondit-elle prudemment. On en fabrique même de nos jours qui résiste à l'impact des balles.

— Comme disait mon grand-père, cela prouve que la force ne se trouve pas toujours là où on l'attend.

Il se redressa, fit un pas comme s'il s'apprêtait à regagner sa voiture. Au dernier moment, il parut se raviser :

— Vous n'appréciez pas les conseils gratuits, m'avez-vous dit. Il y a quand même une chose que vous devriez savoir à mon sujet.

— Ah, oui ? Laquelle ? demanda-t-elle avec un vague sourire.

— Quand j'entreprends une mission qui m'intéresse, j'ai tendance à devenir obsédé et à foncer droit devant moi. Dans ce cas, il est prudent de ne pas se mettre en travers de mon chemin.

Ces paroles lui firent froid dans le dos.

— Ah ! Retour aux menaces. Vous y êtes visiblement plus à votre aise que dans les bavardages sur la verrerie d'art de l'Antiquité.

Colfax laissa échapper un soupir de lassitude :

— Y aurait-il une chance de conclure un armistice de bonne foi ? La vie serait nettement plus simple et plus agréable si nous ne passions pas notre temps à nous sauter à la gorge.

— Vous m'étonnez. Je vous croyais homme à vous nourrir du sang d'autrui.

— De temps en temps, mais je n'en fais pas mon régime habituel. Pas d'armistice en vue, si j'ai bien compris ?

— Non, répondit-elle sèchement.

Comment faire la paix avec un homme qui lui mentait ?

— Votre patronne aurait pourtant aimé que vous me considériez comme une sorte d'assurance vie.

— Ou un vaccin contre la grippe, je sais. Mais, quoi qu'en pense Samantha, je n'ai pas besoin de garde du corps. Et la manière dont vous vous y êtes pris pour lui faire croire qu'il m'en fallait un me déplaît souverainement.

— Comme vous voudrez.

Il se détourna cette fois pour de bon et s'éloigna entre les files de voitures. Eugenia fulminait. Le salaud avait essayé de l'intimider ! Et, le pire, c'est qu'il avait presque réussi. Le tout était de savoir pourquoi il s'en était donné la peine.

Elle observa dans le rétroviseur la démarche souple et posée de celui qui ne se laisse démonter par rien. Existait-il au monde quelque chose ou quelqu'un capable de lui faire perdre son sang-froid ? Peut-être. Mais il faudrait que ce soit pour lui d'une importance capitale, se dit-elle avec dépit.

Comme s'il avait senti son regard, il se tourna vers elle en ouvrant la portière de sa Jeep. Eugenia se détourna en hâte, mais elle savait qu'il l'avait surprise en train de l'épier. Son sourire ironique ne lui avait pas échappé.

Le ferry avançait lentement dans un épais banc de brouillard qui isolait les passagers du monde extérieur. On n'entendait que le clapotis de l'eau sur la coque. Eugenia se demanda comment elle ferait pour partager une cuisine avec Cyrus Colfax.

4

L'homme qui se faisait appeler naguère encore Damien March lézardait sur un transat blanc au bord d'une piscine turquoise en buvant un gin-tonic dans un précieux gobelet de Baccarat du XIXe siècle. Le miroir azuré de la mer des Caraïbes s'étendait devant lui, au-delà du tapis écarlate d'un massif de frangipaniers.

Ses efforts avaient toujours tendu vers un unique but : s'entourer de perfection. Sa soif du beau et du rare était aussi exigeante, aussi insatiable que celle d'autres hommes dévorés par la passion du jeu ou de la luxure. Depuis longtemps, il savait que l'argent seul lui en assurerait la possession, car l'argent permet de conquérir le pouvoir, et le pouvoir donne accès à tout ce qu'il y a de plus beau et de plus rare.

Dans cette île à l'écart du vulgaire, il avait réussi à se créer le petit paradis auquel il aspirait. À très peu de chose près.

Dans l'ensemble, il avait tout lieu d'en être satisfait. Les autorités locales se montraient fort accommodantes envers ceux qui choisissaient d'élire domicile dans leur minuscule État. Pourvu que leurs ressources imposent le respect, on leur épargnait les règlements et tracasseries susceptibles de gêner, si peu que ce soit, la saine gestion de leur patrimoine. Moyennant une honnête rétribution, ils pouvaient donc compter sur une sérieuse protection de leur vie privée. Transactions bancaires, investissements, associations ou relations d'affaires ne faisaient jamais l'objet d'investigations embarrassantes. Il n'était pas davantage question de fouilles humiliantes pour un résident qui débarquait à l'aéroport de retour d'un voyage à l'étranger.

De même, le gouvernement accordait avec plaisir un passeport établi au nom qu'on voulait bien lui mentionner. Le tarif actuel de cette commodité tournait autour du million de dollars, une excellente affaire aux yeux de celui qui avait été Damien March. Il en avait même été si satisfait que les fonctionnaires compréhensifs avaient dû accepter, non sans se faire prier quelques minutes, une modeste gratification d'un quart de million de dollars en gage de sa reconnaissance.

Mais un serpent malveillant rôde dans tous les paradis, comme Damien March en avait fait la cruelle expérience.

La vipère maudite qui lui avait dérobé la coupe Hadès avait expié son forfait : la mer avait rejeté son corps sur les rochers non loin de la grande villa blanche peu après la disparition du précieux objet. Loin de le réjouir, cette mort avait contrarié l'ex-Damien March, car le ou les commanditaires du vol s'étaient à l'évidence débarrassés de leur homme de main avant qu'il se fasse prendre et puisse parler. Depuis, Damien ne disposait d'aucune piste ni d'aucun indice.

Il comptait heureusement parmi ses connaissances un détective privé remarquablement doué pour résoudre les enquêtes les plus difficiles. Mieux encore, dans le cas présent, ce fin limier était animé par de puissants mobiles pour retrouver lui aussi la coupe Hadès.

— Encore un verre, Monsieur ?

Distrait de ses réflexions, Damien leva les yeux vers la jeune femme qui se tenait devant lui. Vêtue d'un string blanc, elle arborait une poitrine haute et pleine qui devait sa fermeté à l'art du chirurgien, mais Damien ne regrettait pas la dépense. Ses cheveux blonds avaient la nuance de l'or, ses yeux bleus celle de la mer. Des verres de contact pour les uns et la teinture pour les autres contribuaient à la perfection de son allure, certes, mais il le fallait bien puisque aucun être humain n'est jamais cent pour cent parfait. C'était d'ailleurs pourquoi Damien avait toujours préféré les œuvres d'art aux êtres humains.

— Non merci, ma chère, celui-ci me suffit et j'ai encore du travail. Dites au chef de servir le déjeuner à la piscine dans cinq minutes.

— Bien, Monsieur, répondit-elle avant de regagner l'ombre fraîche de la villa.

Son maître la suivit des yeux en examinant d'un regard critique les sphères jumelles de son postérieur. Y décelait-il les premières traces d'un léger affaissement ? Difficile à dire de loin et sans le vérifier de la main, mais, si tel était le cas, il devrait bientôt se résoudre à recruter une remplaçante. Quel ennui ! soupira-t-il. Pour quiconque cherche la perfection, trouver de bons serviteurs devenait de plus en plus difficile, de nos jours…

Il reposa son verre avec soin, se redressa, alluma son ordinateur portable afin de consulter son courrier électronique pour savoir où en étaient de leurs recherches ses gens sur la côte Ouest.

Le message était bref mais encourageant :

Colfax a pris contact avec la conservatrice du musée Leabrook. Partis ensemble dans l'île de Frog Cove au large de Seattle. Séjournent à l'ancienne résidence d'Adam Daventry, collectionneur de verrerie d'art, mort le mois dernier d'une chute apparemment accidentelle.

Intéressant, pensa-t-il. Colfax est enfin sur une piste.

Un sourire lui vint aux lèvres : il avait eu raison de faire confiance à Colfax. Si quelqu'un au monde était capable de retrouver la coupe Hadès, c'était bien lui. Une fois qu'il aurait récupéré la coupe, il ne resterait qu'à l'en soulager avant de le liquider. Et, cette fois, se promit l'ex-Damien March, il prendrait toutes les précautions nécessaires afin de ne pas le rater.

Satisfait de constater que les choses progressaient selon ses désirs, Damien referma le fichier et en ouvrit un autre. Depuis bientôt trois ans, il gardait un œil vigilant sur un homme politique californien dont il attendait de bons résultats. Zachary Elland Chandler II faisait campagne pour les élections sénatoriales. La course s'annonçait serrée entre le sénateur sortant et lui, mais Chandler avait déjà deux points d'avance dans les sondages.

Au cours d'une vie bien remplie, l'ex-Damien March avait eu nombre de possessions précieuses, mais jamais encore un sénateur des États-Unis. Il était temps d'en ajouter un à sa collection.

Le message du maître chanteur attendait Zachary Chandler sur l'écran de l'ordinateur quand il consulta son e-mail :

Plus anciens sont les péchés, plus loin s'étend leur ombre. La jeune femme de Second Chance Springs est morte depuis longtemps, mais le témoin de vos rapports avec elle est toujours de ce monde. Vous serez sûrement heureux d'apprendre qu'il existe un moyen de garder secret ce lien avec votre passé. Pour un certain prix.

Zachary fixa l'écran, incrédule. Un fou, pensa-t-il. Ou un malade. Le message était arrivé non pas à son adresse électronique destinée à un large public, mais à son site privé. À part quelques intimes, personne ne le connaissait.

Il relut le message avec effarement. Pour peu qu'ils soient en vue, les hommes politiques reçoivent souvent du courrier bizarre, allant jusqu'aux menaces, mais la plupart restent sans conséquences. Il aurait donc dédaigné ce message-ci s'il ne faisait allusion à Second Chance Springs. Or, le nom de cette obscure bourgade proche de la frontière entre la Californie et le Mexique éveillait en lui de vagues souvenirs.

À l'université de Californie du Sud, il avait rencontré une jeune fille, étudiante de première année, qui travaillait à mi-temps comme serveuse dans un café proche du campus pour payer ses études. Ils étaient sortis ensemble un moment, ils avaient couché ensemble de temps en temps. Incapable de se rappeler son nom, il se souvenait seulement de ce qu'elle lui racontait sur sa vie ennuyeuse dans un trou appelé Second Chance Springs d'où elle rêvait de s'évader.

Il avait commencé à s'inquiéter quand elle lui avait parlé d'avenir. De *leur* avenir. Il s'était alors vu forcé de lui faire comprendre qu'elle n'avait rien à attendre de lui pour mettre ses projets à exécution, les siens étant déjà tracés et le mot *mariage* n'y figurant pas avant plusieurs années. Il s'était toutefois abstenu d'ajouter que, le moment venu, il ne serait pas question pour lui d'épouser une fille de rien, native d'un bled portant le nom improbable de Second Chance Springs.

Il avait aussi négligé de préciser que ses projets d'avenir lui avaient été imposés par son père dès son plus jeune âge et qu'il ne serait pas davantage question pour lui de s'y soustraire. Son devoir filial consistait à faire une carrière juridique aussi brillante que possible avant d'embrasser une carrière politique non moins brillante.

S'il s'était efforcé pendant toute son enfance de satisfaire un père tyrannique, Zachary Chandler avait fini par en assimiler les ambitions au moment de son entrée à l'université. Mieux, il avait ensuite poursuivi avec une ardeur décuplée ces objectifs, qui lui avaient pourtant été assignés à son corps défendant.

Le premier, atteint haut la main, lui avait fourni à la fois les moyens et les loisirs d'entrer dans l'arène politique locale. Peu après, sa réussite dans ce domaine lui avait donné l'ambition de dépasser le cadre restreint de la seule Californie pour briguer un siège dans le plus exclusif des clubs, le Sénat des États-Unis.

Tout, jusqu'alors, s'était déroulé avec une déconcertante facilité. À cinquante-quatre ans, Zachary Chandler menait l'existence à laquelle il était destiné, sans avoir eu à subir de revers sérieux ou d'épreuves douloureuses ni même devoir affronter des choix difficiles.

Avait-il été gâté par une vie trop facile ?

Se détournant enfin de l'écran de l'ordinateur, son regard se posa sur la photo encadrée de Mary, sa femme, de son fils et de sa fille.

La gamine de Second Chance Springs avait été une amourette sans lendemain. Il n'avait que dix-neuf ans, bon sang ! L'année suivante, il était parti pour une université prestigieuse de la côte Est sans un regard en arrière. Et, surtout, sans laisser d'adresse.

Il ne savait même plus à quoi elle ressemblait. Si seulement il pouvait au moins se rappeler son nom !

5

Cyrus Colfax posa son sac marin et deux des luxueuses valises en cuir rouge d'Eugenia sur le perron, devant la massive double porte en acier inoxydable.

Toute en surfaces réfléchissantes et parois transparentes, la Maison de Verre méritait son appellation. Des briques de verre encadraient la porte d'acier, au-delà de laquelle on apercevait des cloisons en verre qui dévoilaient le squelette d'acier du bâtiment. Une véranda en panneaux de Plexiglas coulissants ceinturait le rez-de-chaussée.

Entourée de grands arbres, la maison se dressait au sommet d'une falaise isolée à la pointe de l'île. Perchée sur cette éminence dominant le Puget Sound, son architecture aurait dû lui donner l'aspect aérien et lumineux d'un papillon géant aux ailes translucides. Pourquoi évoquait-elle plutôt un monstrueux scarabée tapi dans sa carapace luisante ? se demanda Cyrus en examinant le digicode de la porte d'entrée.

— Un modèle perfectionné, commenta-t-il. Daventry devait tenir à sa sécurité.

Eugenia posa ses deux mallettes assorties à ses valises.

— Normal, il avait à protéger une fortune en œuvres d'art.

— Cela se comprendrait en ville mieux que dans une île comme celle-ci. J'en ai vérifié le taux de criminalité : le dernier délit recensé a été commis il y a huit ans. Un vol de bateau dans la marina.

— J'aurais cru que vous apprécieriez des mesures de sécurité. Où donc est le majordome ? ajouta-t-elle. Il était censé nous accueillir.

— Il est peut-être allé faire des courses au village.

— De toute façon, c'est sans importance. J'ai le code.

Elle prit dans son sac un morceau de papier qu'elle lui tendit. Les mots « Code maison Daventry » suivis d'une série de chiffres étaient tracés d'une écriture ferme et fluide qui trahissait la main d'Eugenia.

— Vous a-t-on jamais dit qu'il est imprudent de désigner aussi clairement un code de sécurité ? lui fit-il observer. Il suffisait qu'on vous vole votre sac pour pénétrer ici sans trace d'effraction.

— Encore un bon conseil gratuit ? dit-elle avec un sourire crispé.

— Peu importe. Vous connaissiez Daventry ?

— Nous nous sommes rencontrés.

— Êtes-vous jamais venue dans cette maison ?

— Non. Pourquoi ?

— Il paraît qu'il y donnait souvent des grandes soirées. Il recevait les artistes résidant dans l'île, des amis venus du continent. Je me demandais simplement si vous faisiez partie du lot.

— Non, je n'ai jamais été invitée. Et votre question me déplaît.

— Simple curiosité.

Il pianota le code sur le clavier. Un voyant vert se mit à clignoter pendant qu'on entendait cliqueter la serrure.

— La dernière maîtresse de Daventry a travaillé un certain temps au musée Leabrook, reprit-il. Elle s'appelait Nellie Grant.

— Bravo, vous avez appris vos leçons.

— Vous la connaissiez bien ?

— Je l'ai connue, sans plus, répondit-elle sèchement.

Cette froideur soudaine et excessive lui fit dresser l'oreille.

— Vous l'avez souvent revue après qu'elle est venue s'installer ici ? demanda-t-il en poussant un des battants de la porte.

— Non, elle est morte le lendemain de la chute de Daventry. Balayée par une lame alors qu'elle regagnait l'île en bateau. Inutile de vous fatiguer à me poser d'autres questions de ce genre, Colfax, poursuivit-elle en s'avançant pour passer devant lui. Je n'ai aucune intention de participer si peu que ce soit à la comédie de votre enquête.

Le nom de Nellie Grant touchait donc bien une corde sensible, en déduisit-il. La liaison entre Daventry et cette ancienne employée du musée l'intriguait depuis le début et un morceau du puzzle venait de se mettre en place. N'ayant jamais cru aux coïncidences, il était désormais convaincu que la présence d'Eugenia n'était pas due au seul hasard.

Avait-elle connu Adam Daventry plus intimement qu'elle ne le prétendait ? se demanda-t-il. Elle mentait peut-être en affirmant n'être jamais venue dans l'île auparavant. Son étude préliminaire du dossier lui avait révélé que Daventry collectionnait les maîtresses, toutes artistes ou en rapport étroit avec les milieux artistiques. Eugenia Swift aurait donc pu en faire partie, il ne pouvait se permettre d'en écarter l'éventualité. Leur fascination mutuelle pour la verrerie d'art l'aurait attirée vers lui, car elle choisissait vraisemblablement ses amis ou ses amants parmi ceux qui partageaient ses intérêts. Des esthètes un peu snobs, du genre de Daventry précisément.

Eugenia et Nellie Grant auraient-elles été rivales ? Rien de pire qu'un triangle amoureux pour embrouiller les situations les plus simples. Ajoutez-y un objet précieux, la coupe Hadès, par exemple, et vous obtenez une mixture explosive...

Si Daventry a réellement été assassiné, se dit-il, ce serait une surprise de taille. Car, après avoir étudié et retourné cent fois cette hypothèse, Cyrus n'y croyait toujours pas. Pour qui veut tuer un homme, le pousser dans un escalier ne représente pas la méthode la plus sûre, loin de là. Il se cassera plus vraisemblablement un bras ou des côtes plutôt que le cou. En tout cas, ce n'était pas une méthode de tueur professionnel. Et, s'il y avait une chose dont Cyrus était certain, c'est que celui ou celle qui aurait tenté de voler la coupe Hadès à Daventry n'était pas un amateur. En bonne logique, la mort de Daventry serait donc accidentelle. Ce qui voulait dire que la coupe Hadès n'avait pas été volée le soir de sa mort et se trouvait peut-être encore cachée quelque part dans la Maison de Verre.

Cette seule pensée provoqua en lui un flux d'adrénaline. Au bout de trois longues années, il touchait enfin au but ! Il en avait le pressentiment, comme chaque fois qu'il abordait la dernière étape d'une enquête difficile.

Il empoigna son sac marin et les deux valises d'Eugenia. En entrant derrière elle, il manqua de peu de la télescoper car, le seuil à peine franchi, elle avait stoppé net.

— Bon sang ! murmura-t-elle. Daventry avait vraiment la passion du verre !

Cyrus enleva ses lunettes de soleil pour mieux voir. Le vaste hall s'élevait sur les trois niveaux de la maison. Un lustre monumental, véritable cascade de verre vert olive, pendait du toit. Les murs couverts de miroirs sur toute leur hauteur reflétaient un escalier de briques de verre et d'acier inoxydable gracieusement incurvé. Le sol était une mosaïque de verre gravé de motifs décoratifs.

— Oui, approuva Cyrus, cet homme aimait le verre.

Il y avait aussi un discret panneau en verre gravé à côté de la porte, au-dessus d'un assortiment de chaussons en papier :

LES VISITEURS SONT PRIÉS DE BIEN VOULOIR
RETIRER LEURS CHAUSSURES

— L'endroit est incroyable ! s'exclama-t-elle avec un effarement qui le fit sourire.

— À mon avis, on dirait un stand de foire. Une version grand luxe du palais des Glaces.

— Pas du tout, c'est superbe ! Cela fera un hôtel fabuleux.

— Pourquoi pas ? Il en faut pour tous les goûts.

Ils traversèrent le hall. À la porte de la cuisine, Eugenia regarda à l'intérieur avec une inquiétude qui se dissipa aussitôt.

— Dieu merci, il y a une machine à espresso !

— Et un ouvre-boîtes électrique, compléta Cyrus qui regardait par-dessus son épaule. Je respire.

La pluie, une pluie d'été dense et persistante, commença à tomber peu avant minuit.

Eugenia n'eut pas besoin de vérifier l'heure. Assise au bord de son lit, elle fixait depuis deux heures le cadran de la pendulette en verre taillé posée sur la table de chevet en verre dépoli. Cette soirée passée seule avec Cyrus Colfax lui avait mis les nerfs à vif. Leonard Hastings, le majordome, brillait toujours par son absence. Elle avait abandonné tout espoir de s'endormir.

Malgré leur méfiance mutuelle qui tendait l'atmosphère, le dîner s'était étonnamment bien déroulé. Ils avaient tous deux apporté leurs provisions. Elle, un assortiment de pâtes, des bocaux de sauces, des légumes, des bouteilles d'eau minérale, une boule de pain de campagne, deux bouteilles de vin. Lui, une douzaine de boîtes de thon à l'huile et au naturel, des plats cuisinés sous vide à réchauffer au micro-ondes et plusieurs packs de bière.

— Sans vouloir être indiscrète, que comptez-vous faire de toutes ces boîtes de thon ? s'était-elle étonnée.

— Des tas de choses. Prenez deux tranches de pain, par exemple, un peu de mayonnaise, deux ou trois cornichons, et vous avez un dîner tout prêt.

— Je dirais plutôt un sandwich au thon.

— C'est du pareil au même. Et vous ? avait-il ajouté en lorgnant ce qu'elle sortait d'un sac. Des nouilles au fromage ?

— Pas tout à fait. Mais la journée a été longue, je crois que je me contenterai pour ce soir de quelque chose de simple. Des tagliatelles au pistou avec des asperges vertes, par exemple.

— Des asperges vertes ?

La touche de nostalgie dans sa voix intrigua Eugenia, qui surprit son regard gourmand.

— Pas de visées sur mes asperges ! lança-t-elle sèchement.

— Elles n'ont rien à craindre, répondit-il d'un air peiné en se mettant à ranger ses boîtes de thon dans un placard. Je vous jure de ne pas toucher non plus à votre pistou.

Eugenia rougit. S'il cherchait à la culpabiliser, il avait réussi.

— Il devrait y avoir assez d'asperges pour deux, hasarda-t-elle.

— Je ne voudrais pas vous en priver. D'ailleurs, je ne connais pas de recettes de thon aux asperges.

Il lui tournait le dos avec une indifférence qui l'ulcéra.

— Écoutez… si vous voulez, je peux préparer le dîner ce soir.

Une boîte à la main, il marqua une pause sans se retourner.

— Ce serait vraiment gentil de votre part.

— Mais vous vous chargerez de la vaisselle, enchaîna-t-elle.

Cette fois, il se retourna :

— Marché conclu.

Sa gratitude paraissait sincère, mais elle avait vu dans ses yeux une lueur amusée qui lui fit penser qu'elle s'était peut-être fait avoir.

À la fin du repas, le plaisir évident qu'il avait pris à sa cuisine l'avait surprise au point qu'elle se demandait depuis combien de temps – des années peut-être ? – il n'avait pas eu l'occasion de manger un vrai repas. Mais elle s'était forcée à refouler cet élan d'instinct protecteur. Avec un homme comme lui, c'était de sa propre protection qu'elle devait se soucier. Il profiterait à coup sûr de son moindre signe de faiblesse.

L'un et l'autre adoucis par le pain partagé, arrosé de deux verres de vin pour elle et de deux canettes de bière pour lui, ils avaient décidé d'un commun accord de remettre au lendemain l'exploration de la maison. Épuisée, Eugenia était montée se coucher, mais elle avait bientôt constaté qu'elle était trop énervée pour trouver le sommeil.

Deux heures plus tard, de guerre lasse, elle enfila un jean noir, un pull noir, des escarpins noirs et prit dans une valise sa petite lampe torche. Mieux valait ne pas allumer les lumières. Si Cyrus se réveillait, il ne manquerait pas de lui poser des questions.

En fait, elle ne savait pas elle-même ce qu'elle allait faire. Ignorant tout de la manière de conduire une enquête criminelle, elle savait simplement qu'il fallait commencer par un bout et que la Maison de Verre, à l'évidence, en était un. De toute façon, il n'était pas question pour elle de solliciter les conseils professionnels de Cyrus.

Elle ouvrit sans bruit la porte de sa chambre, se pencha sur la rambarde du balcon qui surplombait le hall, où régnait une obscurité totale. Un instant, ne sachant comment meubler le plus utilement son insomnie, elle hésita. Elle se rappela alors que Nellie lui avait dit une fois qu'elle se servait comme atelier d'une chambre du dernier étage. S'il existait une trace de son passage dans la maison, se dit-elle, ce serait sans doute dans cette pièce. Autant démarrer de là.

Marchant sans bruit, elle dépassa la porte de la chambre de Cyrus. Elle avait presque atteint l'escalier quand elle remarqua que le noir, au-dessous d'elle, ne semblait pas aussi total qu'elle l'avait cru un moment plus tôt. Elle pensa d'abord que sa vision s'était accommodée à l'obscurité, mais son intuition ne put se satisfaire de cette explication trop facile. Il y avait quelqu'un en bas.

Un frisson la parcourut.

Elle éteignit sa lampe électrique, se pencha sur la rambarde, vit un rai de lumière filtrer par la porte entrebâillée de l'escalier du sous-sol et se déplacer légèrement. Quelqu'un muni d'une torche électrique se trouvait en haut de cet escalier.

Une bouffée de colère la saisit : une seule autre personne pouvait rôder de la sorte, Cyrus. Il avait attendu qu'elle soit endormie pour explorer les lieux tout seul ! Elle se doutait depuis le début que cet individu lui causerait les pires ennuis.

— Qu'est-ce que vous fabriquez là, Colfax ? cria-t-elle du haut du premier étage.

Elle n'avait pas fini de parler quand la lumière s'éteignit. Furieuse, Eugenia pivota sur ses talons et courut vers l'escalier.

— Vous avez du culot de fouiner au beau milieu de la nuit sans me prévenir ! cria-t-elle en dévalant les marches. Je savais que vous aviez des idées louches derrière la tête !

Arrivée au rez-de-chaussée, elle traversa le hall en courant. La porte du sous-sol était refermée. Elle l'ouvrit rageusement, s'arrêta en haut de l'escalier qui s'enfonçait dans une profonde obscurité.

— Sortez d'ici, Colfax ! Jamais Samantha n'aurait dû vous faire confiance, je le savais !

Tout en parlant, elle cherchait à tâtons l'interrupteur mais, quand elle l'eut trouvé, elle l'actionna sans résultat. Elle ralluma sa lampe et s'engagea avec précaution dans l'escalier en s'éclairant de l'étroit faisceau de sa lampe torche.

— N'essayez pas de me faire peur, Colfax, vous perdez votre temps. Je veux savoir ce que vous fabriquez en bas ! À quel petit jeu stupide jouez-vous ?

Le contact soudain d'une main puissante qui lui saisissait l'épaule par derrière lui causa un tel choc qu'elle fut hors d'état de crier.

— J'allais vous poser la même question, dit Cyrus qui se tenait une marche au-dessus d'elle.

Eugenia se retourna si brusquement que sa main tenant la lampe entra violemment en contact avec le ventre de Cyrus, qui laissa échapper un grognement de douleur.

Torse nu, les cheveux en désordre, il venait visiblement de sauter du lit. En dépit de son ahurissement, Eugenia ne put s'empêcher de remarquer que sa large poitrine, couverte d'une fine toison bouclée, surmontait un ventre extra-plat qui disparaissait sous la ceinture d'un pantalon enfilé à la hâte.

— Cyrus ?... parvint-elle à articuler. Mais alors... si vous êtes avec moi, cela veut dire que c'est quelqu'un d'autre qui est en bas ?

— Puissamment raisonné, dit-il en empoignant sa lampe. Restez ici, ne bougez pas.

Sur quoi, il entama une descente rapide vers l'obscurité.

— Ah, mais non ! grommela Eugenia en s'élançant derrière lui. Pas question de rester ici ! Vous n'irez nulle part sans moi, Colfax. Vous ne m'inspirez pas confiance pour deux sous.

6

Le courant d'air froid qui balayait le sous-sol fit comprendre à Cyrus que sa proie lui avait déjà échappé. Il s'arrêta sur la dernière marche et se prépara à amortir le choc d'Eugenia qui dévalait l'escalier sur ses talons. Comme prévu, elle le heurta de plein fouet et n'eut que le temps d'agripper la rampe pour ne pas tomber.

— Pourquoi vous arrêter ? cria-t-elle. Il va s'enfuir !

Il trouva un interrupteur, l'actionna. Un plafonnier fluorescent s'alluma, révélant un long couloir bordé de portes.

— Je vous avais dit de rester là-haut. Vous n'obéissez jamais aux ordres qu'on vous donne ?

— J'ai toujours considéré que la docilité est la marque d'un manque de personnalité.

— Ou d'absence de sens commun.

Elle s'abstint de riposter.

— Où est passé le voleur ? demanda-t-elle en écartant une mèche de cheveux qui lui tombait sur les yeux.

— Enfui. Vous lui avez fait peur.

Tout en parlant, Cyrus l'examinait du coin de l'œil. Vêtue de noir de la tête aux pieds, elle avait plus que jamais l'allure d'un rat d'hôtel. Son jean lui moulait si étroitement la taille et les hanches qu'il semblait avoir été taillé sur mesure – et avoir coûté une petite fortune. Habitué par son métier à noter les moindres détails, il remarqua aussi que ses seins hauts et fermes se mouvaient librement sous son pull de fine laine soyeuse. Et si elle n'avait pas mis de soutien-gorge, en déduisit-il, elle ne portait sans doute pas non plus de culotte sous son jean. Son opulente chevelure noire, qu'il n'avait vue jusqu'alors que tirée sur la nuque en chignon, retombait en cascade jusque sur ses épaules. Un rat d'hôtel peut-être, conclut-il, mais un rat diablement sexy.

— Comment êtes-vous si sûr que cet individu ne se cache pas quelque part dans une des caves ? demanda-t-elle.

— Ce courant d'air humide vient de l'extérieur. La porte à l'autre bout du couloir est restée ouverte, répondit-il en s'avançant dans cette direction. Il a dû sortir par là.

— Je parie qu'il en voulait à ma collection !

— *Votre* collection ?

— Oui. La collection Daventry appartient désormais au musée.

— Au musée, pas à vous.

— Vous savez ce que je veux dire.

— Plus ou moins. Êtes-vous toujours aussi possessive ?

— Inutile de vous montrer sarcastique parce que je prends mon travail au sérieux. Allons plutôt vérifier la chambre forte.

— Je voudrais d'abord jeter un coup d'œil dehors, pour le cas où notre visiteur nocturne aurait été assez bête pour traîner dans les parages.

— Seigneur ! soupira-t-elle, les yeux au ciel. Vous n'espérez quand même pas sérieusement le retrouver ? Il est minuit passé, la maison est au milieu des bois, il fait noir comme dans un four et il pleut des cordes. De plus, cet intrus quel qu'il soit connaît les lieux mieux que vous. Ce serait une initiative parfaitement ridicule et une perte de temps.

— Très juste. À propos d'initiatives ridicules, enchaîna-t-il, permettez-moi de vous rappeler que vous n'avez pas hésité, il y a cinq minutes, à poursuivre ce visiteur indésirable dans l'escalier de la cave.

— Parce que je croyais que c'était vous.

— Merci, votre confiance me touche.

Eugenia eut la bonne grâce de piquer un fard.

— Bon, j'avoue vous avoir soupçonné de manigancer je ne sais quoi. Mais avouez que j'avais de bonnes raisons de me méfier.

— Lesquelles ? Vous auriez aussi bien pu penser que je dormais paisiblement dans ma chambre.

— L'idée ne m'est pas même venue à l'esprit.

— D'autant plus que vous ne dormiez pas vous-même du sommeil du juste. Que faisiez-vous à courir dans la maison au beau milieu de la nuit ?

— Je n'arrivais pas à m'endormir... Et s'il avait pénétré dans la chambre forte ? ajouta-t-elle en s'arrêtant devant une porte blindée.

Cyrus examina les voyants du digicode :

— Rassurez-vous, elle n'a pas été ouverte.

— Il n'empêche que ce type semble connaître la maison comme sa poche. Ce n'était sûrement pas sa première visite. Qui nous dit qu'il n'est pas venu piller la collection toutes les nuits depuis la mort de Daventry ? Quand nous ouvririons cette porte, nous constaterons peut-être qu'il ne reste rien à l'intérieur. Nous aurions dû le vérifier dès l'instant de notre arrivée. Je m'en veux de n'avoir pas insisté !

— Calmez-vous, voyons. Leonard Hastings était là pour y veiller.

— Justement ! Où est-il passé, celui-là ? Il n'a pas donné signe de vie ce soir.

Son inquiétude lui parut si sincère que Cyrus se sentit obligé de la réconforter :

— Nous y jetterons un coup d'œil dans un instant.

Le contenu de la chambre forte ne l'intéressait cependant pas outre mesure. La simple logique lui disait que Daventry n'aurait pas pris le risque de conserver une pièce aussi compromettante que la coupe Hadès avec le reste d'une collection dont il était si fier qu'il la montrait souvent à ses visiteurs. Si la coupe se trouvait toujours dans la maison, elle ne pouvait qu'être soigneusement cachée.

— Il faudra reprogrammer toutes les serrures électroniques de la maison dès demain matin, déclara Eugenia. Si Hastings n'en est pas capable, nous ferons venir un spécialiste du continent.

— Je connais ce matériel, je le reprogrammerai moi-même.

— Vous ? s'écria-t-elle, incrédule.

— Votre manque de considération pour mes capacités professionnelles pourrait douloureusement blesser un homme plus sensible que moi, vous savez.

— Vous ne me donnez pas l'impression d'être vulnérable à ce point. Mais je pense à autre chose, poursuivit-elle, les sourcils froncés. La personne qui s'est introduite ici ce soir devait savoir que la maison était occupée, nos deux voitures sont garées devant.

— Nous n'avons pas affaire à un cambrioleur très intelligent, si vous voulez mon avis.

— La maison est grande, il a pu supposer qu'il ne risquait rien. Des cambrioleurs s'introduisent tous les jours dans des logements habités sans réveiller les occupants.

— Le malheureux ne pouvait évidemment prévoir que vous seriez en train de rôder dans la nuit pour mieux le surprendre.

— Je ne rôdais pas ! protesta Eugenia.

— Quel mot emploieriez-vous ? Vous n'êtes pas sujette au somnambulisme, n'est-ce pas ?

Ils étaient parvenus au bout du couloir. La porte entrouverte par où s'engouffrait un air froid et humide donnait accès à l'escalier intérieur faisant communiquer le sous-sol et l'office derrière la cuisine.

— Vous ne voulez vraiment pas me dire ce que vous faisiez à vous promener dans le noir à minuit ? s'enquit Cyrus.

— Il n'y a rien à expliquer. Je n'arrivais pas à dormir, voilà tout. C'est par ici qu'il est entré ? demanda-t-elle.

— Sans doute.

— Il connaît donc les codes. Combien de personnes les connaissent, à votre avis ?

— Plusieurs, j'imagine. J'admets toutefois que le suspect le plus évident serait Leonard Hastings.

— Moi aussi. Si quelqu'un connaît tous les codes par cœur, ce ne peut être que lui. Qu'il n'ait pas été là pour nous recevoir comme convenu est extrêmement suspect. Je me demande s'il n'avait pas projeté de voler la collection et n'a pas eu le temps de finir le travail avant notre arrivée.

— Évitons les conclusions hâtives. Attendez-moi ici pendant que je jette un coup d'œil là-haut.

Il gravit rapidement l'escalier jusqu'à l'office. La porte extérieure donnant sur la véranda était restée grande ouverte. On distinguait à peine les arbres autour de la maison. La pluie tombait toujours.

— Pas d'imprudence ! le héla Eugenia qui montait à sa suite.

— Avez-vous jamais entendu la parabole de la paille et de la poutre ? Soyez tranquille, je n'ai pas l'intention de sortir, dit-il en refermant la porte. Ce serait inutile, de toute façon, la pluie a effacé les traces de pas et notre homme est sûrement déjà loin.

— Nous devrions peut-être le signaler au shérif Peaceful je ne sais quoi dont vous parliez. Bien que cela ne serve certainement pas à grand-chose, ajouta-t-elle avec une moue dubitative.

— Disons même que ce serait inutile. D'autant plus que rien n'a été volé, à notre connaissance du moins.

— Je vais chercher le code de la chambre forte, dit-elle en traversant l'office. Je tiens à vérifier si la collection est intacte.

Cyrus écouta ses pas s'éloigner, intrigué par le fait qu'elle ne se soit pas munie de ce code avant d'explorer la maison. Quand elle avait surpris l'intrus, elle n'avait donc pas l'intention de visiter la chambre forte mais une autre pièce.

Vers laquelle se dirigeait-elle ?

Et, comme si l'énigme n'était pas assez compliquée, il se surprit alors à regretter que cette destination n'ait pas été sa chambre…

Avec un soupir, il redescendit au sous-sol. À l'évidence, son long célibat commençait à affecter ses facultés de raisonnement. Certes, il se savait capable de se maîtriser lui-même et de garder le contrôle de la situation, mais cela ne relâchait en rien la tension qui gagnait de manière importune certaines parties de son anatomie.

Elle n'était pas du tout son type, se força-t-il à se rappeler. Ses enjeux dans cette affaire étaient beaucoup trop importants pour qu'il se laisse aller à les compromettre en batifolant avec une femme. Une femme, surtout, qui se méfiait de lui et à laquelle il ne faisait pas davantage confiance. Il n'avait pas le droit de perdre de vue ses objectifs prioritaires. La coupe Hadès passait avant tout.

Eugenia revint un instant plus tard, hors d'haleine.

— Voilà le code ! Je ne sais pas ce que je ferai si nous découvrons que la collection Daventry s'est envolée. Ce serait une catastrophe ! Samantha ne s'en remettrait jamais.

— Vous pourriez toujours engager un *vrai* détective pour la retrouver, ne put s'empêcher de lancer Cyrus avec une lourde ironie.

— Et vous me répondriez sans doute que vous acceptez ?

— Je trouverais peut-être un créneau dans mon emploi du temps d'ici un an ou deux. Après que nous serons tombés d'accord sur le montant exorbitant de mes honoraires, cela va sans dire.

— Comptez là-dessus, grommela-t-elle.

Elle consulta le papier sur lequel le code était inscrit, s'approcha de la porte. Cyrus, qui regardait autour de lui, remarqua une lampe rouge qui clignotait dans un renfoncement perpendiculaire au couloir.

— Attendez !

Un doigt sur le clavier du boîtier, Eugenia s'immobilisa.

— Que se passe-t-il ?

— Cette porte-ci n'a pas été ouverte, mais l'autre là-bas l'a été.

— Je ne l'avais pas vue tout à l'heure.

— Moi non plus. Allons-y.

La porte, en acier inoxydable comme celle de la chambre forte, était fermée, mais le voyant rouge indiquait qu'elle était déverrouillée.

— L'avocat de la succession a donné à Samantha un seul code pour le sous-sol, dit Eugenia. C'est peut-être le même pour cette serrure et celle de la chambre forte.

— J'en doute.

Elle actionna la poignée, tira. La porte s'ouvrit sans difficulté.

— La cave à vin, annonça-t-elle à Cyrus, derrière elle. J'aurais dû m'en douter, Daventry se vantait de s'y connaître en vins autant qu'en œuvres d'art. Il doit y avoir là-dedans une fortune en bouteilles millésimées… Mais qu'est-ce qui sent aussi mauvais ? ajouta-t-elle.

La puanteur alerta immédiatement Cyrus :

— Non ! N'entrez pas !

Il lui empoigna l'épaule pour la tirer en arrière, mais elle avait déjà trouvé l'interrupteur et fait un pas à l'intérieur. Il la sentit se figer sous sa main.

— Grand Dieu ! soupira-t-elle

Cyrus la repoussa dans le couloir et entra. Comme dans presque toutes les pièces de la maison, des miroirs recouvraient de haut en bas les parois de la cave. La lumière du plafonnier s'y reflétait en illuminant des centaines de bouteilles d'allure vénérable.

Elle éclairait aussi le cadavre qui gisait à plat ventre sur le sol.

Cyrus prit un mouchoir dans la poche de son pantalon, s'accroupit près du mort, sortit délicatement le portefeuille qui dépassait de sa poche revolver et jeta un coup d'œil au permis de conduire qui était rangé dans une pochette intérieure.

— Nous avons retrouvé Leonard Hastings, annonça-t-il.

Eugenia porta à ses lèvres le bol de thé que Cyrus avait posé devant elle sur la table de la cuisine.

— Je n'arrive pas à y croire, répéta-t-elle pour la centième fois en moins de dix minutes. Depuis quand était-il là, à votre avis ?

— Au moins trois ou quatre jours.

Il s'assit en face d'elle, vêtu d'une chemise décorée d'oiseaux de paradis orange et roses. Soulagée qu'il se soit enfin couvert, Eugenia savait toutefois que la vision de son torse nu resterait longtemps gravée dans sa mémoire.

— Quand je lui ai parlé tout à l'heure au téléphone, reprit-il, Peaceful Jones m'a dit que Hastings avait sans doute été victime d'une crise cardiaque.

— Comment le sait-il ? s'étonna Eugenia.

— Sa femme est le médecin de l'île. Elle traitait Hastings depuis des années pour des problèmes cardiaques. Et, d'après son permis de conduire, il avait soixante-treize ans.

Eugenia but une gorgée de thé, leva les yeux vers lui :

— Vous savez ce que j'ai cru en le découvrant comme cela ?

— Oui, qu'il avait été tué. C'était aussi ma première pensée.

Elle ne put retenir un frisson.

— Dans combien de temps Jones sera-t-il là ?

— Environ trois quarts d'heure. Sa femme l'accompagnera. Il n'y a qu'un seul véhicule officiel, ils le prendront pour emmener le corps de Hastings à la clinique.

— Et ensuite ?

— Il n'y a pas de cimetière dans l'île. D'habitude, ils font venir du continent un avion sanitaire pour transporter les morts quand il y en a. C'est sa femme, la doctoresse, qui se charge de ces formalités.

— J'en suis malade, dit Eugenia avec un nouveau frisson. Quand je pense que j'accusais ce pauvre homme de manquer à ses devoirs.

Cyrus marqua une pause.

— Nous avons environ une demi-heure avant l'arrivée de Jones et de sa femme. Je crois que nous devrions nous mettre d'accord sur ce que nous allons leur dire.

— Quoi ? s'exclama-t-elle, interloquée.

— Nous avons vécu une soirée agitée, expliqua-t-il. Il y a un cadavre au sous-sol et nous avons fait fuir un cambrioleur présumé. Les situations de ce genre sont assez stressantes, même quand on y est habitué. Et je ne pense pas que vous le soyez.

— Si vous croyez que je vais piquer une crise de nerfs quand le shérif aura percé à jour votre idée stupide de vous faire passer pour mon assistant, soyez tranquille ! répliqua-t-elle, ulcérée. Je sais me dominer, je ne suis pas une gamine écervelée.

— Je n'en suis pas si sûr, mademoiselle Swift. Vous jouez un rôle qui vous dépasse.

Eugenia faillit céder à la panique. Que savait-il au juste ? Qu'avait-il deviné ? Pourquoi s'en souciait-il ? Elle dut prendre plusieurs profondes inspirations pour recouvrer son calme.

— Que voulez-vous dire ? demanda-t-elle enfin.

Cyrus reposa son bol de thé, se croisa les bras et se pencha vers elle avec un regard froid, presque sévère.

— Plus de faux-semblants, je vous prie. Jouons cartes sur table. Je vous montrerai mon jeu si vous abattez le vôtre.

— Ah ! Vous avouez donc avoir un objectif secret !

— Oui. Et vous aussi, je le sais. Dites-moi pourquoi vous êtes réellement venue dans cette île, nous pourrions peut-être collaborer au lieu de nous tirer dans les pattes.

— Qu'est-ce qui vous fait croire qu'il s'agirait pour moi d'autre chose que de « vacances studieuses », selon Samantha ?

— Mon cher bon-papa disait parfois que ce n'est pas parce qu'un homme bouge et parle avec lenteur qu'il n'est pas capable de réfléchir vite. Vous êtes venue chercher la coupe Hadès, n'est-ce pas ?

Eugenia resta un instant bouche bée :

— La… la coupe Hadès ?

— Épargnez-moi la comédie de l'innocence, nous n'avons pas de temps à perdre.

Elle dut déglutir à plusieurs reprises. Le problème qu'il lui posait s'annonçait plus grave qu'elle n'osait l'imaginer.

— Parlez-vous de *la* coupe Hadès ? Celle du IVe siècle découverte en Italie au début du XIXe siècle et rapportée en Angleterre par lord Radstone ?

— Il n'en existe qu'une au monde à ma connaissance et je constate qu'elle vous est familière.

— Êtes-vous devenu fou, Colfax ?

Sa stupeur faisait place à la peur. Elle était là, seule au milieu de la nuit dans une maison inconnue, avec un cadavre dans la cave et un illuminé en face d'elle...

— Non, Eugenia, je ne suis pas fou ni vous non plus. Dites-moi tout ce que vous savez. Vite.

Eugenia s'humecta les lèvres. Elle ne devait surtout pas paniquer. Il fallait gagner du temps, occuper Cyrus jusqu'à l'arrivée du shérif et de la doctoresse. Ce n'était qu'une question de minutes.

— Je connais la légende qui l'entoure, bien entendu. Je sais aussi, comme tout le monde, que la coupe elle-même n'a pas été vue ni touchée par quiconque depuis le début du siècle dernier. Pour la plupart, les experts estiment qu'elle a été détruite il y a une centaine d'années.

— Non, elle existe encore. Elle a passé tout ce temps dans des collections privées. Je l'ai vue de mes yeux il y a trois ans.

Trois ans ? C'est-à-dire lorsqu'il avait été blessé d'un coup de feu, que sa femme avait été tuée, que son associé avait disparu ? Et qu'un objet de très grande valeur s'était volatilisé ? Incroyable !

— Ce que vous avez vu était sûrement un faux, une copie, dit-elle avec douceur dans l'espoir de l'amadouer.

— Non. J'ai vu la vraie, l'authentique. Mon associé Damien March et moi avions été engagés pour en assurer le transport jusque chez notre client. C'est à ce moment-là que March m'a trahi. Il a volé la coupe et assassiné ma femme pour brouiller sa piste.

Cela correspondait en effet au rapport de Sally Warren. Pétrifiée, Eugenia le dévisagea sans savoir s'il fallait ou non avoir peur de lui.

— Je cherche à comprendre. Êtes-vous venu ici parce que vous croyez qu'Adam Daventry était en possession de la coupe ?

— Il l'a achetée il y a quelques mois dans une vente aux enchères clandestine.

La coupe Hadès ! Si elle existait réellement, elle était donc là, sous ses pieds. Eugenia se leva d'un bond :

— La chambre forte…

Il l'interrompit, amusé de sa soudaine excitation :

— Du calme. En supposant qu'elle se trouve encore dans la maison, elle est sûrement bien cachée. Il aurait fallu être idiot pour exhiber une pièce aussi rare, et Daventry n'était pas un imbécile.

Eugenia se rassit lentement. Sa lucidité lui revint peu à peu.

— Vous dites avoir été engagé par la succession pour enquêter sur la mort de Daventry. Aurait-il été tué à cause de la coupe ?

— Non. Il y a neuf chances sur dix pour que sa chute ait été accidentelle. Aucun professionnel n'aurait commis un meurtre par une méthode aussi hasardeuse.

— Vous voulez dire que celui qui aurait voulu s'emparer de la coupe ne pourrait être qu'un professionnel ?

— Exactement.

Elle lut dans son regard une telle certitude qu'elle en fut ébranlée.

— Voilà donc pourquoi vous avez persuadé les avocats de la succession de vous engager. Il vous fallait un prétexte pour vous introduire dans la maison afin de la fouiller, n'est-ce pas ?

— Il m'est revenu aux oreilles il y a quelques semaines que la coupe avait refait surface. Le temps de procéder aux vérifications et d'apprendre qu'elle avait été achetée par Adam Daventry, il était mort, votre musée s'apprêtait à recueillir sa collection et les héritiers à vendre la maison. Je devais agir vite et je n'avais pas le choix des moyens.

— Qu'est-ce qui vous fait croire que la coupe est encore ici ?

— Je n'en suis pas certain à cent pour cent, admit-il. Il se peut qu'elle ait déjà été volée par un autre membre du Club des Connaisseurs le soir de sa mort, mais ce n'est guère probable.

— Pourquoi ?

— Si les membres du club aimaient exhiber leurs acquisitions les uns aux autres, ils étaient avant tout des rivaux. Daventry se méfiait de ses amis. Il ne leur aurait certainement pas révélé la cachette de son œuvre la plus précieuse.

— Pourquoi attachez-vous tant d'importance à cette coupe ? Avez-vous l'intention de la vendre quand vous l'aurez retrouvée ?

— Ce maudit morceau de verre ne m'intéresse pas. Ce que je veux, c'est mettre la main sur celui qui l'a volé il y a trois ans.

Son regard était devenu plus impénétrable que le marbre, sa voix plus tranchante qu'une lame. Eugenia sentit son estomac se nouer.

— Je vois, parvint-elle à articuler.

— Damien March a tué ma femme. J'ai besoin de cette coupe pour le débusquer, c'est la seule chose qui le fera sortir de son trou.

— Bon sang, Cyrus, en êtes-vous certain ? Avez-vous des preuves ? Je croyais que votre femme avait été tuée par un repris de justice qui voulait lui voler sa voiture.

Cyrus ne put retenir un léger mouvement de surprise.

— Vous êtes bien renseignée, ma parole. Non, il s'agissait d'une mise en scène montée par March pour couvrir ses traces. La seule manière de le prouver est de lui remettre la main dessus, c'est pourquoi j'ai besoin de retrouver la coupe.

— Vous êtes donc sûr que March est toujours vivant et que la coupe lui a été volée ?

— Tous les indices concordent. Daventry représente la première piste sérieuse dont je dispose depuis trois ans. Rien ni personne ne m'empêchera de la suivre jusqu'au bout.

— Mais qu'est-ce qui vous fait croire que la coupe suffira à faire sortir March de sa cachette ?

— Il fera n'importe quoi pour la récupérer. Cette coupe l'obsédait il y a trois ans, des obsessions de ce genre ne s'évanouissent pas.

Que croire ? se demanda-t-elle. Il a l'air sûr de lui. Si March est obsédé par la coupe, à l'évidence March obsède Colfax.

Cyrus observait Eugenia qui gardait le silence.

— J'ai abattu mon jeu, reprit-il au bout d'un moment. À votre tour de me montrer le vôtre. Dites-moi ce que vous êtes venue chercher ici et épargnez-moi vos âneries sur l'inventaire de la collection.

Piquée au vif, Eugenia se redressa :

— Sachez en tout cas qu'il ne s'agit pas de la coupe Hadès. Vous êtes le premier et le seul à me dire qu'elle existe. En ce qui me concerne, je persiste à considérer que vous êtes le jouet d'une illusion.

— J'aimerais croire que la coupe ne vous intéresse pas, cela me simplifierait les choses.

La fatigue de cette trop longue journée eut raison de son calme.

— Je me moque éperdument que vous me croyiez ou non ! s'écria-t-elle dans un brusque accès de colère. Si vous voulez savoir ce qui m'amène ici, c'est Nellie Grant. La police prétend qu'elle s'est noyée en mer. Je suis persuadée, moi, qu'elle a été assassinée.

Cyrus en resta un instant stupéfait.

— Nellie Grant ? La dernière maîtresse de Daventry ?

Eugenia comprit qu'elle en avait trop dit, mais il était trop tard pour battre en retraite.

— Oui, se borna-t-elle à répondre.

— Pourquoi croyez-vous qu'elle a été assassinée ?

Pour s'accorder le temps de réfléchir, elle se leva et alla déposer son bol vide dans l'évier.

— Nellie a passé pratiquement toute sa vie sur l'eau. Elle savait manœuvrer les bateaux à voiles et à moteur, et elle respectait scrupuleusement toutes les mesures de sécurité. C'est pourquoi je considère comme très improbable qu'elle soit sortie par gros temps sur une petite embarcation et qu'elle soit accidentellement tombée par-dessus bord.

— Vous êtes certaine de ses qualités de navigatrice ?

— Absolument. Et ce n'est pas tout, poursuivit-elle. Quand elle est venue me voir le lendemain de la mort de Daventry, elle n'était pas dans son humeur normale. Je l'ai trouvée agitée, nerveuse. Elle m'a dit qu'elle comptait regagner l'île dans l'après-midi pour y prendre le reste de ses affaires et revenir s'installer à Seattle.

— Autre chose ?

— Elle m'a dit qu'au cours des semaines ayant précédé sa mort Daventry était plus tendu et plus secret que d'habitude. Je ne sais rien de plus. Je n'ai rien de concret. Juste une intuition.

— Une intuition ?

— Oui. Et ne vous en moquez pas, je vous prie ! Tous ceux qui me connaissent savent que mes intuitions sont souvent justes.

— Admettons, dit-il d'un ton sceptique. Avez-vous une idée sur le mobile éventuel ? Qui aurait voulu tuer Nellie Grant ?

— Je ne sais pas comment vous l'expliquer, mais son trouble, la dernière fois que je l'ai vue, m'a amenée à me demander si elle n'avait pas été par hasard témoin de quelque chose qu'elle n'aurait pas dû voir. Elle m'avait laissé entendre que Daventry usait souvent de toutes sortes de drogues, aussi j'ai supposé…

— Qu'elle avait assisté à une transaction, enchaîna-t-il, et que le dealer a voulu se débarrasser d'un témoin gênant ?

— Oui. Ce ne serait pas impossible.

— Pas impossible, en effet. Mais très peu probable.

Depuis quelques minutes, Eugenia trompait son énervement en marchant de long en large. Elle sentait qu'il ne la croyait pas, mais elle devait s'avouer en toute honnêteté qu'elle n'acceptait pas elle non plus son histoire les yeux fermés.

— Pouvez-vous me dire pourquoi vous avez décidé de découvrir ce qui est arrivé à Nellie Grant ?

— Elle a travaillé pour moi au musée comme graphiste pendant près d'un an.

— Vous précipitez-vous pour faire une enquête chaque fois qu'il arrive malheur à l'un de vos employés ?

Eugenia se retint de grincer des dents.

— Non ! Nellie était aussi une amie. C'était une artiste de grand talent qui a eu une enfance douloureuse. Elle était fragile, vulnérable.

— C'est le cas de beaucoup de gens, vous savez. Dites-moi ce qui vous pousse à vous intéresser au sort de cette femme en particulier.

Eugenia s'arrêta devant la fenêtre, le dos tourné. Les mots qu'elle aurait voulu retenir lui montèrent aux lèvres malgré elle.

— C'est moi qui l'ai présentée à Adam Daventry. Sans moi, elle n'aurait pas fait sa connaissance, elle n'aurait pas cédé à sa séduction, elle ne serait pas venue ici et elle serait encore en vie. Voilà tout.

Cyrus laissa échapper un léger sifflement.

— Bigre ! Vous vous sentez donc coupable de sa mort ?

Eugenia entendit un lointain bruit de moteur.

— Oui, répondit-elle en se retournant. J'ai *besoin* de savoir ce qui lui est arrivé. J'y attache autant d'importance que vous à retrouver la coupe Hadès.

— Dans ce cas, je crois que nous pourrions conclure un marché.

— Un marché ? De quel genre de marché parlez-vous ?

— Vous êtes sûrement une excellente conservatrice de musée, mais vous n'avez aucune expérience dans la manière de conduire une enquête.

La voiture du shérif approchait. On entendit le gravier crisser sous les pneus.

— Et alors ?

— Alors, je vous fais une proposition honnête. Si vous ne parlez à personne de la coupe Hadès et gardez pour vous ce que je vous ai dit ce soir, je vous aiderai à enquêter sur la mort de Nellie Grant. Gratuitement, ajouta-t-il avec un sourire narquois.

Dehors, des portières claquaient. Eugenia ressentait de manière presque palpable la pression à laquelle il la soumettait.

— Je crois vous avoir déjà dit ce que je pense des dons gratuits.

On entendit des voix dans la véranda. Un homme et une femme.

— Vous auriez tort de vous en priver. Je travaille très bien.

On frappa à la porte de la cuisine. C'était maintenant ou jamais.

— D'accord, dit-elle. Marché conclu.

Le shérif délégué Peaceful Jones hocha la tête avec commisération en empoignant une extrémité du long sac en plastique.

— Une triste fin pour ce pauvre vieux Leonard.

Soulevant à deux mains l'autre bout du sac contenant la dépouille mortelle du pauvre vieux Leonard, Cyrus approuva d'un signe de tête.

— Bien triste, en effet.

Avec son catogan grisonnant, son cou chargé de colliers et son T-shirt représentant la Voie lactée, dans laquelle une flèche indiquait « Vous êtes ici », Peaceful Jones n'offrait pas l'image typique du serviteur de la loi. Cyrus avait toutefois su discerner sa compétence.

— Malgré tout, ce n'est pas une vraie surprise, n'est-ce pas, Meditation ? reprit Peaceful à l'adresse de son épouse qui ouvrait le hayon de la fourgonnette.

Drapée dans une longue robe ample et le front ceint d'un bandeau indien brodé de perles multicolores, le Dr Meditation Jones sourit avec sérénité :

— Son aura s'était affaiblie ces derniers temps, répondit-elle d'une voix flûtée beaucoup plus jeune que ses tresses grises ne le laissaient supposer. Son heure était venue.

En enfournant le corps dans la camionnette, Cyrus surprit le regard d'Eugenia. Il aurait juré la voir réprimer un sourire. Il avait d'ailleurs beaucoup de mal lui-même à ne pas en faire autant.

Peaceful claqua le hayon et se tourna vers Cyrus, qu'il regarda à travers ses petites lunettes rondes à monture de fer.

— C'est bien regrettable pour vous autres d'avoir trouvé le vieux Leonard dans cet état. Mais il fallait bien que cela arrive à quelqu'un tôt ou tard.

— Comment se fait-il que personne ne se soit aperçu plus tôt de sa disparition ? s'étonna Cyrus.

— Le vieux Leonard n'avait pas beaucoup d'amis, répondit Peaceful.

— Il avait une aura très perturbée, précisa Meditation, au point que les gens l'évitaient inconsciemment. J'ai essayé de le convaincre de se livrer à des séances de méditation intensive pour clarifier son essence, mais il refusait avec obstination.

— Il doit être frustrant pour un médecin qu'un patient repousse ses bons conseils, intervint Eugenia qui s'était approchée.

— C'est vrai. Mais, en fin de compte, nous sommes tous responsables de notre propre aura. Le soignant ne peut rien faire si ce n'est montrer la voie de la guérison. C'est au patient de s'y engager.

— Vous parlez comme mon grand-père, observa Cyrus.

Meditation le gratifia d'un sourire angélique :

— Votre grand-père devait être un homme plein de sagesse.

— Oui, très. Il s'est passé autre chose ici ce soir, enchaîna-t-il en se tournant vers Peaceful. Quelqu'un s'était introduit dans la maison, c'est d'ailleurs la raison pour laquelle nous nous sommes levés.

— Il a volé quelque chose ? s'enquit le shérif délégué.

— Rien à notre connaissance. Nous lui avons sans doute fait peur et il a filé. Je reprogrammerai les codes demain matin.

— Ce ne sera pas plus mal. Mais ne vous inquiétez pas trop, il s'agissait sans doute d'un gamin du coin qui voulait faire le malin. Nous n'avons pas eu de cambriolage dans l'île depuis des années. Ici, les gens ne ferment pour ainsi dire jamais leurs portes à clé.

— Sauf Daventry, observa Cyrus.

— M. Daventry était un peu à part, commenta Peaceful. Il n'était pas vraiment des nôtres, si vous voyez ce que je veux dire. Alors, comme ça, vous êtes ici en vacances ?

— Pas tout à fait, intervint Eugenia. Je suis conservateur du musée Leabrook et je suis venue faire l'inventaire de la collection Daventry.

— J'avais entendu dire que M. Daventry léguait sa collection au Leabrook, commenta Meditation. Je suis contente que ses sculptures aillent dans un musée. Ce beau geste de sa part permettra peut-être à son aura de trouver la sérénité de l'autre côté du voile.

Pendant ce temps, Peaceful considérait avec curiosité les oiseaux de paradis qui s'ébattaient sur la chemise de Cyrus.

— Vous êtes un ami de Mlle Swift ? demanda-t-il avec une feinte candeur.

— M. Colfax est mon assistant, s'empressa de déclarer Eugenia. Il est venu m'aider à réaliser l'inventaire.

— Assistant ? répéta Peaceful sans quitter des yeux les oiseaux de paradis.

— Eh oui ! soupira Cyrus. Se rendre utile à son prochain, telle a toujours été ma devise.

7

— Si nous découvrons encore des cadavres, je m'en vais ! déclara Eugenia en lançant un regard dégoûté aux portes alignées le long du couloir du deuxième étage.

De son point de vue, la visite de la Maison de Verre avait été décevante. À part un chevalet et quelques vieux tubes de peinture acrylique, ils n'avaient rien découvert dans la chambre utilisée comme atelier par Nellie. Cyrus s'était intéressé à une pièce contenant des archives au sous-sol, avec un nombre important de dossiers et de documents qu'il se promettait d'étudier. Eugenia doutait toutefois qu'il y découvre de quoi faire progresser son enquête.

Elle commençait aussi à regretter leur marché conclu la nuit précédente. Ce matin, Cyrus était d'une humeur trop cordiale pour être honnête, ce qui donnait à Eugenia le sentiment déplaisant d'avoir été manipulée. Marché ou pas, se répétait-elle, leurs raisons respectives de venir dans l'île restaient bien distinctes.

— Rassurez-vous, dit Cyrus, il est peu probable qu'il y ait plus d'un cadavre à la fois dans la maison.

Il doit falloir porter des lunettes noires ici quand le soleil brille, ajouta-t-il en ouvrant la première porte.

La chambre, presque identique aux précédentes, offrait à la vue une abondance de surfaces réfléchissantes, des tables en verre dépoli et des meubles en acier chromé et en cuir blanc.

— Le décorateur était un peu trop porté sur les miroirs, j'en conviens, dit Eugenia. Je me demande qui était l'architecte.

Cyrus s'immobilisa :

— Excellente question, mademoiselle Swift.

— Pourquoi ? s'étonna-t-elle.

— Parce que, si la coupe Hadès est réellement cachée quelque part ici, elle doit se trouver dans un coffre-fort secret prévu par l'architecte avant la construction. Dans un double mur, par exemple.

La main sur la poignée de la porte suivante, Eugenia se tourna vers lui :

— Vous croyez sérieusement que cette coupe existe encore et que Daventry la possédait ?

— Et vous, vous croyez sérieusement que Nellie Grant a été assassinée ?

— Vous estimez que j'ai inventé cette histoire pour expliquer sa mort, n'est-ce pas ? demanda-t-elle, mortifiée.

— Si vous voulez mon opinion professionnelle, la thèse du crime dans le cas présent ne repose sur rien de solide. Il n'y a pas de mobile apparent. En fait, vous vous fiez à votre seule intuition.

— Et vous, vous vous fiez à de vagues rumeurs sur une vieille légende. Si vous voulez mon opinion professionnelle, la coupe Hadès a disparu depuis longtemps.

— Tout ce que je vous demande, c'est votre silence. Votre opinion professionnelle ne m'est d'aucune utilité.

— Et moi, tout ce que je vous demande, c'est votre coopération.

— Elle vous est acquise, je vous le rappelle.

— C'est absurde ! laissa-t-elle échapper. Chacun de nous croit que l'autre est lancé sur une fausse piste.

— Les conditions idéales pour une franche collaboration ne sont peut-être pas réunies, mais il faudra nous en contenter. Notre marché tient toujours, n'est-ce pas ? ajouta-t-il en la fixant des yeux.

— Oui, répondit-elle avec une brève hésitation. Il tient toujours.

Elle tourna la poignée de la porte, ouvrit. Au lieu de la lumière éblouissante, des miroirs et des meubles chromés qu'ils escomptaient, la pièce était plongée dans une obscurité totale.

— Une pièce sans fenêtre dans la Maison de Verre ? s'étonna Eugenia. C'est inattendu.

Cyrus tâta la cloison près de la porte, actionna l'interrupteur. Une série d'étroits pinceaux lumineux tomba du plafond, révélant un labyrinthe de socles de verre noir, chacun surmonté d'une vitrine abritant une sculpture. Les spots étaient orientés de manière à n'éclairer que les œuvres en laissant tout le reste dans l'obscurité. Sur les murs, quelques tableaux bénéficiaient du même éclairage directionnel.

— Une sorte de galerie, dit Eugenia en examinant les lieux avec curiosité. Mais il n'y a pas que des œuvres en verre.

— Je me demande pourquoi cette pièce n'est pas protégée par une serrure de sécurité comme la chambre forte du sous-sol, ajouta Cyrus.

Eugenia s'arrêta devant un socle portant un sexe masculin en terre cuite aux proportions manifestement optimistes.

— Sans doute parce que ce qu'elle contient n'a pas grande valeur, répondit-elle.

— Voilà un jugement subjectif, observa Cyrus.

Eugenia sourit malgré elle.

— Je parlais de la qualité de l'œuvre, pas de celle du sujet.

— Vous me rassurez.

Si elle ne pouvait pas voir son visage dans l'obscurité, elle était sûre qu'il souriait. Leurs épaules se frôlèrent. Le sentir si proche l'emplit d'une étrange nervosité. Son odeur masculine qu'elle humait par bouffées provoquait en elle un trouble contre lequel elle luttait à grand-peine, comme si jamais de sa vie il ne lui était arrivé de se trouver aussi près d'un homme.

Voulant briser ce charme dangereux, elle se pencha pour lire la pancarte disposée devant la sculpture. Le titre, *L'Essence de l'homme*, était suivi de deux dates à trois mois d'intervalle. Une autre ligne portait ces quelques mots : *Au-dessous de la moyenne pour les arts, très au-dessus pour la fellation*.

Choquée, Eugenia se releva si brusquement que son crâne percuta le menton de Cyrus, qui lisait par-dessus son épaule.

— Aïe ! laissa-t-il échapper. Ceci ne ressemble guère aux notations artistiques habituellement rédigées dans les musées, j'imagine ?

Bénissant l'obscurité qui dissimulait sa rougeur, elle s'approcha du socle suivant. La lumière du spot brillait sur une série de cercles métalliques enchevêtrés. Le titre, *Univers*, suivi de deux dates distantes de trois semaines, précédait une critique qui fit rougir Eugenia de plus belle : *Au-dessous de la moyenne dans les arts comme au lit.*

— Aucun nom d'artiste, observa Cyrus qui regardait une vitrine voisine. Juste un titre, des dates et un jugement, disons... biaisé, si vous me permettez l'expression.

— Un jugement qui concerne les artistes plutôt que les œuvres, parvint à dire Eugenia sans bafouiller. À quoi peut bien correspondre ce musée du mauvais goût ?

— Sans vanter mes dons d'observateur, répondit-il avec ironie, tout porte à croire qu'il s'agit du tableau de chasse de Daventry. Selon mes informations, il aimait coucher avec des artistes.

Au souvenir de l'éclair de convoitise surpris dans le regard de Daventry quand elle lui avait présenté Nellie, Eugenia frémit.

— Vos informations sont exactes, se borna-t-elle à approuver.

Elle s'apprêtait à quitter la pièce quand un reflet de lumière sur du verre attira son attention et elle se dirigea machinalement vers le socle. Mais, à la vue de l'objet que contenait la vitrine, elle stoppa net à trois pas. L'estomac noué, les mains soudain moites, elle ne put retenir un cri. Cyrus la rejoignit en deux enjambées.

— Que se passe-t-il ?

— Cette... cette *chose*, là...

Elle ne parvenait ni à détacher son regard de la sculpture, ni à l'observer sans horreur. Composée d'éclats de verre et de morceaux de métal rouillé, elle exprimait une telle folie, une telle rage qu'elle semblait empoisonner l'atmosphère d'émanations maléfiques.

D'un geste naturel, Cyrus la prit par les épaules.

— Allons, allons, calmez-vous. Je n'aimerais pas avoir ça chez moi, c'est vrai, mais ce n'est pas beaucoup plus laid que la plupart des œuvres contemporaines qu'on voit dans les galeries.

— C'est... c'est abominable. Monstrueux !

— Pourtant, dit-il en se penchant vers la pancarte, elle porte le titre de *Fleur*. Une mauvaise herbe, sans doute. Les dates remontent à plus de cinq ans. Donc, peu avant que Daventry s'installe dans l'île. Le commentaire, ajouta-t-il, est un peu moins méchant que les autres : *A un certain talent mais se surestime.*

Eugenia eut un élan de gratitude pour le bras réconfortant qui pesait sur ses épaules.

— Celle qui a produit cette... cette horreur était une folle furieuse. Dangereuse, même. Il y a des pulsions de mort, là-dedans.

— Sans vouloir vous vexer, Eugenia, j'ai l'impression que vous vous laissez un peu emporter par votre imagination.

— Non ! dit-elle avec conviction. Je n'imagine rien. En matière d'œuvres d'art, je me fie à mon intuition, et elle me trompe rarement.

Cyrus ne savait s'il devait ou non se féliciter qu'Eugenia ait confirmé son adhésion à leur pacte de la nuit. Il avait pris un risque, risque calculé, certes, mais risque tout de même, en lui révélant ses véritables intentions. Cependant, avec un cadavre à la cave et le shérif à la porte, il n'avait pas eu le temps de réfléchir à sa décision. De toute façon, avait-il le choix ? se demanda-t-il en attendant son tour au comptoir de « Chez Burt », alimentation bazar station-service. Même si Eugenia lui mentait, il ne pouvait pas se passer de sa coopération.

Un petit homme, vêtu d'un tablier proclamant qu'on traitait avec Burt en personne, s'approcha derrière le comptoir.

— Alors, comme ça, c'est vous autres qui êtes tombés sur Leonard Hastings la nuit dernière à la Maison de Verre ? dit-il en guise de préambule. Tout le monde en ville sait maintenant que le battant du vieux Leonard a fini par jeter l'éponge.

L'image était hardie, mais Cyrus réprima son envie de rire.

— Sûrement. D'après le Dr Jones, il prenait beaucoup de médicaments pour le cœur.

— C'est vrai. Je devrais pas le dire, enchaîna Burt, mais je crois pas que le vieux Leonard laissera beaucoup de regrets derrière lui.

Eugenia stoppa un instant son examen de l'étalage de légumes frais, d'une fraîcheur très relative, pour se mêler à la conversation :

— Pourquoi donc ?

— Meditation Jones vous dira qu'il avait une mauvaise aura, dit Burt avec une moue incrédule. Elle a peut-être raison ou peut-être pas, j'en sais rien. Tout ce que je sais, c'est que personne d'autre que Daventry l'aurait engagé à son service. Un drôle de zèbre, le vieux Leonard. Inquiétant, dans son genre. Daventry aussi, remarquez, mais avec plus de classe, si vous voyez ce que je veux dire.

— Je ne savais pas que les gens d'ici trouvaient Daventry bizarre, dit Eugenia en sélectionnant une laitue et un poivron un peu moins défraîchis que les autres. Vous le connaissiez ?

— Pour ainsi dire pas. Il avait pas de temps à perdre avec nous autres, déclara Burt avec un ricanement amer. Il faisait tous ses achats sur le continent sous prétexte qu'il y avait rien de bon ici.

— Je vois, dit-elle avec une conviction qui fit sourire Cyrus.

— Remarquez, poursuivit Burt, je me plains pas. Sans Daventry, on aurait pas eu tous les artistes qui sont venus vivre ici. Ils attirent du monde et ça me rapporte autant qu'aux autres. Mais c'est pas pour ça que Daventry était plus sympathique.

— J'ai cru comprendre qu'il donnait des soirées parfois agitées à la Maison de Verre, hasarda Eugenia.

— Pour ça, oui. Le shérif Peaceful a dû y aller deux ou trois fois. Il y avait de la drogue et Dieu sait quoi, à ce qu'on disait. Mais c'est pas moi qui pourrais le prouver, il n'invitait que les artistes et des gens du continent, jamais nous autres.

— Vous les avez vus quelquefois, ces gens ? s'enquit Cyrus.

— Bien sûr, presque toujours les mêmes. Ils étaient cinq ou six qui arrivaient par le ferry et filaient directement à la Maison de Verre sans même s'arrêter en ville. Ils restaient la nuit et repartaient le lendemain. Je suppose qu'on les reverra plus, maintenant que Daventry fait pousser les pâquerettes. Alors, comme ça, vous êtes en vacances ici, tous les deux ? ajouta Burt avec un sourire engageant.

— Pas tout à fait, répondit Eugenia. Vous savez peut-être que Daventry a légué sa collection d'œuvres d'art au musée Leabrook, dont je suis conservateur en chef. Je suis venue procéder à l'inventaire avant d'expédier la collection à Seattle.

— Ah oui, le petit musée de Seattle, opina Burt. J'en avais entendu parler. C'est là que vous travaillez ?

Vexée, Eugenia se redressa de toute sa taille et ses yeux lancèrent des éclairs.

— Le Leabrook n'est peut-être pas très grand par ses dimensions, répliqua-t-elle avec froideur. Mais, dans sa spécialité, il n'a rien à envier aux institutions les plus importantes au monde.

Le ton hautain et la manière altière dont elle levait le menton amusèrent Cyrus. Elle portait, ce matin-là, une chemise de coupe quasi militaire et un pantalon vert bouteille, tenu par une large ceinture de cuir qui soulignait la finesse de sa taille. Deux disques d'argent martelé luisaient à ses oreilles. Son orgueilleuse réaction l'intriguait et lui jetait en même temps un défi. Il y avait chez cette femme une évidente force de caractère, laquelle, il le savait de longue date, est souvent employée à maîtriser ou à dissimuler des passions exigeantes.

Il se demanda quelles passions bouillonnaient derrière la façade trop lisse d'Eugenia. Il se demanda aussi, une fois de plus, si elle lui avait dit la vérité la veille au soir quant à sa volonté de se renseigner sur le sort de Nellie Grant. Si c'était le cas, elle souffrait d'un sens des responsabilités exacerbé.

Mais, si elle lui avait menti, il ne pouvait écarter l'éventualité qu'elle soit, elle aussi, sur la piste de la coupe Hadès. Certes, elle s'était montrée tout à fait convaincante en lui parlant de Nellie, et peu de gens au monde savent aussi bien mentir. Il en avait pourtant connu quelques-uns – Damien March, par exemple.

— J'ai plus mis les pieds dans un musée depuis que j'étais gamin, déclara Burt, les bras croisés sur sa caisse enregistreuse. Quand je vais à Seattle, je préfère m'offrir un beau match plutôt que de perdre mon temps avec tous ces trucs culturels.

— Vraiment ? lança Eugenia d'un ton glacial.

Burt parut ne s'apercevoir de rien.

— Vous êtes l'assistant de Mlle Swift, m'a dit Peaceful ? s'enquit l'épicier pompiste en se tournant vers Cyrus.

Son regard exprimait un scepticisme au moins égal à celui manifesté la veille par le shérif. Puisque personne n'avalait leur histoire, se dit Cyrus, il était grand temps de la crédibiliser.

— Euh… pas vraiment, dit-il en soulignant son propos d'un clin d'œil complice. Je suis plutôt un ami intime, si vous voyez ce que je veux dire. Entre nous, le meilleur verre est celui qu'on remplit d'une bonne bière bien fraîche.

— Alors là, je vous suis ! s'esclaffa Burt.

— Genie a réussi à persuader sa patronne de m'emmener l'aider à faire cet inventaire. C'était le seul moyen qu'on puisse passer quinze jours ensemble cet été, alors on a sauté sur l'occasion.

— Je comprends ça, approuva Burt en contemplant la chemise de Cyrus décorée d'ananas. Je me disais aussi que vous aviez pas vraiment le genre artiste, si vous voyez ce que je veux dire.

Eugenia était plus rigide qu'une statue de granit.

— Je vois très bien, confirma Cyrus. Tu as fini tes achats, mon chou ? Il faut y aller, c'est l'heure du déjeuner.

Le regard qu'elle lui décocha aurait pu allumer un incendie de forêt de proportions cataclysmiques. Cyrus se demanda si elle allait exploser séance tenante et anéantir leur nouvelle couverture. Il l'aurait regretté, certes, mais le spectacle devait en valoir la peine.

Dieu merci, elle se domina et parvint même à afficher un rictus qui ressemblait à un sourire.

— Je suis prête. Mais je me dis que nous avons commis une grave erreur en venant prendre nos vacances ici.

— Je comprends, dit Burt avec commisération. Ça a dû vous faire un drôle de choc de trouver le vieux Leonard dans cet état. Mais il faudrait pas que vous en gardiez une mauvaise impression de Frog Cove, ma petite demoiselle. Tenez, le festival des Arts commence à la fin de la semaine. Il attire du beau monde, vous verrez.

— Il plaira sûrement beaucoup à Genie, affirma Cyrus. N'est-ce pas, mon chou ?

Eugenia dévoila deux rangées de dents blanches en un sourire carnassier.

— Oui, beaucoup. Ce sera le couronnement de mes vacances.

Sur quoi, elle pêcha ses lunettes de soleil dans son sac, les planta sur son nez et se dirigea vers la porte au pas de charge.

— Elle est un peu sur les nerfs en ce moment, expliqua Cyrus. Les artistes, vous savez…

— Vous inquiétez pas, je comprends, le rassura Burt.

Cyrus prit le sac de provisions, salua Burt et s'en fut à son tour.

Arrivé sur le trottoir, il constata qu'Eugenia avait pris de l'avance, mais il refusa de courir pour la rattraper – un homme a sa dignité, après tout. Portant le sac d'une main, il mit ses lunettes noires de l'autre et poursuivit sa marche d'une allure mesurée. Dix pas plus loin, Eugenia se retourna et le fusilla du regard par-dessus son épaule.

— Que signifie cette comédie dans la boutique ? lança-t-elle. Vous êtes censé être mon assistant, pas mon… mon…

— Votre bon ami ? Votre amant, peut-être ?

— Ne me faites pas dire ce que je n'ai pas dit !

Dans la rue, des calicots multicolores annonçaient en gros caractères le début imminent du festival des Arts.

— L'histoire de l'assistant n'était pas crédible, répondit-il calmement. Peaceful Jones n'y a pas cru hier soir, Burt non plus ce matin. Il fallait trouver d'urgence quelque chose de mieux.

— Vous auriez dû me demander mon avis avant d'inventer une pareille sottise !

— Je n'avais pas le temps.

Elle continuait à marcher devant lui sans ralentir.

— J'aurais préféré que vous restiez mon assistant.

— Parce que cela vous donnait l'illusion d'être le chef ?

— Je ne plaisante pas !

— Soyez juste, Eugenia, je n'avais pas le choix. J'ai deux enquêtes à mener en comptant la vôtre, je devais me décider sur-le-champ. Vous avez entendu ce qu'a dit Burt, je n'ai pas le genre artiste.

Tout en parlant, il salua d'un courtois signe de tête quelques badauds qui les regardaient passer devant le bureau de poste avec une curiosité non déguisée.

— Je ne vous le fais pas dire ! fulmina Eugenia. Vous n'avez fait aucun effort pour jouer votre rôle. On dirait même que vous l'avez sciemment saboté pour me forcer à vous suivre là où vous vouliez m'entraîner. J'ai horreur d'être manipulée de cette façon, Cyrus. Et je ne le tolérerai pas une minute de plus.

— Je vous ai dit dès le début que le rôle d'assistant conservateur ne me convenait pas, protesta-t-il.

— Votre version idiote sera encore plus difficile à faire admettre ! rétorqua-t-elle. Au premier coup d'œil sur nous deux, le plus obtus se rendra compte que nous ne pouvons pas avoir… enfin, être…

Elle proteste avec trop de chaleur pour être tout à fait sincère, se dit-il. Ou alors, il prenait ses désirs inavoués pour des réalités.

— Je vous présente mes excuses, Eugenia. Mais ce qui est fait est fait. Nous ne pouvons plus revenir en arrière.

— Vous agissez toujours comme cela ?

— Comme quoi ? demanda-t-il, étonné par cette question.

— Décider sans vous donner la peine de consulter quiconque ?

L'accusation le désarçonna. Il avait pris l'habitude d'être toujours celui qui décide, c'est vrai. Depuis qu'il avait dû abandonner ses études pour prendre soin de ses grands-parents malades, il n'avait plus arrêté de décider à la place des autres.

Parce que, depuis longtemps, les autres avaient besoin de lui et dépendaient de lui. Beau et Gwen Colfax, d'abord, pour qui il comblait le vide laissé par la mort de leur fille unique Jessica, sa mère. Ensuite, la liste s'était allongée : les victimes de crimes ou d'accidents, sa femme Katy, Meredith et Rick Tasker, les clients, les employés. Combien d'autres encore ? Bien sûr, il prenait des décisions. Parce qu'il le fallait. Les gens attendaient de lui qu'il décide à leur place. Son unique tentative de partager les décisions et les responsabilités, son association avec Damien March, s'était terminée de façon désastreuse.

— Je croyais faire pour le mieux, répondit-il enfin.

— Mauvaise excuse.

— Un de nos problèmes, dit-il après un silence, se trouve, je crois, dans le fait que vous êtes autant que moi habituée à commander. Je le comprends et je le respecte.

— Vraiment ?

— Oui, vraiment. Mais, si nous voulons atteindre nos objectifs, nous allons devoir apprendre à travailler en équipe. Je vous promets de vous consulter désormais avant de prendre une décision, ajouta-t-il d'un ton aussi humble et conciliant qu'il en était capable.

Il entendit presque tourner les rouages de son cerveau pendant qu'elle réfléchissait. Elle était furieuse contre lui, certes, mais elle avait toujours son propre programme qu'elle voulait mener à bien et ne prendrait pas le risque de le faire échouer pour un motif somme toute mineur.

— Soit, reprit-elle enfin, vous nous avez coincés dans cette situation ridicule, nous ne pouvons plus reculer. Mais je vous jure, Cyrus, que si vous m'appelez encore une fois « Genie » ou « mon chou » je ne répondrai pas de mes actes. Et, la prochaine fois que vous voudrez me faire une petite surprise dans le genre de celle-ci, parlez-m'en d'abord.

Il étouffa un soupir de soulagement :

— D'accord.

Elle s'arrêta et se retourna, un poing sur la hanche :

— Et, pour l'amour du ciel, ne traînaillez pas comme cela !

— Bien, chef ! lâcha-t-il malgré lui.

Il contourna un groupe de touristes agglutinés devant une galerie d'art et la rejoignit. Eugenia se remit en marche en affectant de ne pas tenir compte de sa présence à côté d'elle.

— Vous avez entendu ce que disait Burt sur la drogue aux soirées de la Maison de Verre ? dit-elle au bout d'un moment. Cela correspond à ce que m'avait révélé Nellie.

— Peut-être, mais je crois qu'on peut éliminer l'hypothèse de l'assassinat de Nellie en tant que témoin gênant.

— Pourquoi ? demanda-t-elle sèchement.

— Parce que, si Daventry entretenait des rapports réguliers avec des dealers, ce n'était pas dans l'île où les étrangers se font remarquer. Il procédait plutôt à ses transactions sur le continent, dans l'anonymat d'une grande ville.

— Qui étaient les invités réguliers dont parlait Burt ?

— Sans doute des membre du Club des Connaisseurs.

— Je regrette de devoir l'admettre, soupira-t-elle, mais il y a de la logique dans ce que vous dites.

— Je m'efforce d'être logique de temps en temps, ne serait-ce que pour faire bonne impression sur mes clients.

Une fois devant la Jeep, Cyrus ouvrit la portière du passager :

— Dites-moi, que ferez-vous si vous ne trouvez pas de réponses à vos questions sur ce qui est arrivé à Nellie ?

— Mais je compte bien les obtenir, ces réponses, puisque je travaille avec un enquêteur chevronné. L'avez-vous déjà oublié ?

— C'est vrai, je n'y pensais plus.

— À mon tour : que ferez-vous si vous réussissez à retrouver la coupe Hadès, à condition qu'elle existe, ce que je ne crois absolument pas, et à débusquer Damien March ?

— Quand j'en aurai fini avec lui, je restituerai la coupe à son légitime propriétaire.

Eugenia s'adossa à la Jeep, les bras croisés :

— Vous savez, j'ai de plus en plus la conviction que cette coupe fait partie de la collection Daventry.

— Oh, non ! Ne vous faites pas d'illusions, le Leabrook ne s'appropriera pas la coupe. Elle sera rendue au client qui a payé l'agence March & Colfax il y a trois ans pour en effectuer le transport.

— Comment votre client l'a-t-il acquise ? demanda-t-elle.

— Dans une vente aux enchères.

— Avez-vous vu les papiers correspondants ? Un bordereau de commissaire-priseur ? Une facture ?

— La coupe n'a jamais changé de mains sur le marché officiel, répondit Cyrus. Ses possesseurs successifs n'étaient pas du genre à s'encombrer de formalités ni de paperasses.

— Il ne dispose donc d'aucun titre de propriété valable ?

— N'insistez pas, Eugenia. Je vous ai dit que cette coupe appartient à mon client, je veillerai à ce qu'elle lui soit restituée. Ce qu'il en fera ensuite le regardera, lui et lui seul.

— Si j'en crois vos *révélations*, la coupe a été volée à plusieurs reprises dans le passé. Votre client n'en serait donc pas un possesseur plus légitime que ne l'était Daventry. Dans ce cas, le musée aurait sur elle des droits juridiquement indiscutables. À condition que vous retrouviez la coupe, bien entendu.

Il agrippa le pavillon de la voiture, se pencha vers elle.

— J'ai dit non, gronda-t-il.

— J'exposerai la situation à Samantha et je consulterai nos avocats, enchaîna-t-elle avec un sourire exaspérant. Plus j'y pense, plus j'estime que notre position est forte.

— Attention, Eugenia. Je vous répète que la coupe sera restituée à mon client.

— Il va sans dire que je vous autoriserai à l'utiliser pour appâter March afin que vous puissiez le livrer à la police. Entre-temps, le musée se chargera d'assurer la sécurité. À ses frais, bien entendu.

— Je suis un professionnel de la sécurité, je l'assurerai moi-même.

— Ne m'en veuillez pas de vous le rappeler, Cyrus, mais la dernière fois que vous l'avez fait vos mesures de sécurité laissaient plutôt à désirer, vous ne trouvez pas ?

Il fut soudain conscient d'un sourd grondement dans ses oreilles.

— Montez dans cette Jeep. Tout de suite.

— Ce serait la découverte du siècle, si vraiment elle existe comme vous le prétendez, poursuivit-elle sans se démonter. Je pourrais même organiser une exposition entière autour d'elle. Le public raffole des œuvres porteuses de légendes un peu sulfureuses.

— Si vous ne montez pas immédiatement dans cette Jeep, je vous y embarquerai de force.

— Mais oui, Cyrus, mais oui. Je monte dans la Jeep. Là, vous voyez, je suis assise. Vous êtes content ?

Et elle le gratifia du sourire condescendant qu'une institutrice de bonne volonté accorde à un élève retardé.

Se dominant au prix d'un effort surhumain, il referma la portière, fit le tour de la voiture, s'installa au volant. Une fois là, il resta immobile en se demandant s'il devait ou non mettre le contact. Tous les experts de la sécurité routière considèrent qu'il est imprudent de conduire quand on n'est pas en pleine possession de ses moyens.

Or, il n'était décidément pas en pleine possession de ses moyens.

— Vous aviez raison de me rappeler que mes mesures de sécurité laissaient à désirer, dit-il enfin en évitant de la regarder. C'est pourquoi, la prochaine fois, je veillerai à ce qu'elles soient irréprochables. Et, quand j'en aurai terminé avec March, j'irai moi-même rendre la coupe à mon client. Votre musée n'a aucun droit sur elle.

— Je comprends très bien que vous teniez à votre réputation en affaires, mais je crois que nous n'en sommes plus là et qu'il appartient désormais aux avocats de régler le problème.

Cyrus réussissait encore à se maîtriser. Pour combien de temps ? Il préféra ne pas se poser la question tandis qu'il enlevait ses lunettes de soleil et se tournait vers elle pour la regarder dans les yeux.

— Je vous répète un bon conseil que je crois vous avoir déjà donné, Eugenia. Ne vous mettez pas en travers de mon chemin.

Elle se figea :

— Je pourrais vous donner le même.

Ainsi, elle le provoquait délibérément. Elle ne céderait pas un pouce de terrain. Elle lutterait jusqu'à ce que l'un d'eux aille au tapis. Jamais il n'avait rencontré une pareille femme. Elle le rendrait fou avant longtemps. Fou furieux…

— Cyrus ? s'inquiéta-t-elle. Vous faites une drôle de tête, tout d'un coup. Vous allez bien ?

Le sourd grondement qui retentissait dans ses oreilles explosa en une gerbe de flammes qui se déversa dans ses veines. Un dernier éclair de lucidité lui fit comprendre qu'il ne pouvait plus discerner si le défi qu'elle lui lançait se plaçait sur le plan sensuel ou sur le plan personnel, mais il ne se souciait même plus de faire la différence entre les deux.

— Non, je ne vais pas bien.

Et il tendit un bras, l'attira contre lui et l'embrassa avec voracité.

8

La bouche de Cyrus sur la sienne étouffa la protestation qu'Eugenia se crut tenue d'élever pour la forme. Soudain plongée dans un fleuve de verre en fusion qui l'emportait Dieu savait où, elle ne pouvait ni ne voulait s'en échapper. Elle désirait, au contraire, que le courant s'accélère.

Aucun homme ne l'avait jamais embrassée de cette manière.

Il se livrait probablement à une tentative éhontée de la dominer par les sens, se força-t-elle à penser. Une preuve de mauvais goût qui ne la surprenait pas de la part d'un homme comme lui et qui avait de quoi la scandaliser. Il aurait dû comprendre qu'elle était trop intelligente et trop adulte pour succomber à une manœuvre tout juste bonne à séduire les midinettes. Elle devait réagir.

Oui, mais... elle était plus brûlante qu'un four de verrier.

Cyrus posa une main sur son dos pour mieux l'attirer contre lui et posa l'autre sur sa cuisse. Eugenia frissonna de la tête aux pieds.

Elle lui dirait son fait plus tard, se promit-elle. Beaucoup plus tard. Après s'être délectée des ondes de sexualité torride qu'il irradiait. Pourquoi priver de ce traitement de choc ses hormones engourdies ?

— Bon Dieu, grommela-t-il quand il fut enfin obligé de reprendre haleine. Je sais que je n'aurais pas dû.

— Ne pensez pas que cela changera quoi que ce soit entre nous.

— Je ne pense à rien du tout en ce moment, croyez-moi.

— Ne vous imaginez pas non plus que vous m'influencerez comme vous voudrez par la sensualité.

— Ce serait trop beau.

Sur quoi ses lèvres reprirent possession de celles d'Eugenia.

Voilà un homme, constata-t-elle, qui ignore la précipitation et va au bout de ce qu'il entreprend.

Elle noua ses bras autour de son cou, lui palpa les épaules, s'attarda sur son dos musclé. Il était ferme comme un roc. Plus têtu qu'une mule, peut-être, mais inébranlable. Le genre d'homme à ne pas flancher ni reculer devant une femme aussi forte que lui.

La tête lui tournait. Il était trop puissant, trop large. Si large que ses épaules lui cachaient le soleil. Elle fit descendre une de ses mains vers sa jambe, effleura un objet dur qui tendait l'étoffe du pantalon.

Cyrus laissa échapper un grognement de surprise.

— Oh, pardon ! murmura-t-elle.

Elle dégagea son bras et sa main heurta un autre objet dur.

L'avertisseur de la Jeep poussa un cri retentissant.

— Merde ! lâcha Cyrus en relevant précipitamment la tête.

Eugenia se redressa à son tour. Éblouie par le reflet du soleil sur le capot, elle cligna des yeux… et découvrit les badauds alignés sur le trottoir qui observaient leurs ébats avec des sourires narquois.

Elle rajusta en hâte un pan de chemise sorti de sa ceinture.

— Seigneur ! Je ne me suis pas sentie aussi gênée depuis la fois où j'ai renversé du champagne sur un administrateur de la fondation à la réception de l'année dernière.

— Je suis heureux d'apprendre que vous me rangez parmi les incidents embarrassants ou ridicules de votre existence.

Elle vit une flamme énigmatique danser dans ses yeux.

— Vous avez du culot de me dire que je vous vexe !

Cyrus remit ses lunettes noires d'un geste précis.

— Devrais-je être flatté que vous considériez comme une humiliation le fait d'avoir été vue en train de m'embrasser ?

— C'est vous qui avez commencé !

— Voilà une réaction puérile indigne de vous. J'aurais pourtant juré que ce que nous faisions il y a une minute relevait d'un consentement mutuel.

La rebuffade redonna sa lucidité à Eugenia. Il avait raison. Elle avait toujours assumé la responsabilité de ses actes. Pour se donner une contenance, elle remit elle aussi ses lunettes de soleil.

— Exact. C'était idiot mais mutuel. Partons, vite.

— Dès que j'aurai retrouvé les clés de la voiture.

— Qu'en avez-vous fait ?

— J'étais troublé, j'ai dû les laisser tomber, répondit-il en cherchant à tâtons sous ses pieds.

Elle s'efforça de ne pas voir les regards amusés des passants.

— Vous n'êtes même pas capable de savoir ce que vous faites de vos clés de voiture ? Pour un expert en sécurité, c'est réussi.

— Vous a-t-on jamais fait observer que les femmes qui s'abstiennent de piétiner l'amour-propre des hommes ont généralement plus de succès que les autres ?

— Un de mes petits amis m'a dit une fois quelque chose de ce genre, je crois.

— Et vous n'y avez pas prêté attention ?

— Disons que je n'avais pas une folle envie de le revoir ni aucune raison de me priver de lui dire ce que je pensais.

— Pauvre garçon, j'aurais presque pitié de lui... Ah ! Voilà les clés. En route, dit-il en mettant le contact.

Eugenia bouclait sa ceinture de sécurité quand un tableau dans la vitrine d'une galerie de l'autre côté de la rue attira son attention. La stupeur balaya instantanément ses derniers vestiges d'embarras, de colère et de sensualité frustrée.

— Cyrus, arrêtez !

— Qu'est-ce qu'il y a encore ? Je démarre ou pas ?

Les verres réfléchissants de ses lunettes lui donnaient une allure vaguement inquiétante. Robocop était de retour.

— Ce tableau, là ! Dans la vitrine de la Midnight Gallery.

Il se tourna de mauvaise grâce dans la direction indiquée.

— Lequel ? Il y en a deux.

— Celui qui représente une aiguière vénitienne d'époque Renaissance sur un fond vert céladon.

— Je vois une espèce de carafe de forme bizarre avec un bouchon pointu ou je ne sais trop quoi. Et alors ?

— Je mettrais ma tête à couper que c'est Nellie Grant qui l'a peint.

— Comment diable en êtes-vous si sûre ?

— Parce que je connais sa facture et que je l'ai vue travailler. L'art, c'est mon métier, ne l'oubliez pas.

— Je vous croyais experte en verrerie.

— Oui, aussi ! dit-elle, agacée. Mais la personnalité qui se dégage d'une œuvre ne dépend pas du médium dans lequel elle est réalisée.

— Que voulez-vous dire ?

Elle hésita un instant pour chercher ses mots :

— Un artiste s'identifie par sa manière. C'est comme sa voix, si vous voulez. Une fois qu'on l'a entendue, on la reconnaît.

— Et vous affirmez que ce tableau a été peint par Nellie Grant ?

— S'il n'est pas d'elle, c'est un faux bien imité. Mais pourquoi un peintre perdrait-il son temps à copier un autre peintre inconnu et sans valeur marchande ? Autant que je sache, Nellie n'avait encore rien vendu avant sa mort.

Elle se pencha devant lui pour mieux voir par la vitre baissée.

— J'ai chez moi un de ses tableaux au-dessus de la cheminée, poursuivit-elle. Nellie me l'avait donné quand elle était venue me voir le lendemain de la mort de Daventry. Elle m'a dit à ce moment-là qu'il faisait partie d'une série de quatre représentant des œuvres en verre. Je suis prête à vous parier toute la collection des Murano du musée que celui-ci est un des quatre.

— Qu'est-ce que cela prouve ? Cette galerie exposait peut-être des tableaux de Nellie quand elle habitait l'île.

— Si elle avait essayé de vendre ses toiles dans une galerie, elle me l'aurait dit, j'en suis sûre.

Eugenia posa la main sur la poignée de la portière.

— Attendez ! dit Cyrus. Parlons-en un peu plus avant que vous fonciez tête baissée...

Elle avait déjà mis pied à terre.

— Je veux savoir quand et comment cette galerie s'est procuré ce tableau, dit-elle avant de claquer la portière.

Cyrus descendit de la Jeep, la rattrapa en deux enjambées et l'empoigna par une main avant qu'elle atteigne le milieu de la chaussée. Comment faire pour se débarrasser de cet individu ? fulmina-t-elle en essayant vainement de se dégager.

— La première règle à respecter dans le métier de détective, lui gronda-t-il à l'oreille, c'est de garder son sang-froid.

— Laissez-moi tranquille ! Je suis sur une piste, je le sens.

— Si vous voulez que je vous aide à savoir ce qui est arrivé à Nellie, vous ferez ce que je vous dis et comme je vous le dis. Et commencez par sourire. Agissez comme une touriste qui a repéré quelque chose qui lui plaît dans une vitrine.

— D'accord, dit-elle en se forçant à sourire. Y a-t-il d'autres trucs du métier que je suis censée apprendre ?

— Oui. Ne vous précipitez pas tout de suite sur le tableau que vous croyez être de Nellie, regardez-en quelques autres avant.

— Compris, soupira-t-elle. Je jouerai les idiotes.

Main dans la main, ils finirent de traverser la rue et s'arrêtèrent devant la galerie comme s'ils flânaient. Eugenia constata avec dépit qu'elle ne parvenait pas à déchiffrer la signature. On ne distinguait qu'un vague gribouillis dans le coin en bas à gauche.

— Nous sommes censés regarder les deux tableaux, souffla Cyrus.

— Bon, bon, je regarde.

Elle se résigna à tourner son regard vers une scène sous-marine représentant des baleines et des dauphins qui s'ébattaient dans une mer d'un bleu criard et artificiel.

— C'est sans aucun intérêt, déclara-t-elle.

— Vous n'aimez pas les baleines et les dauphins ?

— Si, mais pas la peinture commerciale bâclée.

— Êtes-vous toujours aussi critique ?

— Pour l'amour du ciel, Cyrus, le galeriste sait sûrement déjà qui je suis, toute l'île est au courant depuis hier soir. Il ne me prendra pas au sérieux si je fais semblant de m'intéresser à une croûte pareille.

— D'accord, tentons une autre approche. Je suis ignare en matière d'art et vous voulez m'éduquer parce que vous êtes follement amoureuse de moi. Cela vous convient ?

Eugenia sursauta :

— Ai-je bien entendu ? Moi, follement amoureuse de vous ?

— Après le petit spectacle que nous avons offert au public dans ma Jeep, ce serait tout à fait plausible. Et, comme nous pouvons supposer que les gens à l'intérieur de la galerie n'en ont pas perdu une miette, mieux vaut adopter cette ligne de conduite. Elle a de plus le mérite de correspondre à notre nouvelle couverture.

Eugenia eut du mal à se retenir de le gifler.

— Sachez que je ne suis *pas* follement amoureuse de vous ! dit-elle d'une voix sifflante.

— À votre aise. Mais ne vous plaignez pas si, par la suite, tout le monde se méfie de nous.

— Que voulez-vous dire, au juste ?

— Au début, vous estimiez que personne ne croirait que nous étions, disons, bons amis. Selon vous, le premier imbécile venu aurait vu que je n'étais pas votre genre d'homme. Maintenant, au moins, tout le monde a pu constater que vous ne pouvez pas résister à mon charme. C'est un progrès, non ?

Un réflexe de prudence élémentaire interdit à Eugenia de riposter comme elle l'aurait voulu ou de se livrer en public à des voies de fait sur la personne de Cyrus. Sans un mot, elle lui tourna le dos et poussa la porte de la galerie.

À l'intérieur, trois touristes admiraient de banales aquarelles représentant des mouettes boudeuses perchées sur des rochers tourmentés ou des débris de bois flotté échoués sur le sable. Il n'y avait personne au comptoir, mais on entendait bouger derrière le rideau noir qui dissimulait l'arrière-boutique.

Cyrus jeta un coup d'œil autour de lui et se dirigea vers une mer démontée se brisant sur les rochers sous un ciel d'orage, qu'il examina sans enlever ses lunettes noires.

— Que penses-tu de celui-ci, ma chérie ? lança-t-il à Eugenia par-dessus son épaule. Il ferait de l'effet au-dessus de ma cheminée, tu ne trouves pas ?

Eugenia grinça des dents au « ma chérie » et dut prendre sur elle pour aller le rejoindre d'une allure à peu près naturelle.

— Non, je ne trouve pas. Une marine comme celle-ci n'irait pas du tout avec le style de l'appartement.

— Qu'est-ce que tu reproches à ce tableau ?

Bonne question ! faillit-elle laisser échapper. Je lui reproche tout, comme au tableau ridicule dont nous sommes les personnages. Une pensée horrifiante lui traversa alors l'esprit : et si j'étais vraiment amoureuse de lui ? se demanda-t-elle avec angoisse.

Eugenia n'avait jamais été amoureuse. Si elle appréciait la compagnie et la conversation des hommes, elle avait toujours réussi à maintenir une certaine distance entre elle et eux – même s'il lui était arrivé, rarement il est vrai, d'avoir avec l'un ou l'autre une brève aventure.

Un psychothérapeute lui aurait sans doute expliqué qu'elle craignait de se fier aux hommes parce que son père avait été un égoïste et un faible. Mais, même si le psy avait eu raison, elle savait qu'il était plus sage et plus sûr pour elle de protéger son quant-à-soi. Au plus profond d'elle-même, elle refusait le risque d'accorder sa confiance à quelqu'un qui, en fin de compte, pourrait s'en montrer indigne. Elle préférait éviter des contacts trop intimes susceptibles de la blesser et de la décevoir. En restant seule, elle était au moins certaine de toujours garder le contrôle de la situation. De *toutes* les situations.

Elle ne devait donc surtout pas paniquer. Ce qu'elle avait ressenti tout à l'heure dans la Jeep n'était que l'explosion d'un mélange détonant d'énergie sexuelle trop longtemps réprimée, de colère frustrée et d'un flux d'adrénaline dans son système. Un tel philtre monte à la tête quand on n'y est pas préparé. Mais cela ne se reproduirait plus.

Pendant le temps de sa réflexion, elle avait feint de s'intéresser au tableau que Cyrus affectait d'admirer.

— Ce que je lui reproche ? Rien, sauf que v... tu t'en lasserais certainement vite. Il est insipide, il n'offre rien à l'imagination.

— Vraiment ? Je le trouve joliment coloré, au contraire. Et il a juste le format qui irait au-dessus de ma cheminée.

Elle comprit qu'il la provoquait délibérément et elle se demanda jusqu'où il irait pour se rendre odieux.

— Sa composition est maladroite, répondit-elle avec hauteur. Il manque de profondeur. De fait, il est plat comme du papier peint.

— Du papier peint ? répéta-t-il. Sais-tu ce que je crois, chérie ?

Eugenia grimaça un sourire à congeler un ours polaire.

— Non, *chéri*, je n'en ai pas la moindre idée.

— Je crois que ta capacité de juger des œuvres sans prétention telles que celle-ci est gâtée par l'influence du postmodernisme.

Elle retint de justesse un *gloup* de stupeur et se contenta de le dévisager d'un air effaré.

— Parfaitement, reprit-il d'un ton docte. Le complexe d'insécurité imposé à l'establishment artistique de ce siècle par les diktats de certaines écoles, des minimalistes aux modernistes et j'en passe, a déjà eu des effets désastreux. Mais nous avons maintenant affaire à des générations entières de critiques d'art et de conservateurs de musée dont la sensibilité a été pour ainsi dire anéantie par la confusion de pensée qu'induit le postmodernisme.

Dans la boutique, les têtes se tournaient, les oreilles se tendaient.

— Euh, Cyrus..., intervint Eugenia, au comble de l'embarras.

— Le postmodernisme est un bourbier où s'enlisent le jugement et la lucidité, poursuivit-il sans se démonter. Jusqu'à ce que le monde des arts trouve un moyen de redéfinir des normes pour l'art contemporain, personne ne pourra plus bouger, encore moins avancer. Oh ! bien sûr, il y aura toujours de beaux esprits pour pérorer sur le post-postmodernisme, mais ne me sers pas ce genre d'argument, de grâce ! C'est un concept vide de sens, un bruit parasite.

— À propos de bruit parasite...

Eugenia envisageait sérieusement de le faire taire en lui cassant le tableau sur la tête quand le rideau de l'arrière-boutique se souleva sur une grande femme mince d'une quarantaine d'années. Elle avait les traits fins mais accusés, des yeux bleus d'une nuance peu commune. Des mèches argentées parsemaient sa chevelure auburn, naturellement bouclée, qui tombait sur ses épaules retenue par une simple barrette. Un ample caftan au motif exotique flottait autour d'elle. Elle portait de lourdes boucles d'oreilles de métal et de pierres semi-précieuses assorties à un collier d'aspect massif.

— Voilà une réflexion intéressante sur le post-postmodernisme, dit-elle en souriant. La définition de l'art par les artistes eux-mêmes est un problème complexe qui n'a pas fini de faire couler de l'encre.

Cyrus se rengorgea :

— Je ne vous le fais pas dire, chère madame.

— Mon ami a récemment décidé de s'intéresser aux arts, intervint Eugenia qui pianotait nerveusement sur le bord d'un cadre.

La galeriste gratifia Cyrus d'un regard approbateur avant de se tourner vers Eugenia avec un sourire un rien moins chaleureux.

— Enchantée de l'apprendre. Si seulement il y avait davantage d'amateurs, nos affaires marcheraient mieux. Permettez-moi de me présenter : je suis Fenella Weeks, la propriétaire de cette galerie.

Eugenia se présenta à son tour et déclina le nom de Cyrus.

— Très heureuse de faire votre connaissance, reprit Fenella Weeks. Vous êtes bien le couple qui réside en ce moment à la Maison de Verre, n'est-ce pas ? C'est vous qui avez fait hier soir la macabre découverte de Leonard Hastings ?

— En effet, confirma Cyrus. Je vois que les nouvelles vont vite, dans l'île. Connaissiez-vous Hastings ?

— Assez mal. J'habite l'île depuis peu de temps et j'ai ouvert ma galerie il y a quelques mois seulement. Hastings n'y est jamais entré, l'art ne l'intéressait pas. Vous êtes conservateur du musée Leabrook, je crois ? ajouta-t-elle à l'adresse d'Eugenia.

— C'est exact.

— Nous avons plusieurs verriers dans l'île. Je n'ai malheureusement aucune de leurs œuvres pour le moment, mais je compte recevoir demain ou après-demain quelques pièces de Jacob Houston. Vous aimerez sans doute y jeter un coup d'œil, son travail est très original.

— J'en serai ravie, répondit poliment Eugenia.

— C'est essentiel pour un artiste de retenir l'attention des collectionneurs et des conservateurs de musée, soupira Fenella. Je fais de mon mieux pour donner à mes artistes la chance d'être vus par un maximum de gens, mais une petite galerie comme la mienne n'a pas les moyens qu'il faudrait pour influencer le marché.

— Je comprends, dit Eugenia avec un sourire compatissant.

Le marché de l'art était un monde impitoyable. La cote d'une œuvre contemporaine dépendait de l'interaction, souvent irrationnelle, du renom des galeries, des coups de cœur des collectionneurs, de l'ambiance des ventes aux enchères et des acquisitions par les musées. La carrière d'un artiste se jouait donc entièrement sur la chance ou l'habileté qui l'amenaient à être accepté par les galeries les plus réputées et acheté par un musée ou une collection prestigieuse.

Eugenia savait mieux que quiconque que la condition des verriers d'art était particulièrement difficile. Elle ne cessait de déplorer le snobisme de certains milieux pour lesquels le verre n'était pas un matériau digne de la véritable création artistique. Historiquement, les verriers avaient toujours été rangés parmi les artisans plutôt que les artistes, quand bien même ils produisaient des œuvres en tout point sublimes. Elle espérait fermement que le musée Leabrook parviendrait un jour à changer cet état d'esprit et à faire enfin considérer les verriers comme des artistes à part entière.

— Vous intéressez-vous à ce tableau ? demanda Fenella à Cyrus.

— Pas vraiment, admit-il. Mais je persiste à croire qu'il ferait très bon effet au-dessus de ma cheminée.

Ce emplacement est trop nu, il a grand besoin d'une décoration.

— Si tu envisages sérieusement d'acheter une toile, se hâta de suggérer Eugenia, regarde donc plutôt celle qui est dans la vitrine.

— Celle qui représente des baleines et des dauphins ? s'enquit Cyrus avec un sourire épanoui.

Allait-elle l'étrangler tout de suite ou un peu plus tard ? Eugenia décida de surseoir à l'exécution. Mais il ne perdait rien pour attendre.

— Non, le tableau qui représente une aiguière ancienne.

— Il te plaît vraiment ?

— Oui, beaucoup, déclara-t-elle sèchement. Il est d'un peintre d'ici ? demanda-t-elle à Fenella.

La galeriste se dirigeait déjà vers la vitrine en faisant tinter ses boucles d'oreilles.

— Oui, elle s'appelle Rhonda Price. Ce tableau constitue un tournant dans son œuvre. Une technique superbe, n'est-ce pas ? Elle exprime un sens de la lumière et de la couleur tout à fait remarquable.

Stupéfaite, Eugenia lança un coup d'œil à Cyrus, qui se contenta de lever un sourcil dubitatif.

— Rhonda Price ? répéta-t-elle. Je ne connais pas. Avez-vous d'autres tableaux d'elle ?

— Pas pour le moment, mais elle m'a promis d'en apporter bientôt, répondit la galeriste en présentant le tableau. Celui-ci n'est exposé que depuis hier. Il vaut trois cents dollars.

— Je le prends, déclara Eugenia.

Son trop grand empressement tira de Cyrus une moue réprobatrice qu'elle affecta de ne pas remarquer.

— Je croyais que nous achetions quelque chose pour mon appartement, pas le tien, protesta-t-il.

— Sois tranquille, nous trouverons d'ici la fin de nos vacances une jolie scène avec des mouettes, répondit Eugenia distraitement.

En examinant la signature gribouillée dans le coin de la toile, elle déchiffra en effet le nom de Rhonda Price.

— Voulez-vous voir le prochain que Rhonda doit m'apporter ? s'enquit Fenella en déposant le tableau sur le comptoir.

— Oui, sans faute. J'aimerais la rencontrer. Est-ce possible ?

— Certainement. Elle a pris hier le ferry pour Seattle, mais elle doit rentrer demain, je crois, dit la galeriste en emballant la toile dans du papier kraft. Dès que je la verrai, je lui ferai part de votre désir de faire sa connaissance.

Eugenia sortit son portefeuille de son sac et ouvrit son chéquier.

— Merci. J'en serai très heureuse.

— Demandez-lui donc, intervint Cyrus, s'il lui arrive aussi de peindre des mouettes et des vagues. Avec une aussi bonne technique, elle devrait en faire des chefs-d'œuvre.

Cyrus ouvrit une boîte de bière pour lui-même, versa un verre de sauvignon pour Eugenia et traversa la cuisine futuriste.

— Vous ne desserrez pas les dents depuis que vous avez acheté cette fichue toile, dit-il en désignant le tableau posé près de la fenêtre. À quoi pensez-vous ?

— Je suis sûre que Nellie a peint ce tableau.

Il pouvait presque sentir les ondes de réflexion et de raisonnement qui bouillonnaient dans son cerveau.

— Si vous avez raison…

— J'ai raison !

— Eh bien, vous avez trouvé ce qu'on qualifie dans notre métier de « piste sérieuse ». Il faut maintenant faire parler Rhonda Price.

— J'espère qu'elle sera bien de retour demain dans l'île, j'ai des tas de questions à lui poser. Et d'abord sur la manière dont elle s'est procuré le tableau et pourquoi elle y a mis sa signature.

— Si cette Rhonda connaissait assez bien votre amie pour essayer de s'approprier ses œuvres, il se peut qu'elle ait également couché avec Daventry. Dans ce cas, j'aurais moi aussi des questions à lui poser.

— Pourquoi cela ?

— Je m'intéresse à tous les gens qui l'ont bien connu. Mais ne vous inquiétez pas, nous verrons tôt ou tard Rhonda Price. En attendant, si nous allions boire nos verres dans la véranda ? Il fait beau ce soir, et la météo ne prévoit pas de pluie avant la nuit.

Elle hésita à s'éloigner du tableau.

— Vous avez raison, dit-elle enfin. De toute façon, je ne peux rien faire d'utile d'ici demain matin.

Le soleil se cachait déjà derrière la colline boisée à laquelle la maison était adossée. On entendait les eaux froides du Puget Sound se briser au pied des falaises. Cyrus posa le verre d'Eugenia sur une petite table, s'assit dans un des transats d'acier chromé et de cuir blanc, et but une gorgée de bière. Eugenia prit place à côté de lui sans mot dire. Il se surprit à imaginer ce qu'il ressentirait s'ils étaient réellement venus ici en vacances et si elle passait la nuit dans son lit.

— Il faudrait que je commence demain matin à m'occuper de la chambre forte, dit-elle au bout d'un long silence. Samantha compte sur un inventaire détaillé.

— Elle ignore les véritables motifs pour lesquels vous vous êtes portée volontaire, je suppose ?

— Bien sûr. Elle est convaincue que Nellie s'est noyée, comme a conclu la police. Je suis sans doute la seule personne au monde à se soucier de son sort, ajouta-t-elle avec amertume.

— Nellie n'avait pas de famille ?

— Non, pas à ma connaissance.

— Que sont devenues ses affaires ?

— Hastings me les a expédiées. J'allais en faire don à une œuvre caritative, mais je n'ai pas pu m'y résoudre sans savoir avec certitude ce qui lui était arrivé. D'ici là, je les entrepose dans une remise.

Cyrus dressa l'oreille.

— Y avez-vous trouvé des lettres ou des papiers susceptibles de nous éclairer sur ce qui s'est passé dans la Maison de Verre au cours des dernières semaines ?

— Non. Nellie n'écrivait pour ainsi dire jamais de lettres et ne tenait pas de journal. J'ai tout fouillé, croyez-moi, mais je n'ai rien trouvé d'intéressant.

Cyrus but pensivement une gorgée de bière.

— Je voudrais regarder les dossiers de Daventry dans la pièce d'archives à côté de la chambre forte. Nous travaillerons ensemble au sous-sol demain matin.

Eugenia se redressa sur son transat en tenant son verre au creux des deux mains.

— Je n'aurais jamais cru que je vous le dirais, Cyrus, mais je suis contente que vous soyez ici. Entre le cadavre du vieux Hastings, le visiteur nocturne et cette invraisemblable histoire du tableau de Nellie aujourd'hui, il y a de quoi avoir la chair de poule.

— Je suis heureux de savoir que je puis me rendre utile de temps en temps.

— Je vous ai traité de tous les noms tout à l'heure, je sais. Je vous présente mes excuses.

— N'en parlons plus.

— Si ! Je n'avais pas le droit de vous faire cette remarque idiote quand vous avez laissé tomber les clés de la voiture.

— N'en parlons plus, vous dis-je. Au cours de ma carrière, j'ai fait largement ma part de bourdes et de stupidités. Et, croyez-moi si vous voulez, mais il y a beaucoup de gens qui ont dit sur mon compte des choses bien plus méchantes que vous.

— Merci. Vous êtes trop gentil, dit-elle avec un sourire penaud.

Il y eut un silence.

— Je crois que nous devrions parler de ce qui s'est passé cet après-midi, dit-il enfin.

— Absolument, répondit-elle avec une promptitude qui tira de Cyrus un mouvement de surprise. J'ai trouvé dans l'annuaire le numéro de téléphone de Rhonda Price. Je pense l'appeler demain matin, après l'arrivée du premier ferry.

Cyrus ferma les yeux et fit appel à ses réserves de patience.

— Je ne parlais pas de Rhonda Price. Je faisais plutôt allusion à ce qui s'est passé entre nous. Dans ma Jeep, précisa-t-il.

— Ah, ça ?…

— Oui, *ça*, dit-il en rouvrant les yeux. Je ne cherchais pas à vous dominer ni à vous influencer par la sensualité. En fait, j'étais furieux contre vous et… disons que les choses ont suivi un cours imprévu.

— C'était autant ma faute que la vôtre, répondit-elle d'un ton appliqué. Dans une situation aussi stressante que celle dans laquelle nous nous trouvons tous deux, des réactions de ce genre sont tout à fait compréhensibles. Ce n'est pas tous les jours qu'on découvre un cadavre.

— Certaines personnes y verraient une raison de se rapprocher.

— C'est possible, admit-elle après un bref silence. Seulement, voyez-vous, nous marchons l'un et l'autre sur la corde raide, ce qui ne simplifie rien. Nous sommes d'accord pour coopérer sur certains points alors que nous avons des objectifs différents, sinon opposés. Cela crée des tensions, des sources de conflits.

— J'aurais dû me douter que vous aviez déjà tout rationalisé...

— Et puis, poursuivit-elle, nous sommes des adultes capables de dominer la situation en adultes. J'en ai du moins la ferme intention.

— Voulez-vous dire par là que ma sensualité ne vous paraît plus aussi irrésistible et que vous n'êtes plus follement amoureuse de moi ?

— Bien sûr que non ! s'exclama-t-elle. Je n'ai jamais été *follement* amoureuse de qui que ce soit et je n'ai jamais fondé de rapports avec quiconque sur une simple attirance sensuelle !

Indignée, elle s'étrangla avec une gorgée de vin et fut la proie d'une quinte de toux, dont Cyrus attendit placidement la fin.

— Je vois, dit-il. Moi non plus, d'ailleurs.

— Vraiment ?

— Oui. Ce serait peut-être intéressant d'essayer.

— Je ne crois pas. Ce ne pourrait être que superficiel et sans lendemain.

— Probable… Alors, sur quoi fondez-vous vos rapports avec les hommes ?

Eugenia but une gorgée de sauvignon, s'éclaircit la voix et s'étendit de nouveau sur son transat.

— Sur des éléments plus solides. Des caractères compatibles, des valeurs partagées, des goûts similaires.

— Des goûts similaires, répéta-t-il. C'est ma chemise qui vous rebute, n'est-ce pas ? Vous n'arrivez pas à vous y faire.

Un sourire inattendu éclaira le visage d'Eugenia.

— Non, vos chemises n'y sont pour rien.

— Vous en êtes sûre ?

— Tout à fait.

Cette réponse redonna à Cyrus un optimisme dont il ne se croyait plus capable.

— Me voilà rassuré. Eh bien, puisque vous ne voulez pas parler d'amour ni de sensualité, si nous parlions du dîner ?

— Du dîner ?

— Oui. Je me demandais simplement quel menu vous alliez vous préparer, dit-il avec désinvolture. Vous ne connaîtriez pas, par hasard, des recettes inédites pour le thon ?

— Le seul thon que je connaisse est le thon germon, grillé au feu de bois avec quelques herbes, que je mange arrosé d'un simple filet d'huile d'olive.

Cyrus redevint morose.

— J'aurais dû m'en douter.

Eugenia hésita avant d'ajouter :

— Mais je crois qu'il me reste assez de tagliatelles pour deux et du fromage de chèvre pour agrémenter la salade. Si vous acceptez le même accord qu'hier soir…

— Oui, je me charge de la vaisselle ! s'empressa-t-il de déclarer sans lui laisser le temps de finir. Je suis très doué pour nettoyer, ajouta-t-il. Après tout, c'est mon métier.

9

Son gin-tonic lui fut servi dans un gobelet en cristal de roche de la fin du XIXe siècle. L'ex-Damien March apprécia en connaisseur la somptuosité de ce verre. Issu de l'atelier du grand Thomas Webb, il paraissait taillé dans un bloc de quartz plutôt que modelé dans du cristal en fusion.

Il venait de prendre connaissance du dernier message de ses gens de la côte Ouest. Selon eux, tous les indices concordaient : Colfax était sur la piste de la coupe Hadès. Rassuré sur ce point, il décida qu'il était temps de relancer le futur sénateur de Californie.

En matière de chantage, le secret de la réussite consiste à créer une forme de complicité entre le maître chanteur et sa victime. Une fois consciente que celui qui la menace est aussi le seul à pouvoir la sauver, celle-ci ne peut faire autrement que de coopérer.

L'ex-Damien March leva les yeux sur la mer des Caraïbes baignée de soleil afin de mieux savourer son plaisir. Il n'avait pourtant pas entamé cette partie sans quelque inquiétude. En dépit de ses manières de rustre, de sa pesanteur méticuleuse et de son mépris chez les autres d'un raffinement qu'il qualifiait d'affectation ou de snobisme, Cyrus Colfax était aussi intelligent que dangereux.

Ce n'était jamais sans un sentiment de malaise que l'ex-Damien March devait parfois s'avouer que Colfax et lui avaient de nombreux points communs. L'un et l'autre partis de rien, l'un et l'autre rejetons illégitimes de pères n'ayant jamais reconnu leur existence, ils ne devaient leur réussite qu'à eux-mêmes. Ambitieux, obstinés, ils étaient autant l'un que l'autre capables de se montrer impitoyables pour parvenir à leurs fins.

Il y avait toutefois entre eux une différence capitale, celle qui distingue à terme les gagneurs des perdants. Tandis que lui-même usait de ses talents pour acquérir un style de vie aussi proche que possible de la perfection, Colfax s'enchaînait volontairement dans des notions absurdes d'honneur et de devoir qui le privaient d'une bonne partie de ses moyens d'action et qui, en fin de compte, causeraient sa perte.

Et ce sera mérité ! pensa l'ex-Damien March. Trois ans plus tôt, il s'était cru à jamais libéré de Cyrus Chandler Colfax. Cruelle erreur ! Depuis, le misérable salaud n'avait pas cessé de le traquer comme un chien qui renifle son gibier. Un beau matin, il en était sûr, il aurait la désagréable surprise de trouver Colfax sur le pas de sa porte.

La perte malencontreuse de la coupe Hadès était peut-être un signe du destin, qui les forçait ainsi à une dernière confrontation. Mais, cette fois, elle aurait lieu selon ses conditions, pas celles de Colfax.

Depuis trois ans, en tout cas, une chose lui apparaissait avec un évidence croissante : tant que Cyrus

Colfax serait en vie, son paradis ne le mettrait pas à l'abri de tout danger.

L'ex-Damien March laissa jaillir les flots brûlants de la rage qui le régénérait et ravivait ses forces. Puis, redevenu maître de lui-même, il alluma son ordinateur portable.

Zachary Elland Chandler II éteignit son ordinateur et resta un instant immobile, assis derrière son bureau. Le dernier message du maître chanteur devenait précis :

Le passé ne s'efface pas d'un coup de baguette magique. Mais soyez sans crainte : il ne s'agira pas d'argent entre nous, simplement de politique. Après le mois de novembre, vous serez en mesure de rendre parfois service à un ami qui n'a que vos intérêts à cœur.

Peu d'hommes sur terre disposaient d'une influence comparable à celle d'un sénateur des États-Unis. Le maître chanteur exigeait donc par son intermédiaire un exercice occulte du pouvoir politique.

Il lui suffirait d'accepter les conditions de ce salaud jusqu'au jour du scrutin, pensa Chandler. Un scandale de cette ampleur éclatant peu avant les élections réduirait ses chances à néant. Il avait vu bien des carrières brisées par des révélations autrement anodines. Une fois qu'il aurait été élu, les conséquences en seraient beaucoup moins graves. S'il jouait son jeu comme il fallait, la réapparition d'un fils oublié aurait perdu tout intérêt pour la presse à scandales et ses électeurs n'y penseraient déjà plus au moment de renouveler son mandat.

À moins, bien entendu, qu'un journaliste découvre qu'il avait été soumis à un chantage et avait cherché à étouffer l'affaire pour ne pas compromettre son élection. Cela, nul ne le lui pardonnerait jamais.

Mieux valait donc regarder la vérité en face : s'il cédait maintenant à cette tentative de chantage, il se condamnait à y céder pendant toute sa carrière. S'il refusait, il se sabordait. Cruelle alternative !

Une bordée de jurons lui échappa.

Il avait tant de choses à accomplir, des choses importantes pour le pays, pour le monde aussi. S'il voulait apporter sa contribution à l'avenir de sa patrie, il devait d'abord remporter cette élection. Mais devrait-il vendre son âme pour être élu ?

Son regard se tourna vers la photo de Mary, Jason et Sarah. Sa femme et ses enfants avaient foi en lui. Ils étaient fiers de lui. Ils l'aimaient. Apprendre qu'il avait eu un fils dont il ne leur avait jamais avoué l'existence aurait sur eux un effet dévastateur. Le croiraient-ils s'il leur jurait n'avoir jamais été informé de sa naissance ? Et, si ce fils inconnu leur présentait une autre version des faits, le croiraient-ils plus volontiers ? S'ils apprenaient qu'il avait cédé à un chantage afin de le leur dissimuler, comprendraient-ils pourquoi il leur avait menti ?

Il se leva, se posta devant la fenêtre. Le soleil californien brillait en reflets aveuglants sur les façades vitrées des immeubles voisins. Un infini labyrinthe de miroirs, sur lesquels il vit son avenir ricocher sans fin jusqu'à s'évanouir dans le néant.

Au prix d'un effort, il se ressaisit. Il devait réfléchir, faire appel à la raison, à la logique. Il lui fallait des faits précis, indiscutables. Jusqu'à maintenant, il ne pouvait se fonder que sur la parole du maître chanteur pour connaître l'existence de ce fils. En vérifier la réalité constituait une priorité absolue. Ensuite, il déciderait.

Il regagna son bureau, décrocha le téléphone pour appeler son avocat. Mais il n'avait pas fini de composer le numéro qu'une pensée troublante lui traversa l'esprit.

Et si le mystérieux maître chanteur était ce fils ?

Une autre pensée lui vint aussitôt après, tout aussi dérangeante. À quoi, à qui peut bien ressembler cet enfant ?

Un enfant ? se reprit-il aussitôt. Sûrement pas !

S'il existait vraiment, ce fils inconnu devait avoir trente-cinq ans. C'était un homme fait. Et, selon toute vraisemblance, un homme aigri, animé du désir de se venger. Donc, un homme dangereux.

10

Cyrus referma le dossier qu'il venait d'étudier et leva les yeux vers la porte de communication avec la chambre forte, où Eugenia s'affairait à l'inventaire de la collection Daventry. Elle était visiblement d'humeur sombre : deux jours s'étaient écoulés et Rhonda Price n'était pas revenue dans l'île comme prévu.

La salle d'archives où se trouvait Cyrus était exiguë, encombrée mais, pour lui, moins inhospitalière que la chambre forte. Celle-ci le désorientait plus que le reste de la Maison de Verre, à l'atmosphère pourtant déconcertante. S'il ne s'était jamais considéré comme quelqu'un de très imaginatif, la pièce abritant la collection évoquait pour lui une jungle surréaliste, où des morceaux de verre teinté ou de cristal taillé figuraient les plantes exotiques et les yeux des bêtes sauvages qui la peuplaient. Tout brillait, scintillait, aveuglait. Il se demandait comment Eugenia parvenait à y travailler sans éprouver de malaise.

Contrairement à la petite galerie de l'étage, dont chacune des œuvres exposées était isolée par l'obscurité ambiante et l'éclairage directionnel, les murs et le plafond de la chambre forte étaient entièrement couverts de miroirs, dans lesquels les œuvres se reflétaient à l'infini. Mais, du point de vue de Cyrus, le pire provenait de l'éclairage, assuré par des tubes fluorescents disposés sous le sol en carreaux de verre, qui diffusait une lumière d'un vert acidulé froid et désagréable.

Studieusement penchée sur une sorte de gros presse-papiers, Eugenia était ce matin-là vêtue de noir de la tête aux pieds. En pantalon et pull ras du cou à manches longues, dont elle semblait posséder une réserve inépuisable, elle était chaussée des fines ballerines noires qu'elle mettait habituellement dans la maison.

Le rat d'hôtel est de retour, pensa Cyrus en souriant.

— Il est précieux, cet objet ? demanda-t-il par curiosité.

— Cela dépend, répondit-elle sans lever les yeux. Un sulfure « mille fleurs » comme celui-ci peut valoir quelques milliers de dollars sur le marché. Pour nous, au Leabrook, il n'a pas grande valeur, nous en possédons déjà une belle collection.

Les courbes fines et gracieuses de son corps lui firent soudain éprouver un appétit qui n'avait rien à voir avec les talents qu'elle déployait à la cuisine. Cyrus s'astreignit à en détourner le regard, exercice de volonté qui lui affermirait sans doute le caractère, se dit-il en guise de consolation. Et puis, à quoi bon devenir obsédé par une femme à laquelle il n'inspirait qu'indifférence, sinon pire ?

— Vous trouvez quelque chose d'intéressant dans tous ces dossiers ? lui demanda-t-elle.

— Pas encore. Juste les documents ordinaires d'une collection, certificats d'authenticité, factures, photos.

Mais je n'ai exploré qu'un tiers des classeurs, il me reste du pain sur la planche.

Elle reposa le sulfure et prit une aiguière qu'elle lui montra.

— Vous la reconnaissez ?

— C'est l'espèce de pichet du tableau que vous avez acheté avant-hier, n'est-ce pas ?

— Exact. Nellie a dû peindre ses tableaux dans cette pièce, celui-ci a le même fond vert que celui qu'elle m'a donné.

— Elle en a peint quatre en tout, n'est-ce pas ?

— C'est ce qu'elle m'avait dit. Jusqu'à présent, j'en connais deux. Je voudrais bien savoir ce que sont devenus les deux autres.

— Elle n'a peut-être pas eu le temps de les terminer.

— Si, elle m'a affirmé qu'ils l'étaient. Oh ! s'écria-t-elle en prenant un flacon de parfum. Voilà un beau spécimen !

— Qu'est-ce que c'est ?

— Un Gallé. Il a réalisé très peu d'exemplaires de ce modèle, et ceux d'une telle qualité sont rares. Selon ses registres, Daventry l'a acheté il y a sept ans lors d'une vente publique.

— Parlez-moi donc de lui, dit Cyrus avec une feinte désinvolture.

— De Daventry ? s'étonna-t-elle. Que voulez-vous savoir ?

— Comment vous avez fait sa connaissance, par exemple.

— Je vous l'ai déjà dit, il était venu me consulter au musée. Il me demandait d'expertiser une petite coupe d'époque romaine achetée en Angleterre. Celle-ci, dans la vitrine de droite, précisa-t-elle en désignant l'objet. Il avait décidé depuis peu de compléter sa collection par des pièces de l'Antiquité et il désirait des conseils sur cette époque qu'il connaissait mal. Comme il avait déjà fait le nécessaire pour léguer sa collection au Leabrook, je lui ai volontiers rendu service.

Cyrus s'approcha pour examiner la coupe.

— Sa patine irisée est due au fait qu'elle a été longtemps enterrée, n'est-ce pas ?

— Oui, répondit-elle avec un étonnement manifeste. Cette coupe devait faire partie d'un ensemble d'objets votifs placés dans une tombe. Les Romains ont produit d'énormes quantités d'objets en verre, ajouta-t-elle, dont un nombre considérable nous est parvenu.

— Ne prenez pas un air stupéfait parce que je connais la cause de cette irisation. Comme je vous l'ai dit, je me suis livré depuis trois ans à quelques recherches sur la verrerie de l'Antiquité. La coupe Hadès n'a aucune patine, poursuivit-il. Elle est surtout remarquable par ses détails. Les traits de Perséphone sont gravés avec une telle vérité d'expression qu'on peut presque voir ce qu'elle pense.

— Et Hadès ? Quelle expression a-t-il ?

— Celle d'un homme qui voit s'enfuir la femme de sa vie.

— La fureur ? Ou plutôt la jalousie ?

— Non : le désespoir.

— Le désespoir ? répéta Eugenia, incrédule.

— Bien sûr. Que pourrait-il éprouver d'autre ?

— Je ne sais pas. Le seigneur des Enfers est un dieu redoutable, tout-puissant, habitué à ce que chacun se soumette à sa volonté. Le défi de Perséphone aurait dû le faire enrager.

— Celui qui a réalisé cette coupe connaissait bien les sentiments humains. En perdant Perséphone, Hadès perd la seule femme qui pouvait apporter la lumière dans l'obscurité de son royaume. Il est normal qu'il soit désespéré. Mais nous nous écartons du sujet, poursuivit-il en retournant s'asseoir. Revenons à Daventry.

— Que voulez-vous savoir de plus ?

— Tout ce que vous pouvez m'en dire. Êtes-vous sortis ensemble, par exemple ? se hasarda-t-il à demander.

Eugenia se pencha sur une autre vitrine :

— Oui. Mais pas souvent.

Cyrus sentit son estomac se nouer. Elle et Daventry ?

— Pourquoi avez-vous cessé de le voir ? Il était pourtant le genre d'homme qui aurait pu vous plaire.

— Où avez-vous pêché une idée pareille ? s'exclama-t-elle, sincèrement étonnée.

— Il correspondait à vos critères, me semble-t-il. Il était amateur d'art, intelligent, cultivé, issu d'un milieu raffiné et il plaisait aux femmes, d'après ce que j'ai appris sur son compte. Qu'est-ce qui n'a pas marché entre vous ?

— C'est difficile à expliquer.

— Serait-ce parce que vous lui aviez présenté Nellie ? Vous a-t-il plaquée pour lui courir après ?

— Vous manquez de subtilité ! répliqua-t-elle sèchement.

— Non, je peux me montrer très subtil, sauf quand la subtilité ne paie pas. Dites-moi ce qui s'est passé entre Daventry et vous.

— Cela ne vous regarde pas !

— Écoutez, Eugenia, nous avons décidé de collaborer et j'essaie de mener une enquête. Plus j'en apprendrai sur Daventry, mieux je serai en mesure de déterminer si la mort de Nellie a un rapport quelconque avec la vie de ce personnage. Comprenez-vous ?

— Oui, trop bien ! Vous vous renseignez sur Daventry dans l'espoir que cela vous aidera à retrouver la coupe Hadès.

— C'est vrai, en grande partie.

— Au moins, c'est franc. Puisque vous voulez le savoir, j'ai cessé de voir Daventry parce que cet homme était un vampire.

— Un vampire ? Pouvez-vous préciser ?

— Daventry exploitait les autres. Il usait de son charme pour en extraire tout ce qui pouvait lui être utile à lui. À lui seul.

Cyrus eut l'impression que la température de la jungle de verre venait soudain de chuter de plusieurs dizaines de degrés.

— Que voulait-il *extraire* de vous ?

— Des informations.

— Mais encore ? Quel genre d'informations ?

Eugenia se mit à arpenter nerveusement la chambre forte en faisant du slalom entre les vitrines.

— Je vous l'ai dit, il cherchait à se documenter sur la verrerie de l'Antiquité, dont il venait de commencer l'acquisition. Il en était très enthousiaste. Passionné, même. Il buvait littéralement chacune de mes paroles sur le sujet. Pour être franche, je trouvais cela flatteur au début. Savez-vous qu'il est rare pour une femme de rencontrer un homme qui l'écoute ? Et je dis bien *écouter*, au sens fort du terme. Aucun homme ne daigne écouter une femme.

Cyrus se sentit malgré lui obligé de défendre ses congénères :

— Peut-être n'êtes-vous pas sortie avec les hommes qu'il aurait fallu.

— C'est possible. En tout cas, j'ai eu des réticences dès la troisième fois que nous avons dîné ensemble. À la quatrième, j'ai décidé de ne plus voir Daventry de près ou de loin.

— S'était-il montré, euh… agressif ? Sexuellement, je veux dire.

— Il n'avait pas besoin d'agresser, il obtenait tout ce qu'il voulait par le charme et la séduction. Bien que, vers la fin, j'avais la nette impression qu'il n'aurait pas hésité à employer la force s'il avait estimé que c'était la méthode la plus efficace.

— Qu'a-t-il dit ou fait qui vous a amenée à le penser ?

— Rien en particulier. J'avais simplement surpris les regards froids et calculateurs qu'il me lançait quand il ne se croyait pas observé. Quand j'ai essayé de le faire comprendre à Nellie, elle m'a dit que j'étais folle – non, que j'étais jalouse.

Cyrus hésita. Mais il fallait qu'il sache :

— Avez-vous couché avec lui ?

— Et vous vous prétendez subtil ? Prévenez-moi quand cela vous arrive, je ne voudrais surtout pas manquer un pareil événement !

— Excusez-moi. Je n'ai pas trouvé de mots moins directs pour une question aussi indiscrète.

— Indiscrète est un euphémisme ! Si j'avais couché avec Daventry, je refuserais de répondre. Mais, comme je ne l'ai pas fait, je peux vous dire que nos rapports ne sont pas allés jusqu'à ce degré d'intimité. Ils n'ont jamais dépassé le plan professionnel.

— C'est donc vous qui avez décidé de ne plus le voir parce que vous le jugiez comme une sorte de vampire, n'est-ce pas ?

— Disons qu'il me déplaisait de me sentir exploitée. De toute façon, les choses ne pouvaient pas aller plus loin entre nous, même si j'avais été sensible à sa séduction. Daventry était attiré avant tout par les artistes, comme Nellie. Avec moi, il se montrait galant et charmeur afin de me soutirer ce que je savais, mais je ne crois pas qu'il m'ait trouvée très... excitante. Physiquement du moins, si vous voyez ce que je veux dire, ajouta-t-elle en affectant d'examiner un vase.

Devant les courbes délicates de sa nuque et de ses épaules, Cyrus sentit renaître l'appétit qu'il avait eu tant de mal à dompter quelques instants auparavant.

— J'ai peine à croire qu'il n'ait pas eu envie de vous séduire. Bien entendu, se hâta-t-il d'ajouter en voyant son regard excédé, je suis persuadé que vous ne vous seriez pas laissé faire.

— Merci de ce vote de confiance, dit-elle avec un bref sourire.

— Il n'y a pas de quoi. Une dernière question indiscrète...

— J'aurais dû m'en douter.

— Si vous aviez tant de choses en commun, pourquoi ne vous êtes-vous pas laissé éblouir par l'éclat de ses vertus ?

— L'intuition, répliqua-t-elle sèchement. Je suis très douée pour repérer les faux.

À cinq heures ce même après-midi, Eugenia raccrocha rageusement le téléphone.

— Rhonda Price ne répond toujours pas !

On voyait par la fenêtre un rideau de pluie sur le Puget Sound qui aborderait les côtes de l'île avant la nuit.

— Sans doute parce qu'elle n'est pas encore rentrée, dit Cyrus d'un ton apaisant. Le dernier ferry arrive à six heures, rappelez-la à ce moment-là. Un bon détective doit savoir faire preuve de patience.

— Je n'ai pas tout l'été devant moi, dit-elle en pianotant nerveusement sur l'accoudoir de son fauteuil.

— Ce n'est que notre quatrième jour dans l'île.

— Et tout ce que j'ai réussi à découvrir, c'est qu'une certaine Rhonda Price essaie de faire passer pour siens les tableaux de Nellie. Comme bilan, c'est maigre.

— Il est quand même meilleur que le mien, j'en suis toujours au même point. Je crois que nous avons tous les deux besoin d'un peu de distraction. Que penseriez-vous de faire une petite promenade autour de l'île et de finir par un dîner en ville ?

— Où cela ? J'ai dénombré en tout et pour tout deux restaurants, y compris le Sunset Café. Je refuse absolument de mettre les pieds dans cette infâme gargote.

— Dans ce cas, il nous reste le restaurant de poisson de la marina.

— D'accord, soupira-t-elle avec résignation. Vous avez raison, cela nous fera du bien de nous changer les idées. J'ai beau aimer le verre plus que la plupart des gens, cette maison devient débilitante au bout d'un certain temps.

— C'est le moins qu'on puisse dire ! lâcha Cyrus avec conviction.

Eugenia ne put s'empêcher de rire :

— Elle n'est pas si désagréable que cela, voyons ! Allons faire le tour de l'île. Mais, au fait, ajouta-t-elle, nous pourrions peut-être passer devant le cottage de Rhonda Price.

— Ah, non ! protesta Cyrus. Ne comptez pas sur moi pour vous aider à fracturer sa porte ou forcer sa serrure.

— Je n'y pensais même pas ! affirma Eugenia de son air le plus innocent. Je me disais simplement que nous aurions pu voir si elle était rentrée et refusait de répondre au téléphone, voilà tout.

— Bien sûr. Et, si je vous croyais, vous vous empresseriez de me proposer pour une bouchée de pain le joyau des collections du musée.

— Êtes-vous toujours aussi soupçonneux ?

— Oui. C'est le métier qui veut ça.

Vers huit heures trente ce soir-là, assise en face de Cyrus à une table près de la fenêtre du restaurant, Eugenia reposa sa fourchette après avoir dévoré avec appétit une douzaine de palourdes farcies.

— Vous avez eu une bonne idée, je l'avoue. Je suis contente d'avoir changé d'air, même si vous m'avez empêchée de m'arrêter au cottage de Rhonda Price quand nous sommes passés devant. Vous auriez pu vous montrer un peu plus coopératif, ajouta-t-elle. Il n'y avait personne. Je voulais juste regarder par les fenêtres.

— Vous m'en remercierez demain matin, croyez-moi, dit-il avec un sourire amusé.

— Je croyais que les détectives privés n'hésitaient pas à s'introduire chez les gens pour récolter des indices.

— Ceux d'entre nous qui ne veulent pas perdre leur licence et leur clientèle préfèrent ne pas être pris en flagrant délit d'effraction.

Une serveuse vint débarrasser la table et noter la commande de leur dessert. Eugenia décida alors d'assouvir la curiosité que Cyrus lui inspirait depuis le début de la soirée.

— Depuis combien de temps faites-vous ce métier ? demanda-t-elle après le départ de la serveuse.

— Je n'avais pas tout à fait trente ans quand j'ai commencé.

— Et avant, vous étiez dans la police, n'est-ce pas ? Pourquoi l'avez-vous quittée ?

— J'étouffe dans l'administration et je ne suis pas doué pour le travail d'équipe. Par nature, je suis un solitaire. J'avais besoin de devenir mon propre patron.

— Autrement dit, vous préférez donner des ordres plutôt que d'en recevoir.

— En un mot, oui, admit-il.

— Donc, vous avez fondé votre agence.

— Au début, je travaillais seul. Ensuite, j'ai engagé Quint Yates, parce qu'il est un génie de l'ordinateur et que les méthodes modernes d'investigation dépendent de plus en plus de l'informatique. Plus tard, j'ai étendu mes activités à la sécurité industrielle. C'est à ce moment-là que Damien March m'a proposé de fusionner nos agences et de nous attaquer au marché privé haut de gamme, plus lucratif.

— Et cela a marché ?

— Non. Je me suis rendu compte presque tout de suite que je commettais une erreur. Pour faire plaisir à Katy, j'ai essayé de persister, mais au bout d'à peine six mois j'ai compris qu'il fallait rompre l'association au plus vite. Malheureusement, nous avons signé le contrat de la coupe Hadès avant.

— Vous croyez vraiment que Damien March a volé la coupe ?

— Je ne le crois pas, j'en suis sûr.

— Mais qu'est-ce que votre femme vient faire dans cette histoire ? Pourquoi pensez-vous qu'il l'a assassinée ?

— Vous m'avez dit ce matin que Daventry était un vampire qui exploitait les autres. March est de la même espèce. Ma femme était douce, belle, innocente, fragile. Elle n'avait aucune chance face à un individu tel que lui.

— Je ne comprends toujours pas pourquoi il l'aurait tuée.

— Je vous l'ai déjà dit, elle en savait trop. Il fallait qu'il la supprime pour effacer sa piste.

— Mais comment avait-elle appris ses projets ? Avait-elle été témoin de quelque chose qu'elle n'aurait pas dû voir ou surpris une conversation téléphonique qui incriminait March ?

Cyrus contempla un moment le fond de sa tasse de café.

— Non, dit-il enfin. March était un exploiteur, je vous l'ai déjà dit. Comme il avait besoin de Katy pour parvenir à ses fins et voler la coupe Hadès, il l'avait séduite.

De stupeur, Eugenia sursauta :

— Quoi ? s'écria-t-elle. Vous avez dit séduite ?

— Il a profité de sa naïveté pour me piéger. Et, quand il n'a plus eu besoin d'elle, il l'a éliminée.

Eugenia en resta sans voix une longue minute.

— Attendez, attendez, dit-elle enfin. Est-ce que j'ai bien compris ? Vous me dites que votre femme vous trompait avec votre associé dont elle était la complice et qu'il l'a assassinée pour se protéger ?

— March a abusé de sa gentillesse et de sa crédulité, dit-il avec un regard soudain durci.

— Sa gentillesse, sa crédulité ? Était-elle gentille et naïve au point de ne pas connaître la différence entre le bien et le mal ? Était-elle si fragile et si délicate qu'on ne pouvait pas même lui demander d'honorer les vœux de son mariage ? Allons donc !

— Vous n'avez pas le droit de...

— Écoutez, Cyrus, je compatis d'autant plus sincèrement à votre perte que vous semblez avoir beaucoup aimé votre femme. Mais j'estime que vous laissez vos sentiments vous aveugler sur des évidences. Votre femme vous a indignement trompé, un point c'est tout.

Rouge de colère, Cyrus jeta sa serviette sur la table.

— Allons-nous-en.

— Vous aurez beau les présenter comme vous voudrez et nouer une jolie faveur autour, les faits sont les faits. La femme que vous avez épousée n'avait ni caractère, ni moralité, ni sens de l'honneur.

— Je vous interdis de parler de Katy de cette manière !

— Ce n'est pourtant que la stricte vérité ! Comment vous a-t-elle manifesté sa fidélité et sa loyauté, à vous son mari ? Et vous, l'avez-vous trompée ?

— Non, jamais.

— Pourquoi ?

— Parce qu'elle était ma femme !

Eugenia se rappela le jour où son père lui avait présenté ses mauvaises raisons pour demander le divorce. Cela lui fit perdre toute prudence :

— Et vous, vous étiez son mari ! La fidélité conjugale n'est pas à sens unique. Si vous aviez des devoirs, elle en avait aussi. Et, même si elle ne vous aimait plus, cela n'excuse pas la veulerie et la malhonnêteté de sa conduite envers vous !

— Bon Dieu, Eugenia...

— Je n'ai aucune indulgence pour les gens qui n'ont pas plus de respect pour les autres que pour eux-mêmes. Et dire que vous avez passé trois ans de votre vie à traquer son assassin ! Elle ne méritait pas une telle preuve de fidélité de votre part.

— Si vous proférez encore un mot...

Elle se leva brusquement, agacée de constater qu'elle tremblait.

— Je ne dis plus rien. Excusez-moi, il faut que j'aille aux toilettes.

— Rasseyez-vous !

— Soyez tranquille, je reviens tout de suite. C'est vous qui avez les clés de la voiture, il n'y a pas de taxi dans l'île et je n'ai aucune envie de rentrer à pied.

Eugenia partit au pas de charge entre les tables, mais sans se retourner. Elle se savait hors d'état de soutenir le regard de Cyrus, dont elle sentait presque physiquement la brûlure dans son dos.

C'était idiot. Grotesque ! Que diable lui avait-il pris de se monter la tête de cette façon ? Que Cyrus considère encore sa femme comme un ange alors qu'elle avait été une garce ne la regardait pas le moins du monde. Il avait le droit de porter sur son passé le regard qui lui plaisait. Elle n'avait pas le droit, elle, de le priver du réconfort qu'il puisait dans ses souvenirs, même enjolivés jusqu'à l'absurde. Ce qu'elle avait fait était inexcusable. Quand elle regagnerait leur table, elle devait lui présenter ses plus plates excuses.

Eugenia entra dans un petit couloir au fond de la salle, poussa la porte marquée « Sirènes » à côté de celle des « Tritons ». Soulagée de trouver l'endroit désert, elle se dévisageait sans indulgence dans le miroir au-dessus du lavabo en s'adressant les plus vifs reproches pour sa conduite quand elle entendit la porte s'ouvrir. Elle se figea, certaine que Cyrus l'avait suivie jusque-là.

Mais elle vit dans le miroir une petite femme maigre âgée d'une trentaine d'années, vêtue d'un vieux jean taché de peinture et d'un sweater informe. Les cheveux d'un blond filasse qui tombaient sur ses épaules encadraient un visage ingrat aux traits anguleux.

— Je suis Rhonda Price, annonça-t-elle. Fenella Weeks m'a dit que vous vouliez me rencontrer.

Eugenia s'empressa de se tourner vers elle :

— Oui, je tenais absolument à vous voir. Il s'agit de vos tableaux. Je m'appelle…

— Je sais qui vous êtes, l'interrompit Rhonda Price en serrant les poings. Et je suis venue vous dire de me laisser tranquille. Ne m'approchez plus, vous entendez ? Je ne veux pas parler de ma peinture ! Ni à vous ni à personne !

— Je voulais juste vous poser quelques questions…

— Fichez-moi la paix ! Vous comprenez, à la fin ? La paix !

Sur quoi, elle tourna les talons et sortit en courant. Sans réfléchir, Eugenia se lança à sa poursuite.

Elle atteignit le couloir à temps pour voir l'autre tourner à gauche vers la porte de service du restaurant et disparaître dans la nuit. Toujours courant, Eugenia déboucha à son tour dans la pénombre de la vieille jetée. Ne voyant plus personne, elle fit halte, tendit l'oreille. Un léger bruit de pas lui fit penser que Rhonda contournait le restaurant pour regagner le parking. Elle allait prendre la même direction quand un cri étouffé retentit à l'autre bout de la jetée, suivi une seconde plus tard d'un plouf inquiétant. Elle se précipita vers le bord, se pencha sur le parapet. Il y avait juste assez de lumière pour lui permettre de distinguer Rhonda Price qui flottait à plat ventre, inerte.

Eugenia regarda autour d'elle, avisa une vieille bouée de sauvetage accrochée à un pilier, à côté du départ d'une échelle de fer rouillée qui descendait vers l'eau.

— À l'aide ! Appelez des secours ! cria-t-elle de toutes ses forces en priant qu'un garçon du restaurant ou un plaisancier dans un bateau de la marina entende ses appels. Une femme est tombée à la mer !

Puis, sans plus attendre, elle quitta ses chaussures et empoigna la bouée. Elle était au milieu de l'échelle, qui grinçait sous son poids et oscillait dangereusement, quand elle entendit un bruit de pas au-dessus d'elle sur les planches de la jetée. Mais les pas s'éloignaient.

— Attendez ! hurla-t-elle. Ne partez pas ! Appelez à l'aide !

Le bruit des pas s'accéléra et s'évanouit dans la nuit.

L'échelle émit un nouveau grincement, le barreau sur lequel elle se trouvait céda. Et Eugenia tomba dans une eau si glaciale que le choc la frappa comme la foudre.

11

Cyrus tisonna le feu qu'il avait allumé dans la monumentale cheminée couverte de miroirs.

— Et vous ne vouliez pas d'un garde du corps ? Quand je pense que je ne peux même pas vous laisser aller seule aux toilettes !

— Je m'y prendrai mieux la prochaine fois, c'est promis ! répondit Eugenia en riant. Je me crois capable d'en revenir sans me tromper de chemin, vous verrez.

— Heureusement que vous prenez ça bien. Quand Samantha Leabrook apprendra ce qui s'est passé…

— Pas la peine de lui en parler, elle s'inquiéterait et poserait des questions gênantes, l'interrompit-elle. Je suis censée être venue m'occuper de la collection Daventry, pas de la disparition de Nellie. Officiellement, c'est vous qui enquêtez sur un crime éventuel.

— Ce qui n'arrange rien. Avez-vous assez chaud ?

— Mais oui, tout va bien. Grâce à vous, je ne suis pas restée très longtemps dans l'eau. Au fait, comment avez-vous fait pour distancer l'escouade qui se précipitait à notre secours ?

— Un plongeur ou un cuisinier est arrivé dans la salle en criant qu'il y avait deux femmes à la mer.

— Et vous en avez automatiquement déduit que j'étais une des deux ?

— Écoutez, répondit-il d'un ton faussement bourru, comme vous ne reveniez pas et qu'aucune autre femme n'avait quitté sa table, ma conclusion était logique, non ? Et puis, j'ai eu la pénible vision de Samantha, furieuse contre moi, qui exigeait de savoir comment j'avais réussi à rater une mission aussi simple que celle de vous surveiller.

— Je comprends, maintenant ! C'est le souci de sauvegarder votre réputation professionnelle qui vous a galvanisé.

— Disons que ça m'a incité à courir un peu plus vite.

Inutile de lui parler du frisson qui l'avait saisi en entendant les appels au secours du personnel. Il avait senti qu'elle était en danger avant même de la découvrir accrochée d'une main à un barreau de l'échelle, soutenant, de l'autre, Rhonda Price inanimée.

— Eh bien, Cyrus, ne vous faites plus de souci pour moi. Vous avez entendu le Dr Jones, je ne souffre pas d'hypothermie. C'est Rhonda qui est mal en point. Meditation dit qu'elle s'est cogné la tête contre le bord de la jetée quand elle est tombée après avoir perdu l'équilibre. Peaceful est du même avis.

— Je sais, je sais…

Cyrus contemplait pensivement les flammes. Il ne pouvait pas oublier qu'Eugenia était bleue et tremblait de froid quand il l'avait tirée hors de l'eau. De mémoire d'homme, personne n'avait jamais résisté plus de vingt minutes à une immersion dans le Puget Sound.

Dieu merci, le cabinet de Meditation Jones était plus conforme à un établissement médical que l'allure de sa patronne pouvait le laisser craindre. Au lieu des bocaux d'herbes médicinales et des bâtonnets d'encens qu'il craignait d'y trouver, il avait été soulagé de découvrir un local clair et impeccablement tenu, bourré d'un équipement flambant neuf à la pointe de la technologie. Il avait même vu aux murs des diplômes encadrés, délivrés au Dr Jones par la faculté de médecine de l'université de Washington.

Meditation avait examiné Rhonda et aussitôt demandé un hélicoptère sanitaire pour emmener sa patiente, toujours inconsciente, à un hôpital du continent. Elle s'était ensuite occupée d'Eugenia qui attendait son tour, emmitouflée dans une couverture.

Pendant ce temps, Cyrus rongeait son frein.

Meditation l'avait enfin gratifié d'un de ses sourires pleins de sérénité et de son interprétation personnelle de la situation :

— Calmez-vous, monsieur Colfax, Eugenia se porte à merveille. Son aura est aussi claire et forte que la vôtre, avec des couleurs nettes et brillantes. Tout ce qu'il lui faut, c'est une bonne nuit de repos.

Il déposait avec précaution Eugenia, toujours drapée dans la couverture, sur le siège de sa Jeep quand il avait entendu le claquement des pales de l'hélicoptère qui décollait. Rhonda Price serait sans doute plus vite rendue à l'hôpital qu'Eugenia à la Maison de Verre.

Mais, depuis leur retour, il devait admettre qu'Eugenia avait bonne mine. De fait, elle ne lui avait jamais paru plus belle. En arrivant, elle avait pris une douche chaude. Ses cheveux très noirs, encore humides, qui lui tombaient sur les épaules, ses yeux d'ambre et ses traits nettement dessinés contrastaient de manière spectaculaire avec les glaces et les chromes de la pièce, et le blanc du gros peignoir en tissu-éponge dans lequel elle s'était enveloppée.

— Je me demande si Rhonda Price vous sera reconnaissante de lui avoir sauvé la vie, dit-il enfin.

— Ça m'étonnerait. Avant de partir en courant comme une dératée, elle m'a déclaré qu'elle ne voulait plus me voir. Il faut pourtant que je lui parle. Et si elle ne revenait pas ici en sortant de l'hôpital ? ajouta-t-elle avec inquiétude.

— Je la retrouverai, la rassura Cyrus. J'ai moi aussi quelques questions à lui poser.

— Lesquelles ? Pour vous, mes hypothèses sur la mort de Nellie ne sont que le fruit de mon imagination débridée et de mon sens des responsabilités hypertrophié.

— Je vous ai promis de vous aider dans votre enquête, je tiendrai parole. Mais plus question de prendre des initiatives comme celle de ce soir ! dit-il en pointant sur elle un index menaçant.

— Je n'ai pas pris d'initiatives ! protesta Eugenia. Tout s'est passé avant que j'aie compris ce qui m'arrivait.

— Hmm. J'ai l'impression que les choses prennent souvent un tour imprévu quand vous vous en mêlez.

— Voyons, Cyrus !...

— Vous n'auriez jamais dû affronter Rhonda seule. Vous ne savez rien de la manière de faire parler les gens qui ont quelque chose à cacher. Qu'est-ce qui vous est passé par la tête ?

— Mais rien du tout ! Je n'avais pas le choix, c'est elle qui m'est tombée dessus en me disant des choses désagréables.

— Peu importe laquelle a commencé. Je constate que vous avez fini dans l'eau et couru un risque absurde !

— C'était elle qui était en danger, pas moi.

— Vraiment ? Vous auriez aussi bien pu vous cogner la tête et perdre connaissance en courant à son secours. Il venait de pleuvoir, les planches de la jetée étaient plus glissantes que…

Il s'interrompit, choqué de se surprendre à s'énerver comme il l'était à la fin du dîner. Eugenia en était-elle seule responsable ? se demanda-t-il. Avant elle, en tout cas, personne n'avait réussi à lui faire perdre son sang-froid à ce point. Et deux fois de suite.

— Je vous en prie, Cyrus, pas de sermon ce soir, dit-elle en étouffant un bâillement. Je n'ai pas le courage de me lancer dans une bataille en règle. Demain matin, à la rigueur.

— Mais je ne cherche pas à me battre, se défendit-il. Je veux juste connaître les faits.

— Vous m'avez entendue témoigner au shérif Peaceful.

— Non. Vous lui avez donné une version simplifiée.

— Pas du tout ! J'ai raconté les faits, exactement tels qu'ils se sont passés. Je n'ai même pas eu le temps de prononcer devant Rhonda le nom de Nellie qu'elle m'a intimé l'ordre de lui ficher la paix et qu'elle est sortie de la pièce en claquant la porte. Je lui ai couru après, je me suis arrêtée en atteignant la jetée parce que je ne la voyais plus, et c'est à ce moment-là que j'ai entendu un cri, et le bruit d'un corps qui tombait à l'eau. Il n'y a rien à ajouter ni à retrancher.

Cyrus l'avait écoutée en se massant la nuque d'un air perplexe.

— J'ai assisté à l'interrogatoire de l'employé qui vous a vue sortir après Rhonda par la porte de service. Il a heureusement pu confirmer que vous étiez assez loin derrière elle et que vous étiez bien visible près de la porte quand elle est tombée dans l'eau à l'autre bout de la jetée.

Eugenia avait fermé les yeux. Elle les rouvrit, stupéfaite.

— Que voulez-vous dire ? Pourquoi est-ce « heureux » qu'il ait « confirmé » où j'étais ?

— Parce qu'il est désormais bien établi que vous ne vous êtes pas battue avec Rhonda au bord de la jetée.

Eugenia en resta bouche bée.

— Comment ? Vous me dites qu'on aurait pu croire que c'est moi qui l'ai poussée dans l'eau ?

— Pourquoi pensez-vous que Peaceful vous a posé autant de questions ? demanda-t-il, agacé.

— C'est le comble ! s'exclama-t-elle. Il me soupçonnait d'avoir voulu la jeter à l'eau ?

— Je n'ai pas dit qu'il vous soupçonnait, il envisageait simplement tous les cas de figures. Le témoignage de l'employé confirme votre version des faits, il n'y a donc plus de problème de ce côté-là.

— Quel culot !... Ne me dites pas que vous avez eu des doutes, vous aussi ? enchaîna-t-elle, l'air soudain horrifié.

— Non, répondit-il en souriant. Pas même l'ombre d'un. Et ne vous faites plus de souci, Peaceful est maintenant convaincu que la chute de Rhonda était accidentelle. Il m'a d'ailleurs dit qu'elle a toujours été un paquet de nerfs, surtout ces derniers temps.

Eugenia dressa l'oreille :

— Tiens ? A-t-il une idée sur la cause de ce surcroît de nervosité ?

— J'ai l'impression qu'il l'attribue à un problème de drogue, bien qu'il ne me l'ait pas dit en toutes lettres. Selon lui, Meditation a aussi remarqué que son aura pâlissait.

— Bien sûr, cela explique tout ! dit-elle avec un rire ironique. Nul n'ignore qu'une aura qui pâlit rend les gens nerveux.

— Il m'a dit aussi que le conseil municipal promet depuis des années de réparer le garde-fou de la jetée, dont plusieurs sections sont complètement démolies. Rhonda n'est donc pas la première personne qui soit tombée à l'eau.

— La municipalité se décidera probablement à agir lorsqu'un touriste passera par-dessus bord et lui fera un procès.

— C'est probable.

— M'avez-vous dit tout à l'heure qu'un employé des cuisines avait entendu Rhonda crier avant d'appeler à l'aide ?

— Oui, il avait entendu un cri, mais il ne savait pas ce que c'était jusqu'à ce qu'il vous entende crier à votre tour. Il a alors couru à l'intérieur du restaurant pour appeler des renforts.

— Ah, bon. Je comprends, maintenant. Ce sont sans doute ses pas que j'ai entendus quand j'étais sur l'échelle. J'aurais pourtant juré qu'ils s'éloignaient plutôt que de retourner vers le restaurant.

— Il vous était difficile d'en juger avec certitude. Vous étiez assez occupée, à ce moment-là.

— C'est vrai, le barreau a cédé juste après. Entre la bouée que je tenais d'une main et Rhonda que je m'efforçais de repêcher de l'autre, j'avais fort à faire. Et l'eau était glaciale, ajouta-t-elle en frissonnant.

Cyrus sentit le même frisson le parcourir.

— Encore un peu de thé chaud ? lui offrit-il.

— Non, merci. Au fond, poursuivit-elle après une brève pause, j'ai simplement omis de dire au shérif que le tableau que j'ai acheté à la Midnight Gallery était de Nellie, pas de Rhonda. Je n'en ai pas parlé parce que je ne pouvais pas le prouver et que Rhonda le niera.

— Elle savait donc pourquoi vous vouliez la voir, à votre avis ?

— Bien sûr. Elle avait peur, c'était évident. Elle avait déjà deviné que je la soupçonnais. Sinon, pourquoi se serait-elle conduite avec moi comme elle l'a fait ?

— Qui sait ? Elle est peut-être réellement psychopathe, surtout si elle se drogue.

— Non, Cyrus, elle avait peur et elle était en colère. Je suis sûre qu'elle sait quelque chose au sujet de Nellie. Elle connaît peut-être même la vérité sur sa mort, ajouta-t-elle.

— Ne vous emballez pas, Eugenia. Elle peut tout simplement avoir profité de la mort de Nellie pour voler ses tableaux et essayer de les vendre. Les drogués ont toujours besoin d'argent.

Eugenia accueillit l'hypothèse par une moue sceptique.

— Vous savez, Cyrus, Meditation m'a dit que Rhonda devrait rester à l'hôpital au moins deux ou trois jours.

— Quand vous avez une idée en tête, vous n'en démordez jamais.

— De quoi parlez-vous ?

— Ne prenez pas cette mine innocente, Eugenia. Vous cherchez encore à me convaincre de vous aider à fouiller le cottage.

— Moi, vous entraîner dans une aventure illégale ? Jamais de la vie, voyons ! Je n'y pensais même pas.

— Je commence à vous connaître, Eugenia, dit-il en souriant.

Elle marqua une pause, leva un sourcil interrogateur :

— Soit. Alors ?

— Alors... J'y réfléchirai, répondit-il avec un soupir résigné.

Il y eut un nouveau silence. Eugenia parut retrouver son entrain.

— Si nous décidons de le faire, il vaudrait mieux ne pas traîner, vous savez. Il est encore tôt, allons-y tout de suite.

— Non ! répondit-il avec force. Nous n'irons nulle part ce soir. Avant de nous lancer dans une aventure idiote, je veux y réfléchir.

— Voyons, Cyrus...

Il traversa la pièce en deux enjambées, s'appuya des deux mains au dossier du canapé et se pencha vers elle, leurs visages proches à se toucher.

— J'ai dit non, c'est non !

Un éclair amusé traversa ses yeux d'ambre :

— Si vous en êtes un exemple, les détectives privés ne sont pas doués pour les décisions fulgurantes et l'esprit d'aventure, comme on nous le fait croire dans les romans et dans les films.

Le parfum subtil de son corps tiède sur lequel il était penché lui nouait l'estomac. Au prix d'un effort, il s'écarta, se redressa.

— Votre conception de l'esprit d'aventure me fait froid dans le dos. La nuit a été longue et je n'ai plus l'âge d'aller repêcher dans la mer les personnes que j'invite à dîner. Il est temps d'aller se coucher.

— D'accord, donnez-moi des ordres puisque ça vous amuse. Mais d'abord, ajouta-t-elle d'une mine soudain plus grave, je dois vous présenter mes excuses.

— Si c'est de m'avoir aspergé d'eau glacée, inutile.

— Non, il ne s'agit pas de cela. Je vous demande pardon de ma conduite pendant le dîner. Je n'avais pas le droit de dire sur votre femme des choses aussi désagréables. Je n'espère pas que vous me pardonniez, je veux simplement que vous sachiez que je le regrette.

Cyrus sentit son estomac se nouer de la même façon que lorsqu'elle lui parlait avec passion d'amour conjugal, d'honneur et de fidélité.

— Vous excusez-vous parce que votre opinion sur elle a changé ? demanda-t-il en se tournant volontairement vers la cheminée.

— Ce que je pense de son comportement ne compte pas. Vous l'aimiez, je n'avais pas le droit de piétiner vos sentiments. C'était cruel et stupide de ma part. Je suis inexcusable.

— Pourquoi l'avoir fait, alors ? dit-il en lui lançant un regard par-dessus son épaule.

Eugenia hésita, ferma les yeux.

— Parce que vous aviez touché à votre insu quelques points ultrasensibles de mon passé. J'avais quatorze ans quand mes parents ont divorcé. À l'époque, mon père était professeur de sociologie dans une petite université. Il avait une liaison avec une de ses élèves.

Cyrus se borna à hocher la tête.

— Pour moi, leur divorce était déjà pénible par lui-même. Mais devoir écouter les mauvaises raisons et les excuses cousues de fil blanc que mon père nous infligeait pour essayer de nous convaincre qu'il le faisait pour le bien de la famille, c'était cent fois pire.

— Je comprends.

Cyrus se souvenait trop bien du dégoût inspiré à son neveu Rick par les explications de son père quand il avait brisé leur famille.

— Mon père avait d'abord évité de nous en parler lui-même, il chargeait ma mère de sa basse besogne. Un jour, pourtant, je suis allée le voir à son bureau pour lui demander pourquoi il agissait ainsi. Je lui ai dit que je ne voulais pas qu'il nous quitte. Je l'ai prié, supplié…

Elle s'interrompit. Sa voix tremblait d'une honte rétrospective.

— Et alors ? l'encouragea Cyrus. Que s'est-il passé ?

— Il m'a assené tous les lieux communs sur le fait que les gens changent et s'éloignent les uns des autres, sur le devoir qu'on a de chercher à s'accomplir dans le bonheur, que sais-je encore ? Il m'a dit aussi que je comprendrais un jour ce qu'il disait.

— Et vous l'avez compris ?

— Oui, répondit-elle avec un sourire sans gaieté. Mais je n'ai pas eu besoin d'attendre de devenir adulte. Tout ce qu'il fallait savoir, je l'ai appris ce jour-là, dans le bureau de mon père.

— Quoi, par exemple ?

— Que mon père n'avait aucune volonté, aucun sens du devoir ni de l'honneur, qu'il était incapable de respecter un engagement sérieux, d'assumer des responsabilités. Que je ne pouvais compter sur lui pour rien d'important.

— Vous en avez tant appris en si peu de temps ?

— Oui. J'avais mal, bien sûr, j'étais furieuse, mais je me suis forcée à n'en rien laisser paraître devant ma mère, elle avait assez de soucis comme cela. Elle avait besoin que je la soutienne plutôt que d'aggraver ses problèmes. Je devais aussi être forte pour mon frère et ma sœur.

— Je comprends, j'éprouvais les mêmes sentiments vis-à-vis de mes grands-parents. Ensuite, je crois qu'on en prend l'habitude.

Cyrus connaissait mieux que personne ce besoin de maîtriser son destin et de se dominer soi-même. Dès son plus jeune âge, il avait eu conscience de ses responsabilités envers ses grands-parents. Ils avaient besoin de lui. Il ne pouvait pas prendre le risque de leur causer plus de chagrins qu'ils n'en avaient déjà subi.

— C'est curieux, reprit-elle, mais, quand je regarde en arrière, j'ai plutôt pitié de mon père. On ne peut pas rester en colère contre quelqu'un d'aussi faible, d'aussi inexistant face à ce qui compte dans la vie. Tout ce que je sais, c'est que ce jour-là, dans son bureau, je me suis juré de ne jamais me permettre de devenir aussi faible que lui.

— Vous avez donc appris à devenir forte.

— On me dit parfois que j'ai un peu trop bien réussi, répondit-elle avec une moue faussement contrite. Et vous, Cyrus, comment vous y êtes-vous pris ?

— Qu'est-ce qui vous fait croire que je suis fort ?

— Vous irradiez la force, comme certaines verreries de l'Antiquité. Je la sens.

Cyrus en fut troublé. La conversation prenait un tour bizarre. Il n'avait jamais parlé ainsi avec une femme – non, avec quiconque.

— On croirait entendre Meditation Jones, grogna-t-il. Ne me servez pas le même genre d'inepties sur les auras et la suite.

Eugenia leva un peu la tête pour le regarder dans les yeux. Dans la lumière des flammes, les siens prirent des reflets d'or mat.

— Ce n'est pas une ineptie, c'est de l'observation. Vous édictez vos propres lois et vous les respectez, sans les infléchir quand cela vous conviendrait. Il y faut de la force de caractère.

— Mes… lois ?

— Votre femme vous a trompé, mais, puisqu'elle était votre femme, vous vous imposez le devoir de la venger. C'est ce que j'appelle respecter son code d'honneur. D'autres, bien sûr, y verraient sans doute une incompréhensible forme d'obsession.

— Et vous, qu'y voyez-vous ?

— Je vous l'ai dit, un sens aigu de l'honneur. Un exemple de votre force morale.

Cyrus sentit son trouble s'apaiser peu à peu.

— Pour certains, votre détermination à découvrir ce qui est arrivé à Nellie Grant pourrait aussi passer pour une forme d'obsession.

— Et pour vous ? demanda-t-elle en soutenant son regard.

— J'y vois un sens des responsabilités, de l'honneur, de la fidélité. Vous suivez vous aussi vos propres règles, n'est-ce pas ? Celles que vous avez formulées le jour où vous vous êtes juré de ne pas devenir une chiffe comme votre père.

Elle garda un silence pensif. Au bout d'un instant, un léger sourire apparut sur ses lèvres.

— Vous est-il venu à l'esprit que des gens comme vous et moi ne sont pas tout à fait à leur place dans le monde moderne ?

— Vous est-il venu à l'esprit que vous et moi avons peut-être un peu plus de points communs que vous ne le pensiez au début ?

Cyrus s'était rapproché du canapé. Elle leva les yeux vers lui et soutint son regard sans faiblir.

— Oui, répondit-elle. Mais ce qui me gêne, pour le moment, c'est que je passe mon temps à vous présenter mes excuses.

— Pourquoi cela vous gêne-t-il ?

— Il me semble que, si quelqu'un doit trop souvent s'excuser auprès de l'autre, cela signifie que leurs rapports ne sont pas équilibrés.

Il posa un genou sur le canapé et se pencha vers elle, leurs visages assez proches pour un baiser.

— J'espérais depuis longtemps vous entendre prononcer ce mot.

— Excuses ?

— Non, rapports.

En guise de réponse, elle le prit par le cou et lui effleura la bouche de ses lèvres.

Cette invite fit sur Cyrus l'effet d'un jet de lance-flammes sur une pile d'herbes sèches. Leurs bouches soudées l'une à l'autre, ils se laissèrent aller contre le dossier du canapé. Le peignoir d'Eugenia entrouvert dévoilait la naissance de ses seins. Il l'écarta davantage. Elle glissa les mains sous sa chemise, lui caressa la poitrine.

— Ce n'est peut-être pas une très bonne idée, murmura-t-elle.

Et, tout en le disant, elle lui mordilla l'épaule.

Au contact de ses dents et de sa langue sur sa peau, Cyrus dut lutter pour ne pas perdre le contrôle de lui-même. Quelques secondes qui lui parurent durer des heures, il resta immobile. Puis, n'y tenant plus, il lui encercla la taille d'un bras et ils roulèrent ensemble au bas du canapé, sur l'épaisse moquette.

Le peignoir entièrement défait dévoila son corps mince et souple. Ses seins, sa taille, ses hanches s'articulaient, se fondaient en une ligne si parfaite qu'il ne put résister à l'envie de les caresser longuement, comme on pose les mains sur une statue aux proportions idéales.

— Tu es si belle, souffla-t-il.

Elle leva un instant la tête. Cyrus lut dans son regard le désir. Et il ne fut bientôt plus en état de penser, encore moins de parler.

Des années durant, des gens innombrables avaient eu besoin de lui. Pour la première fois, il découvrait une sensation inconnue.

Celle d'être désiré.

12

— Quoi de neuf, Quint ?

Le téléphone calé entre l'oreille et l'épaule gauche, Cyrus se barbouillait de crème à raser. Eugenia l'avait quitté dix minutes auparavant pour regagner sa chambre et devait être déjà sous la douche. À peine réveillée, elle avait filé comme une flèche sans lui laisser une chance de la persuader de se servir de sa salle de bains.

Demain matin, se dit-il, je réagirai plus vite.

Encore faudrait-il qu'il y ait un lendemain matin. Eugenia et lui avaient autre chose à faire, pendant la nuit, que se mettre d'accord sur l'avenir à court terme. Encore moins à long terme…

Le jour s'était levé sous un ciel gris et bas, mais Cyrus se sentait d'aussi belle humeur que s'il avait ouvert les yeux sur une plage des mers du Sud. Son reflet dans le miroir affichait le sourire béat d'un innocent de village. Pour célébrer l'occasion, il porterait aujourd'hui sa chemise aux palmiers, décida-t-il. Une de ses préférées.

— Je t'ai réveillé ? demanda Quint avec sollicitude.

— Non, répondit Cyrus en prenant son rasoir.

— J'avais peur de te tirer d'un bon lit douillet, insista Quint avec une touche de lascivité moqueuse dans la voix.

— Rassure-toi, j'étais déjà levé.

— Il se passe des choses intéressantes ?

— Cela dépend de ce que tu entends par « intéressantes ».

— Tout va bien avec Mlle Swift ?

— Je ne te paie pas pour fouiner dans ma vie privée, Quint.

— Je sais, seulement dans celle des autres. C'est quand même la raison pour laquelle je t'appelle, poursuivit Quint d'un ton redevenu sérieux. Ta vie privée.

Le sourire de Cyrus s'effaça :

— Du nouveau sur l'enquête ?

— Non, rien à voir. Il s'agit du dossier ZEC.

La main qui tenait le rasoir s'immobilisa :

— Tu es sûr ?

— Oui. Tu te souviens des repères que tu m'avais demandé de programmer ? Il y en avait un ce matin quand j'ai allumé l'ordinateur.

Cyrus reposa son rasoir. Le dossier ZEC contenait tous les renseignements réunis sur Zachary Elland Chandler II. Son père.

Quelques années auparavant, il avait en effet demandé à Quint de mettre en place un système de repérage automatique capable de l'alerter dès l'instant où Chandler tenterait de retrouver sa trace ou de prendre contact avec lui. Il ignorait ce qu'il éprouverait s'il lui arrivait jamais de se trouver face à face avec ce père inconnu, mais il était sûr d'une chose : il voulait en être averti avec un délai suffisant pour être en mesure de maîtriser la situation. Pourtant, depuis la mise en place du système d'alerte, il ne s'était jamais rien produit. Chandler n'avait pas cherché à le retrouver. Jusqu'à maintenant.

Au bout de tant d'années, pensa Cyrus, il était peu probable que Z.E. Chandler ait soudain décidé de rencontrer ce fils oublié afin de faire amende honorable. Un autre facteur avait déclenché l'alerte.

Se pourrait-il que son père soit mort ?

Non, il l'aurait appris par les informations. Chandler était un homme politique trop en vue pour que la nouvelle soit passée sous silence. Bien que... Cyrus n'avait pas regardé la télévision, écouté la radio ni ouvert un journal depuis qu'il était sur l'île.

— Cyrus ? fit la voix de Quint. Tu es toujours là ?

— Oui, oui. Raconte-moi ce que tu sais.

— Un enquêteur s'est rendu à Second Chance Springs se renseigner sur ta famille. Le type en question travaille pour l'avocat personnel de Chandler.

— Chandler lui-même va bien ?

— Oui, autant que je sache. Il est en campagne électorale. Que veux-tu que je fasse ?

Chandler était en vie, il se renseignait à Second Chance Springs. Cyrus respira profondément, le temps de dénouer son estomac.

— Pour le moment, rien. Ouvre l'œil et appelle-moi dès qu'il y aura du nouveau.

— D'accord. Euh... ça ne te secoue pas un peu, cette histoire ?

— Non. Préviens-moi si l'enquêteur se rapproche, c'est tout.

Cyrus se dévisagea plusieurs minutes dans le miroir avant de reprendre son rasoir. Après tant d'années d'indifférence, Zachary Elland Chandler II avait engagé quelqu'un pour retrouver la trace de son fils.

De son fils aîné...

— Pourquoi ? demanda Cyrus à l'homme aux yeux verts qui le regardait dans la glace. Et pourquoi maintenant ?

13

— Si tu n'es venu que pour récriminer, déclara Eugenia, va-t'en. Je me débrouillerai toute seule.

— Je ne récrimine pas. Et, si tu crois que je te laisserai fouiller seule le cottage de Rhonda Price, tu te fais des illusions. Je disais seulement que nous prenions un risque et qu'il fallait être prudents.

— D'accord, nous serons prudents.

Il est d'humeur bizarre ce matin, pensa Eugenia en marchant d'un pas résolu dans le petit bois de mélèzes dégouttant de pluie. Elle ne savait trop à quoi s'attendre après leur nuit passionnée, mais sûrement pas au retour du personnage du justicier froid et distant. Elle ne se sentait pas elle-même d'humeur folâtre, à vrai dire. Ce qu'elle ressentait était complexe et déroutant, à l'image de l'étrange situation dans laquelle elle se trouvait.

De fait, elle n'arrivait pas à déterminer comment réagir ni quels sentiments éprouver. Elle n'avait cependant pas besoin d'un doctorat en psychologie pour comprendre que l'introduction d'un facteur tel que l'amour physique dans l'équation de leur cohabitation provoquerait à coup sûr des problèmes à la pelle. S'être jetée la tête la première dans une passade avec un homme qui n'était absolument pas son type avait aussi de quoi la plonger dans la perplexité.

Car elle n'était pas femme à s'offrir des passades. Si elle avait eu un nombre limité d'aventures mûrement réfléchies et soigneusement maîtrisées, jamais, au grand jamais, elle n'avait eu avec aucun homme de rapports impulsifs pouvant être qualifiés de passades.

D'un autre côté, elle n'avait jamais non plus rencontré d'homme comparable à Cyrus. La nuit dernière, elle avait eu un aperçu de ce qu'il cachait derrière le mur de défenses qu'il s'était bâti. Et ce bref coup d'œil confirmait ce que son intuition lui avait déjà dit. La force qu'elle sentait en lui n'avait rien de superficiel ni d'affecté, elle imprégnait son être jusqu'à la moelle.

A-t-il des regrets ? se demanda-t-elle en l'observant du coin de l'œil. Elle doutait, toutefois, que le fait d'avoir couché ensemble soit la cause de son changement d'humeur, Cyrus avait pris autant de plaisir qu'elle à leur déchaînement de sensualité. Il était sans doute plus vraisemblable qu'un homme ayant consacré tant de soin à dresser des barricades autour de son moi profond s'en veuille d'avoir laissé quelqu'un jeter un regard dans son royaume secret.

Tout à leurs réflexions respectives, ils marchaient en silence. Le cottage apparut bientôt entre les arbres, isolé dans une clairière. Mais, au lieu d'offrir à la vue un charme rustique, il semblait lugubre et délabré. Un peu comme son occupante, se dit Eugenia en se rappelant la maigreur émaciée de Rhonda. Derrière les vitres sales, on distinguait des rideaux défraîchis, déchirés. Les murs de bois avaient un évident besoin d'enduit protecteur. Quelques alignements de pierres pointant sous les herbes folles indiquaient qu'à un moment ou à un autre quelqu'un avait pensé dessiner un jardin, mais avait vite perdu l'envie ou le courage de mener son idée à bien.

— Je n'ai même pas parlé à Rhonda une minute, dit Eugenia, mais elle me ferait presque pitié.

Abrité sous les basses branches d'un gros mélèze, Cyrus examinait les lieux avec attention.

— Pourquoi ?

— Je ne sais pas. Elle avait l'air désespérée. Elle avait peur, aussi.

— Elle avait de bonnes raisons de craindre que tu ne dénonces ses agissements frauduleux.

— Oui, mais cela ne répond toujours pas à la question essentielle. Pourquoi s'attribuer les tableaux de Nellie ?

— C'est simple. Si elle n'a pas de talent et qu'elle est entrée d'une manière ou d'une autre en possession des toiles, elle a dû se dire que Nellie n'en avait plus besoin et décider d'en tirer bénéfice.

— Peut-être. En tout cas, nous n'arriverons à rien si nous restons plantés ici. Allons voir si nous trouvons les deux tableaux manquants de la série. C'est toi l'expert. Comment entrerons-nous ?

— De la manière la plus simple. Par la porte de derrière.

Ils traversèrent sans hâte l'espace à découvert. Un tas de bûches, une vieille poubelle en plastique et un tuyau d'arrosage montaient la garde près du perron de deux marches.

Cyrus le gravit et frappa à la porte.

— Tu sais au moins crocheter une serrure, j'espère ? s'étonna Eugenia.

Avec un sourire amusé, Cyrus prit un mouchoir dans sa poche.

— Les solutions de facilité sont souvent les meilleures.

Il saisit le bouton de porte avec le mouchoir, tourna, poussa. La porte s'ouvrit sans opposer de résistance.

— Elle n'est même pas fermée à clé ! s'exclama Eugenia.

— Tu as entendu ce qu'a dit Peaceful le soir de notre arrivée. L'île est si sûre que les gens ne se donnent pas la peine de verrouiller leurs portes. Il y a quelqu'un ? cria-t-il en se penchant à l'intérieur.

Un silence pesant lui répondit. Immobile, Cyrus tendit l'oreille quelques instants.

— Qu'est-ce que tu attends ? demanda Eugenia avec impatience.

— Rien, juste d'être sûr que nous sommes seuls.

Ils entrèrent dans une minuscule cuisine, meublée d'un fourneau hors d'âge, d'un antique réfrigérateur et d'un évier ébréché. Le linoléum couvert de taches se désintégrait par plaques.

— Ne touche à rien, dit Cyrus.

— Sois tranquille, je ferai attention. Par où commençons-nous ?

— C'est toi qui décides. L'idée n'est pas de moi.

— Eh bien… elle doit avoir un atelier. Tous les peintres, même les plus mauvais, consacrent une pièce à leur peinture.

— Prends cela pour ouvrir les placards et les tiroirs, dit-il en lui tendant le mouchoir. Pendant ce temps, je jetterai un coup d'œil à ses papiers, j'aurai peut-être plus de chance qu'avec ceux de Daventry.

— Et toi, comment feras-tu ?

— J'ai ce qu'il faut.

Il sortit de sa poche une paire de gants chirurgicaux en plastique transparent. Eugenia le regarda avec effarement.

— Par moments, dit-elle, tu me fais peur.

— Toi aussi, répondit-il en poussant la porte du living. Souvent.

— Quels papiers espères-tu trouver chez quelqu'un comme Rhonda Price ?

— Tout le monde a des papiers. Notes de téléphone, relevés de cartes bancaires, la paperasse est devenue aussi indispensable que l'air qu'on respire. Tout ce qu'on fait dans la vie laisse une trace.

— Comme le certificat d'origine d'une œuvre d'art, par exemple ?

— Exactement.

Tout en parlant, Eugenia regardait autour d'elle. Le living était peu et mal meublé. Dans un coin, près de la fenêtre, étaient disposés un chevalet et une tablette chargée de tubes de peinture et de pinceaux plantés dans deux vieux pots de mayonnaise. C'était tout l'atelier.

Voyant quelques toiles appuyées au mur, Eugenia alla les examiner. Aucune n'était de la facture de Nellie.

— Tu avais raison de supposer qu'elle n'a pas de talent, dit-elle à Cyrus. Je comprends pourquoi Fenella Weeks m'a dit l'autre jour que l'aiguière représentait un tournant dans son œuvre.

Cyrus leva les yeux sur le tableau qu'elle lui montrait, une composition abstraite mal équilibrée et aux rapports de couleurs indigents.

— Plus qu'un tournant, observa-t-il. Une métamorphose. Quant à Fenella Weeks, si elle a un minimum d'expérience, je m'étonne qu'elle n'ait pas été intriguée par une différence aussi criante. Elle sait peut-être fort bien que le tableau qu'elle t'a vendu n'est pas de Rhonda Price. Dans ce cas, les deux femmes sont de mèche.

— Tu veux dire que Fenella aurait accepté de vendre la toile et d'en partager le prix avec Rhonda sans poser de questions ?

— Pourquoi pas ? Cela s'est déjà vu.

Eugenia réfléchit un instant.

— Tu as peut-être raison. La somme en cause n'était pourtant pas très importante, je l'ai payée trois cents dollars.

— Dans un taudis comme celui-ci, trois cents dollars ou même cent cinquante iraient loin.

— Surtout si Rhonda doit acheter de la drogue... Tu sais, Cyrus, je crois que je ferais bien d'avoir une petite conversation avec Fenella.

— À quoi bon ? Si tu l'accusais de t'avoir vendu un faux Renoir ou un faux Picasso, je ne dis pas. Mais là, elle niera tout en bloc et se posera en innocente galeriste indignement trompée. Cette affaire n'intéressera personne.

— Sauf l'amie de l'artiste.

Cyrus feuilletait une liasse de notes de téléphone. Il s'interrompit un instant :

— L'amie en question n'a aucune preuve que la toile de la Midnight Gallery n'a pas été peinte par Rhonda Price. Il faut être prudent avant de lancer des accusations, Eugenia. Les gens ont tendance à se montrer susceptibles, surtout quand ils ont quelque chose à se reprocher.

— C'est vrai, soupira-t-elle en reposant la toile contre le mur. Mais toutes ces questions sans réponses, c'est frustrant !

— Au début d'une enquête, on a toujours l'impression de piétiner. Il faut de la patience, beaucoup de patience.

— Je ne suis pas patiente.

— Oui, je crois l'avoir remarqué.

La froideur distante dans le regard de Cyrus avait fait place à une lueur amusée. Eugenia comprit l'allusion à ses transports débridés de la nuit passée et se sentit rougir. De la dignité, ma fille ! se dit-elle. Elle savait aussi bien que lui faire preuve de calme et de maîtrise de soi.

Elle lui tourna le dos, entra dans la chambre à coucher et regarda sous le lit, où elle ne trouva qu'une pile de vieux magazines et une importante collection de moutons de poussière. L'examen de la penderie, ouverte à l'aide du mouchoir protecteur, ne lui révéla que la présence de chemises tachées de peinture et de deux ou trois jeans délavés. Les tiroirs de la commode livrèrent à son regard un maigre stock de sous-vêtements, de chaussettes et de sweaters.

Avant d'abandonner, elle jeta par acquit de conscience un coup d'œil derrière la commode. Un vague reflet sur un cadre en métal noir attira aussitôt son attention.

— Cyrus !

Il apparut sur le pas de la porte une seconde plus tard.

— Tu as découvert quelque chose ?

Elle passa la main entre le mur et le meuble, souleva le cadre avec précaution.

— Un des tableaux de Nellie, annonça-t-elle. Ce qui m'étonne, c'est qu'il soit caché dans un endroit aussi accessible.

— N'oublie pas que Rhonda n'avait pas l'intention de le cacher longtemps, mais de le vendre le plus vite possible. En tout cas, tu as raison. Même pour un profane comme moi, cette toile n'est pas de la même main que les croûtes que nous avons vues à côté.

— D'ailleurs, dit-elle après avoir examiné le tableau, la signature de Nellie y est encore. Rhonda n'a pas eu le temps de l'effacer pour la remplacer par la sienne. Regarde.

— Bien, ta théorie est démontrée. Nous avons donc la preuve que Rhonda s'est approprié deux tableaux de Nellie Grant.

— Le troisième est accroché dans mon appartement. Nous n'en avons donc plus qu'un à retrouver. En tout cas, j'ai la ferme intention de mettre Rhonda au pied du mur dès qu'elle aura quitté l'hôpital. Elle sait quelque chose, Cyrus, j'en suis maintenant convaincue. Mais, ce dont j'ai peur, c'est qu'elle décide de disparaître au lieu de revenir ici.

— Je t'ai dit que je la retrouverai si elle prend la fuite.

— Je sais, mais...

— Tu n'as vraiment pas confiance dans mes capacités professionnelles, n'est-ce pas ?

Eugenia piqua un fard.

— Je t'ai déjà présenté mes excuses sur ce point.

— Ne t'inquiète pas, j'ai pris l'habitude que l'on se moque de moi.

— Soyons francs, Cyrus, dit-elle plus sèchement qu'elle ne l'aurait voulu. Tu as accepté de m'aider en échange de ma coopération, mais tu ne m'as jamais caché que tu ne t'intéresses qu'à la coupe Hadès.

— Nous avons conclu un marché, répliqua-t-il.

Le ton sur lequel il avait prononcé ces simples mots fit à Eugenia l'impression de recevoir à bout portant une décharge d'éclats de verre. Elle ne put retenir un frisson.

— Excuse-moi. Je n'ai jamais douté de ta parole.

Encore des excuses, pensa-t-elle. Voilà ce qu'elle gagnait à avoir introduit des rapports sexuels dans l'équation. Entre Cyrus et elle, tout serait compliqué désormais. Elle ne pourrait plus se fâcher comme avant. Elle devrait surveiller ses moindres paroles…

— Changeons de sujet, veux-tu ? reprit-elle.

— Tout à fait d'accord.

Elle retint un soupir de soulagement.

— Je viens de penser à une chose. Si Rhonda connaissait assez bien la Maison de Verre pour savoir où les tableaux de Nellie étaient rangés, elle en sait peut-être plus que ce que nous pensons.

— Exact.

Le regard redevenu dur et froid de Cyrus l'alerta.

— Attends, laisse-moi deviner. Tu te demandes si Rhonda ne te fournirait pas une piste menant à la coupe Hadès.

— Ce ne serait pas impossible. Mais, au lieu de t'interroger sur mes véritables raisons de t'aider à faire parler Rhonda Price, tu ferais bien de te poser une question plus utile. Et si Nellie Grant n'était pas morte ? Si elle était de connivence avec Rhonda Price ?

Eugenia en resta muette plusieurs secondes.

— Je crois avoir mal entendu. Que veux-tu dire, au juste ?

— L'île est petite. Daventry invitait tous les artistes à ses soirées. Il est donc logique de supposer que Nellie et Rhonda se connaissaient.

— Bien sûr. Mais quel est le rapport ? D'après la police, Nellie est morte noyée.

— Ils n'ont jamais retrouvé le corps.

Eugenia s'efforça de réfléchir.

— Je sais, mais... Non, c'est impossible ! Si Nellie était encore en vie, elle m'aurait au moins fait signe.

— Peut-être. Peut-être pas. Si elle a décidé de disparaître pour une raison ou pour une autre, la mise en scène de la noyade en mer était un moyen commode de couper court aux recherches. Tu m'as bien dit qu'elle avait de l'expérience avec les bateaux, n'est-ce pas ?

— Oui. C'est pourquoi je n'ai pas cru à la version de l'accident et ai pensé au crime. Mais je n'ai jamais envisagé une seconde qu'elle puisse vouloir disparaître.

— Pour une fois, oublie ton hypothèse et considère la mienne. Si elle vit encore, il ne serait pas absurde qu'elle ait chargé Rhonda de vendre ses tableaux pour se procurer rapidement de l'argent liquide.

Encore des questions sans réponses...

— Il faut absolument voir Rhonda et la faire parler, dit-elle.

— En attendant, je crois que nous avons besoin de boire un café.

— Non, merci.

— Au Sunset Café, enchaîna Cyrus. C'est le seul de l'île, et les artistes y ont leurs habitudes. Rhonda aussi, sans doute.

Le sourire revint sur les lèvres d'Eugenia.

— Tu as raison. Un serveur devrait pouvoir nous renseigner sur le compte de Rhonda. Excellente idée, Cyrus.

— Trop aimable, Eugenia. Mais l'idée n'est pas de moi.

— De qui, alors ?

— Je l'ai trouvée au chapitre cinq du *Manuel du parfait détective* fourni avec mon cours par correspondance.

Malgré elle, Eugenia pouffa de rire.

— C'est rassurant de se savoir aidée par un vrai professionnel !

Le Sunset Café était à peu près désert. Accoudée au comptoir, une jeune serveuse en jean et en T-shirt feuilletait un magazine dont la couverture s'ornait de la photo d'un top model sous-alimenté.

— Dix heures du matin n'est manifestement pas l'heure des artistes, observa Eugenia en s'asseyant à une table.

— Tant mieux pour nous. La serveuse s'ennuie et les gens qui s'ennuient adorent bavarder.

Cyrus enleva le blouson de cuir qu'il avait endossé sur sa chemise hawaiienne et s'assit à son tour. Chacun de ses gestes était effectué posément, avec l'assurance virile et gracieuse à la fois qui ne manquait pas de frapper Eugenia. Depuis qu'elle le connaissait, elle ne l'avait pas vu une seule fois pianoter sur le bord d'une table ou taper du pied en mesure comme elle le faisait si souvent. À table, il ne tripotait pas ses couverts ou sa serviette. Il se contentait de prendre possession de l'espace qu'il occupait. Le client de la table voisine était plus corpulent que Cyrus, mais c'était lui qui dominait la salle.

— Comment allons-nous aborder le sujet de Rhonda avec la serveuse sans paraître trop indiscrets ? demanda Eugenia.

— J'ai l'impression que nous n'aurons pas de problème de ce côté-là, répondit Cyrus. Depuis hier soir, tu es célèbre.

Avant qu'Eugenia ait pu répondre, la serveuse s'arrêta devant leur table et braqua sur elle un regard chargé de curiosité.

— Bonjour. C'est bien vous la dame qui a sauté à l'eau hier soir à la marina pour repêcher Rhonda Price ?

Eugenia vit du coin de l'œil le sourire amusé de Cyrus.

— Oui, c'est moi. Vous la connaissez ?

— Pas vraiment. Comme tout le monde, quoi, elle vient souvent ici. Elle se vante d'être une artiste, mais j'ai entendu un jour Fenella Weeks dire qu'elle n'est pas fichue de tracer une ligne droite.

— Je ne suis pas d'accord, feignit de protester Eugenia. J'ai acheté un de ses tableaux, il est très, très bon.

La jeune serveuse fit un haussement d'épaules évasif.

— L'art, vous savez, je n'y connais rien. Je travaille ici, c'est tout.

— Ah oui ? intervint Cyrus. Je croyais que vous étiez une artiste, vous aussi.

— Non, pas question, répondit-elle en rougissant. Mon père ne veut pas que je fréquente les artistes. Il m'a dit qu'il me fera quitter mon job si je sors avec eux.

— Votre père n'approuve pas la vie de bohème ? suggéra Eugenia.

La serveuse rougit de plus belle.

— Euh... pour ce qui est de la bohème, je n'en sais rien. Mais il dit que les artistes sont des paresseux qui ne veulent pas faire un vrai travail et qui ne pensent qu'à boire et à s'amuser. Il dit aussi que l'île était plus tranquille avant qu'Adam Daventry les y fasse venir.

Personnellement, je pense plutôt qu'on s'y ennuyait ferme.

— Et Rhonda aime bien s'amuser, elle aussi ?

— Bien sûr. Elle allait tout le temps aux soirées de la Maison de Verre. M. Daventry et elle s'entendaient bien à un moment, si vous voyez ce que je veux dire. Il était furieux quand elle l'a quitté pour un artiste de Seattle, mais ça ne l'empêchait pas de l'inviter quand même. Alors, qu'est-ce que je vous sers ? Deux cafés ?

— Ainsi, Rhonda Price est passée elle aussi dans le lit de Daventry, dit Eugenia en regardant à travers le pare-brise la route enchaîner ses méandres. C'est normal, après tout, il collectionnait les artistes.

— Ce qui soulève de nouvelles questions.

— En tout cas, ta théorie selon laquelle Rhonda et Nellie seraient de connivence en prend un coup. Quand elle est revenue apporter nos cafés, la serveuse a laissé entendre que Rhonda était jalouse de Nellie. Elle lui a peut-être volé ses tableaux pour se venger.

— Nous n'en savons rien. Des amitiés ou des alliances peuvent se nouer sous la pression de circonstances inhabituelles. L'évolution des rapports entre les êtres humains est souvent imprévisible.

Eugenia se raidit. Voulait-il l'amener ainsi à discuter des leurs ?

— Bon, soupira-t-elle. Parlons-en.

Il eut le bon goût de ne pas faire semblant de ne pas comprendre.

— À mon avis, il vaut mieux pas. Mon intuition me dit que d'en parler ne fera que nous causer des ennuis.

— Tu as peut-être raison, admit-elle.

Il y eut un silence.

— As-tu jamais eu de liaison avec quelqu'un qui ne te convient pas du tout, comme moi ? reprit-il. Quelqu'un qui ne correspond pas à tes critères ?

— Non.

— Ah, bon. Cela explique ta nervosité.

— Je ne suis pas nerveuse !

— Depuis ce matin, tu te comportes comme un chat qui a la queue prise dans une porte.

— Mais non ! Je ne suis pas énervée du tout.

— En tout cas, tu me rends nerveux.

Se moquait-il d'elle ? Cyrus, énervé ? Impossible !

— Il faudrait savoir ce que tu veux ! Tu viens de dire qu'il valait mieux ne pas en parler.

— Oui, c'est vrai, reconnut-il d'un air maussade.

Il y eut un nouveau silence.

— Et moi ? ne put-elle s'empêcher de demander. Est-ce que je corresponds au genre de femme qui t'attire d'habitude ?

— Non, pas le moins du monde.

Eugenia s'étonna de se sentir soudain déprimée. Elle le savait pourtant d'avance.

— Je vois. Au moins, nous faisons match nul.

Cyrus allait répondre quand son téléphone portable sonna.

— Colfax, annonça-t-il. Rick ? Où es-tu ? Et ton job de vacances ? ajouta-t-il après avoir écouté la réponse. Bon, ne bouge pas d'où tu es, je viens te chercher.

— Qui était-ce ? demanda Eugenia.

Cyrus ralentit et s'arrêta sur le bas-côté de la route.

— Mon neveu, Rick Tasker. Il vient de débarquer du ferry. Il dit qu'il veut passer deux ou trois jours ici avec moi.

Eugenia hésita.

— Je n'y vois aucun inconvénient, si c'est ce qui t'inquiète. Il y a de la place dans la maison.

— Merci, mais ce n'est pas ce qui m'inquiète.

Elle se tourna vers lui, essaya de déchiffrer son expression. En vain.

— Où est le problème, alors ?

— Je crois connaître Rick plutôt bien. Il y a quelque chose qui ne va pas. Quelque chose de sérieux.

14

— Qu'est devenu ton job à la salle de jeux vidéo ?

— Le boss m'a dit qu'il n'avait pas besoin de moi avant deux ou trois jours, répondit Rick avec désinvolture.

— Donc, l'idée même d'un job t'a paru dépassée.

Cyrus déposa deux boîtes de soda sur une des tables chromées de la véranda. Eugenia s'étonna de son ton quasi paternel envers un neveu par alliance – une alliance plutôt brève, d'ailleurs.

— Rassure-toi, je rentre à Portland après-demain. Le job sera toujours là. Alors, je peux rester ?

— Bien sûr. Mais n'oublie pas que tu étais d'accord pour travailler cet été. Tu achèteras toi-même tes livres à la rentrée, n'est-ce pas ?

— Je n'ai pas oublié, répondit Rick en avalant une gorgée de Coca.

Eugenia prit place dans un transat de cuir blanc et déboucha sa bouteille d'eau minérale en observant les deux autres. Cet aperçu de la vie privée de Cyrus, le premier, lui fit prendre conscience de son envie d'en découvrir davantage.

Physiquement, les deux hommes n'avaient aucune ressemblance puisqu'ils n'étaient pas liés par le sang. Rick incarnait l'archétype de l'adolescent moderne, habillé à la dernière mode et séduisant à sa manière. Il aurait bientôt l'âge où sa silhouette athlétique, en complet sur mesure et cravate de soie, ferait des ravages chez les femmes de sa génération. L'observateur le plus inattentif voyait du premier coup d'œil que les coupés BMW, les clubs de tennis exclusifs et les bureaux high-tech étaient inscrits dans ses gènes. Eugenia était persuadée que l'achat de ses livres scolaires ne poserait pas de réel problème à la rentrée. Le sermon de Cyrus sur le job de vacances procédait donc plus du principe moral que de la nécessité financière. L'oncle voulait inculquer au neveu le sens de ses responsabilités.

Mais Eugenia était surtout fascinée par les subtiles similitudes qui existaient entre eux et en disaient long sur la nature de leurs rapports. Leur attitude à la fois décontractée et pleine d'assurance était quasiment identique, comme la manière dont ils tenaient chacun leur boîte de soda et la portaient à leurs lèvres.

— Ta mère est au courant que tu es venu me rejoindre dans l'île ? demanda Cyrus.

— Oui, bien sûr, bougonna Rick d'un ton blasé.

— Rick…

— Je lui ai laissé un mot. Ça va ?

— Non. Un mot, ça ne va pas. Va lui téléphoner pour l'avertir que tu es arrivé.

Un bref éclair de rébellion lui traversa le regard, mais Rick se leva sans discuter et alla à l'intérieur de la maison.

— Il entre en faculté cet automne et il ne sait toujours pas quelles études il va entreprendre, dit Cyrus quand son neveu fut hors de portée de voix.

— Pas la peine de le bousculer.

— On n'arrive à rien sans avoir un but dans la vie.

— Il n'a que dix-huit ans, Cyrus. Il a encore le temps de choisir la carrière qui lui convient le mieux.

— Ce n'était pas pareil de mon temps, soupira-t-il. Quand j'avais son âge, il suffisait d'avoir du courage et l'envie de travailler pour trouver un emploi. Aujourd'hui, il faut des diplômes techniques.

Eugenia ne put s'empêcher de sourire.

— Tu me rappelles ce que disait ma grand-mère.

Cyrus fronça les sourcils avant de sourire à son tour.

— Est-ce une manière polie de me signifier que je deviens sénile ?

Au souvenir de leurs exploits amoureux de la nuit, Eugenia éclata de rire.

— Pour un vieillard, tu es plutôt fringant !

— Fringant ? répéta-t-il.

— Si je trouve un autre mot, je te le dirai.

Il allait répondre quand Rick revint dans la véranda.

— Maman veut te parler, dit-il d'un air buté.

— Je m'en doutais, soupira Cyrus qui se leva et disparut à son tour dans la maison.

— Il est furieux contre moi, n'est-ce pas ? demanda Rick en s'asseyant à côté d'Eugenia.

— Tu le connais mieux que moi.

— C'est souvent difficile de savoir ce qu'il pense.

— Je sais, approuva Eugenia en souriant. Mais, sous toutes réserves, je ne crois pas qu'il soit furieux.

— Il n'est pas ravi non plus que j'arrive sans crier gare.

— Il est surtout inquiet de ton job de vacances.

— Pas de problème. Le job ne se sera pas envolé après-demain.

Eugenia ne répondit pas. Ils gardaient le silence depuis un moment quand Cyrus revint, la mine sévère.

— Il faudrait que nous parlions, Rick.

— Si vous voulez bien m'excuser, dit Eugenia en se levant, j'ai du travail en retard.

Elle sortit sans qu'aucun des deux n'ait prêté attention à son départ. Le téléphone sonna pendant qu'elle traversait le hall. Elle décrocha à la troisième sonnerie.

— Cyrus Colfax est là ? fit une voix masculine.

Eugenia hésita. À travers les baies vitrées, elle voyait Cyrus et Rick plongés dans une conversation animée.

— Oui, mais il est assez occupé pour le moment. Puis-je prendre un message ?

— Prévenez-le quand même, c'est important.

— De la part de qui ?

— Quint Yates.

— Bien. Excusez-moi un instant, je vais le chercher.

Elle posa l'écouteur et revint vers la véranda. Rick gesticulait, les traits crispés par la peine et la colère. Cyrus écoutait stoïquement, les pieds sur la balustrade. Eugenia entrouvrit la baie.

— J'ai entendu maman au téléphone avec papa ! criait Rick. Elle lui disait que tu l'avais forcé à venir à ma remise de diplôme et que tu avais dû le menacer. Est-ce que c'est vrai ?

— Excusez-moi, dit Eugenia en passant la tête par l'ouverture, il y a quelqu'un au téléphone qui…

Cyrus ne l'entendit même pas :

— Ton père s'était trompé dans les dates, répondit-il calmement. Je l'ai juste appelé pour lui préciser le jour, rien de plus.

— Ce n'est pas ce que disait maman.

— Ta mère n'a pas entendu ce que j'ai dit à ton père.

— Euh… Cyrus ! insista Eugenia. Téléphone.

— Avoue qu'il n'avait pas l'intention d'y aller. Je comprends maintenant pourquoi il a filé tout de suite après. Qu'est-ce que tu lui as dit pour lui faire prendre l'avion ?

— Laisse tomber, Rick.

Une humidité suspecte brillait dans les yeux de Rick.

— Non, ça me regarde ! J'ai le droit de savoir.

Eugenia se racla la gorge pour attirer leur attention :

— En ce qui me concerne, Rick, j'aurais volontiers payé quelqu'un comme Cyrus pour faire venir mon père à ma remise de diplôme. Et je l'aurais même payé double s'il avait trouvé le moyen de le faire aussi venir à celles de mon frère et de ma sœur.

Rick sursauta :

— Hein ?

— Oui. Ce jour-là, vois-tu, mon père avait préféré assister à l'accouchement de sa nouvelle femme. Il m'avait dit au téléphone qu'il voulait profiter de toutes les joies de la paternité.

— Pas possible !

— Si. Dans le cas de mon frère, il devait faire une conférence ce jour-là à un séminaire de sociologie sur les nouvelles orientations de la famille américaine. Et, dans celui de ma sœur, il n'est pas venu non plus parce que c'était l'anniversaire de son fils.

Déconcerté, Rick ne répondit pas. Eugenia se tourna vers Cyrus :

— Un certain Quint Yates te demande au téléphone.

Cyrus se leva, fit quelques pas :

— Bon, j'y vais. Vous deux, ajouta-t-il en marquant une brève pause près de la porte, vous aviez au moins un père dans le tableau. Moi, je n'ai jamais rencontré le mien.

Bouche bée, Eugenia le suivit des yeux pendant qu'il s'éloignait derrière la baie vitrée.

— Qu'est-ce que c'est, cette histoire ? demanda-t-elle.

Visiblement mal à l'aise, Rick hésita :

— Une fois, maman m'a dit que le père de Cyrus avait pris le large avant sa naissance et que ses parents n'étaient même pas mariés. Je n'en sais pas plus, Cyrus n'en parle jamais.

Eugenia se laissa tomber dans son transat, se versa de l'eau minérale. Un long moment, elle regarda au large les eaux grises du détroit.

— Cela remet un certain nombre de choses à leur place, n'est-ce pas ? dit-elle enfin.

— Oui, approuva Rick. Avec Cyrus, ça arrive souvent.

Cyrus consulta sa montre en haut de l'escalier et vit au cadran lumineux qu'il était une heure dix du matin. Le silence régnait dans la maison depuis que ses trois occupants s'étaient retirés dans leur chambre respective vers vingt-deux heures trente.

Cyrus n'avait pas pu dormir. Étendu sur son lit, il avait contemplé le plafond en pensant à la manière dont Eugenia s'était retirée sans rien lui révéler de son état d'esprit. Il n'avait pas même pu deviner si elle souhaitait ou non qu'il la rejoigne dans sa chambre. Mais, plus les minutes s'écoulaient, plus il devenait évident qu'elle n'avait pas l'intention de venir dans la sienne. Prenait-elle prétexte de la présence de Rick pour se barricader chez elle ? La veille, ils avaient pourtant fait l'amour sans qu'elle manifeste la moindre réticence.

D'un autre côté, il était conscient qu'elle hésitait à s'engager auprès d'un homme ne correspondant pas à ses critères. Un homme envers qui elle n'avait pas entièrement confiance. Un homme, enfin, qui lui faisait perdre sa précieuse maîtrise d'elle-même. Et il s'étonnait qu'elle l'évite ce soir et prenne du recul ? Il aurait dû s'y attendre !

Comme si cela ne suffisait pas, Rick était furieux contre lui, Z.E. Chandler avait engagé un deuxième enquêteur et, depuis son arrivée dans l'île, il ne s'était pas rapproché d'un pas de la coupe Hadès.

Il avait décidément connu des journées moins calamiteuses.

Résigné au fait que le sommeil le fuyait, il s'était levé, habillé sommairement et décidé de faire quelque chose de plus utile que de ressasser ses déconvenues. Vérifier les serrures, par exemple.

Après avoir méthodiquement fait le tour des portes et fenêtres du rez-de-chaussée, il terminait sa ronde par celles du grand salon quand il entendit derrière lui un léger mouvement. Il sentit la présence d'Eugenia avant même de se retourner et de la découvrir sur le seuil de la pièce, baignant dans un rayon de lune argenté.

— J'avais cru t'entendre descendre, dit-elle à voix basse. Quelque chose qui ne va pas ?

— Non, rien. Je vérifiais les serrures, c'est tout. Tu étais réveillée, si tu m'as entendu quitter ma chambre.

— Je ne pouvais pas m'endormir.

Dans les ombres tranchées que créait la lumière de la lune, ses yeux formaient deux trous noirs, chargés de mystère.

— Tu pensais à Nellie ?

— Non. À toi.

Voilà au moins un signe encourageant, se dit-il.

— Et que pensais-tu de moi ?

— Je me demandais ce que tu as ressenti quand tu as enfin réussi à découvrir qui était ton père.

Il aurait dû se douter qu'elle remettrait cela sur le tapis plutôt que de se demander si elle ne le rejoignait que pour l'inviter dans son lit ! Bravo pour son intuition de fin limier…

— Qu'est-ce qui te fait croire que je l'ai retrouvé ? demanda-t-il.

— Disons, si tu préfères, que je t'imagine mal t'abstenant de te lancer sur sa piste. Tu as toujours voulu trouver les réponses à toutes les questions. Boucler les boucles. Clore les chapitres.

— En un sens, il a été l'objet de ma première recherche de personne disparue. J'ai commencé mon enquête quelques mois après la mort de mes grands-parents. J'avais deux ans de plus que Rick aujourd'hui. Je ne connaissais pas encore le métier, j'étais inefficace. Il m'a fallu un an et demi pour le localiser.

— Mais tu y es arrivé, n'est-ce pas ?

— Oui. Il vit en Californie. Ancien associé d'une grosse étude d'avocats. Marié, deux enfants devenus avocats, comme leur père. Membre d'un club de golf où les stars viennent taper dans les petites balles. Sa famille avait de l'argent, celle de sa femme encore plus. Alors, il s'est lancé dans la politique.

— Je le connais ?

— Zachary Elland Chandler.

Eugenia ne put retenir un sifflement de surprise.

— Chandler, le député ?

— Oui. Maintenant, il veut devenir sénateur. Depuis le début de sa carrière politique, il a toujours fondé son programme sur la défense des valeurs familiales traditionnelles et le développement de la responsabilité individuelle. Amusant, non ?

— Tu ne t'es pas présenté à lui ?

— Pour quoi faire ? Il n'a jamais cherché à me retrouver, ce n'était pas la peine que j'aille un jour sonner à sa porte.

— D'après les informations, son élection devrait se jouer dans un mouchoir. Si tu surgissais en ce moment, ce serait une sérieuse menace pour sa carrière. Je vois déjà les titres des journaux : *Le fils renié du candidat conservateur donne une conférence de presse.*

— Je n'ai pas l'intention de donner de conférence de presse.

— Non, je m'en doute. Au moins, tu sais qui c'est. Ce n'est plus un mystère total.

Le dos tourné, Cyrus contemplait les arbres au clair de lune.

— Le mystère s'épaissit, au contraire.

— Que veux-tu dire ?

— Je sais depuis hier que Chandler a lancé deux enquêteurs sur ma piste. Il cherche donc à me retrouver.

— Et...voudrais-tu qu'il te retrouve ? demanda-t-elle après avoir marqué une brève hésitation.

— Je ne sais pas. Je n'aurai peut-être pas le choix. La vraie question, en tout cas, est de savoir pourquoi il me cherche au bout de tout ce temps.

— As-tu une idée là-dessus ?

— J'y ai réfléchi. Il y a une réponse qui saute aux yeux.

— Laquelle ? insista Eugenia avec douceur.

— Quelque chose, un événement, je ne sais quoi, l'amène à croire que je présente un risque pour sa carrière. Il cherche peut-être à prendre contact avec moi pour me neutraliser avant qu'un scandale éclate.

— Te neutraliser ? Comment cela ?

— Me proposer de l'argent, peut-être. Il n'existe pourtant aucun document susceptible de le compromettre. Ma mère n'a pas cité son nom dans mon acte de naissance et elle est morte sans rien avoir révélé à mes grands-parents, ni même à quiconque.

— Tu oublies les tests génétiques.

— Peut-être veut-il me payer pour que je ne m'y soumette pas, répondit-il avec un sourire sans gaieté.

— Ce n'est qu'une supposition gratuite, Cyrus. Ton père peut tout simplement avoir envie de te connaître.

— S'il l'avait vraiment voulu, il l'aurait fait depuis longtemps. Non, je suis sûr qu'il me cherche en ce moment pour une raison précise que j'ai absolument besoin de savoir.

Eugenia sourit, lui tendit la main.

— Je comprends. Mais, en attendant, nous ferions mieux d'aller nous coucher. Il est tard, tu as besoin de sommeil et moi aussi.

Il sentit se dissiper la sensation de froid qu'il éprouvait depuis le début de la nuit.

— Chacun dans notre lit ? hasarda-t-il.

— Non, dans un seul.

— Le tien ou le mien ? demanda-t-il en se rapprochant.

— Surprends-moi.

Elle pouffa d'un rire joyeux qui lui fit l'effet d'une pluie tiède et bienfaisante. Débordant soudain d'une joie presque enfantine, il la souleva dans ses bras et l'emporta vers l'escalier.

— Il me semble que j'ai déjà vu la même scène dans un vieux film très célèbre, dit-elle en souriant.

— Je sais. La belle rouquine et le moustachu pendant la guerre de Sécession. Avoue qu'il n'avait pas ma classe.

Une lueur de désir s'alluma dans ses yeux d'ambre.

— Il ne t'arrivait pas à la cheville.

Quand Eugenia se réveilla à l'aube, elle vit Cyrus assis au bord du lit et remarqua aussitôt la vilaine cicatrice de son épaule. Elle l'avait sentie sous ses doigts pendant qu'ils faisaient l'amour, mais elle en avait pour la première fois une vision directe. La veille, quand elle s'était levée avant lui, il était encore couvert par le drap.

Redressée sur un coude, elle caressa la blessure avec douceur.

— C'est la balle que Damien March a tirée sur toi, n'est-ce pas ?

— Tu es au courant de cela aussi ?

— Oui. Je m'étais renseignée sur ton compte, tu le sais.

Il lui prit la main, posa un baiser sur son poignet.

— Je crois t'avoir déjà dit que je me méfiais des armes à feu.

— Tu as dû terriblement souffrir.

— C'est fini, mais ce n'est pas beau à voir. J'aurais dû mettre une chemise avant de me coucher.

— Ne dis pas de bêtises ! Si j'avais une cicatrice, refuserais-tu de la regarder ? Cela te gênerait ?

— Bien sûr que non, voyons !

Elle s'assit en tailleur, se pencha vers lui.

— Eh bien, tu sais maintenant ce que je ressens. Quand je vois l'étendue du dommage, c'est un miracle que tu en aies réchappé. Ce salaud t'a tiré dans le dos, Cyrus ! Non seulement il a voulu te tuer, mais il l'a fait de la manière la plus lâche.

— Chut ! Tu vas réveiller Rick.

Il la fit taire par un baiser, la repoussa contre l'oreiller. Le poids, la chaleur de son corps sur elle provoquèrent chez Eugenia de délicieuses sensations qui la parcoururent de la tête aux pieds.

— Je crois t'avoir dit que tu ne me manipulerais pas par la sensualité, murmura-t-elle. Tu t'en souviens ?

Il lui prit le visage entre les mains, plongea son regard dans le sien.

— Oui. Aurais-tu changé d'avis ?

— Pas vraiment. Mais je me disais que tu pourrais faire un nouvel essai, dit-elle avec son sourire le plus provocant.

Il sourit, hésita, jeta un rapide coup d'œil à la fenêtre que blanchissait le jour levant.

— Ma foi... je crois que l'essai en question devra attendre ce soir.

Avec un regret évident, il se leva, ramassa sa chemise négligemment jetée par terre pendant la nuit. Elle ne pouvait détacher son regard de la grâce qui émanait de ses gestes, de l'assurance virile qui irradiait de toute sa personne.

— Tu retournes dans ta chambre à cause de Rick, n'est-ce pas ?

— Il a sûrement déjà compris que nous couchons ensemble, répondit-il en enfilant son pantalon. Mais je tiens à ce qu'il sache que la discrétion et les bonnes manières sont indispensables pour vivre en société. Un homme qui se respecte n'affiche pas sa vie privée devant un gamin de dix-huit ans.

— Encore un des grands principes de ton cher grand-père ? demanda-t-elle en souriant.

— Non, j'ai découvert celui-ci tout seul.

Il était presque à la porte quand elle le rappela :

— Cyrus.

Il se retourna, attendit.

— Puisque tu parles du gamin de dix-huit ans..., commença-t-elle.

— Oui, je sais, l'interrompit-il, la mine assombrie. Il faut que je me raccommode avec lui aujourd'hui, mais je ne sais pas trop comment m'y prendre.

— Fais-lui tout simplement comprendre que tu ne le considères plus comme un gamin.

Cyrus la dévisagea, pensif.

— Tu crois que cela fait partie du problème ?

— J'ai l'impression que tu as été si longtemps un père pour lui que tu ne t'es pas encore rendu compte que ta mission est terminée.

— Ma mission ?

— Oui, tu en as fait un homme. Et je crois qu'il a désormais envie d'être traité en homme.

Cyrus garda de nouveau le silence.

— Tu as raison, dit-il enfin. Il n'a sans doute plus besoin de moi.

Il y avait une telle tristesse dans sa voix qu'Eugenia en fut émue.

— Écoute, il n'a peut-être plus besoin de toi pour le protéger ou lui dire ce qu'il faut faire, mais je peux te garantir qu'il attend autre chose de toi. Quelque chose de beaucoup plus important et dont il aura besoin toute sa vie.

— Quoi donc ?

— Ton respect.

Il y eut un nouveau silence.

— J'ai compris, se borna-t-il à dire. À tout à l'heure.

15

Debout près de la vitrine de la Midnight Gallery, Eugenia admirait la sculpture de verre jaune, rouge et turquoise qu'elle tenait à deux mains. La lumière du jour faisait étinceler les couleurs en jouant à travers ses formes harmonieuses.

— Superbe, dit-elle plus pour elle-même qu'à l'adresse de Fenella Weeks, qui l'observait du comptoir.

— Jolie, n'est-ce pas ? Le sculpteur l'appelle *Soleil*.

— Il est d'ici ?

— Oui, c'est Jacob Houston dont je vous avais parlé quand vous êtes venue l'autre jour. Il a un atelier dans Creek Road.

Eugenia vint poser la sculpture avec précaution sur le comptoir.

— Je l'achète.

— Vous la mettrez au Leabrook ? demanda Fenella en riant.

— Non, celle-ci est pour ma collection personnelle. Mais j'ai bien envie de l'inclure dans notre exposition annuelle d'œuvres contemporaines, à l'automne prochain.

— C'est vrai ? demanda la galeriste, impressionnée.

— Tout à fait. J'aimerais jeter un coup d'œil à d'autres œuvres de Houston. Pouvez-vous me dire comment on fait pour aller à son atelier ? demanda Eugenia pendant que Fenella enveloppait la sculpture dans un épais cocon de papier kraft et de plastique à bulles.

— Creek Road coupe la route côtière à quinze cents mètres de la sortie de la ville. Quand vous y serez, tournez à gauche, la maison de Jacob est à huit cents mètres de là. Mais, je vous préviens, il a un fichu caractère et il se met dans tous ses états pour un oui ou pour un non. Sauf quand il travaille. Là, il est imperturbable. Voilà votre paquet.

— Merci, répondit Eugenia.

— Vous vous plaisez à la Maison de Verre ?

— Beaucoup. La vue est splendide.

— C'est ce qu'on m'a dit.

— Vous n'y êtes jamais allée ? s'étonna Eugenia.

— Adam Daventry n'invitait que des artistes à ses soirées, répondit Fenella avec un dépit évident. Il s'entourait d'artistes, il les regardait travailler, il couchait avec. Chez lui, cela tournait à l'obsession.

— J'ai entendu, en effet, quelques rumeurs à ce sujet. Il a eu un certain nombre, euh… d'aventures, je crois ? dit Eugenia en pensant à la collection des œuvres réalisées par les maîtresses de Daventry.

— Il couchait avec toutes les filles de l'île qui se prétendaient artistes, sans compter quelques hommes pour faire bonne mesure.

Voici, pensa Eugenia, l'occasion de confirmer les potins de la serveuse du Sunset Café sur Rhonda Price.

— Y compris celle dont je vous ai acheté le tableau l'autre jour ?

— Cette pauvre idiote de Rhonda ? répondit Fenella avec une commisération méprisante. Elle n'a pas duré longtemps, celle-là. Daventry a décrété qu'elle avait du talent, puisqu'il ne daignait coucher qu'avec des génies. Il était pourtant incapable de reconnaître un vrai talent quand il en avait un sous le nez.

— Si ce que vous dites est vrai, il devait être idiot ou aveugle s'il n'a pas su apprécier le talent remarquable de Rhonda Price.

Un éclair de stupeur vite réprimé traversa le regard de Fenella.

— En effet, répondit-elle. Il est parti, maintenant, n'en parlons plus. Je me demande combien de temps il faudra à ses héritiers pour vendre la Maison de Verre. Une bâtisse pareille ne doit pas avoir beaucoup d'amateurs.

— C'est probable, approuva Eugenia. Son entretien coûte une fortune.

Dès qu'elle eut quitté la galerie, Eugenia éprouva une étonnante sensation de soulagement. Malgré leurs intérêts communs, elle n'arrivait pas à sympathiser avec Fenella Weeks chez qui elle sentait trop d'amertume et d'envie, dirigées notamment contre Adam Daventry. À l'évidence, Fenella ne lui pardonnait pas de l'avoir exclue de ses soirées, pourtant peu recommandables.

En regagnant sa voiture, Eugenia vit que le premier ferry du matin venait d'accoster. À bord, cinq véhicules et une poignée de piétons s'apprêtaient à débarquer. Sans y prêter autrement attention, elle traversa la rue, ouvrit sa portière, déposa avec précaution sa sculpture sur le siège du passager. Elle allait tourner la clé de contact lorsque le petit groupe de touristes venus du continent passa devant elle.

Eugenia se figea : au volant d'une petite voiture d'un modèle déjà ancien, elle reconnut la silhouette d'une mince femme blonde.

Rhonda Price était revenue dans l'île.

Que fait-elle ici ? se demanda-t-elle. Rhonda était censée être hospitalisée pendant deux ou trois jours. Voulant en avoir le cœur net, Eugenia lança son moteur et se prépara à la suivre.

Elle attendit que Rhonda ait atteint le bout de la rue et tourné dans la route circulaire pour démarrer à son tour. Inutile d'éveiller son attention en la suivant de trop près, se dit-elle. La direction prise indiquait clairement que Rhonda rentrait chez elle. Il ne fallait manquer à aucun prix cette occasion de la faire parler.

Vingt minutes plus tard, Eugenia s'engagea dans l'étroit sentier menant à la clairière où se dressait le cottage. La petite voiture était arrêtée devant la porte, le coffre ouvert. Eugenia stoppa à côté, entra dans la maison. Le bruit des tiroirs de la commode ouverts et refermés à la volée lui indiqua que Rhonda se trouvait dans la chambre à coucher et faisait ses valises à la hâte.

— Vous repartez déjà ? demanda-t-elle du pas de la porte.

Rhonda poussa un cri de frayeur et se retourna. Sa peur se mua en fureur quand elle reconnut Eugenia.

— Vous ?

— Oui, moi, répondit Eugenia en s'appuyant au chambranle. C'est moi qui vous ai sortie de l'eau à la marina, si vous ne le saviez pas.

— Ne comptez pas sur mes remerciements émus, je n'ai pas le temps. Je dois repartir par le prochain ferry.

— Pourquoi ?

Rhonda sortit du tiroir une pile de sweaters qu'elle jeta dans une des deux valises ouvertes sur le lit.

— Pourquoi ? Parce qu'on a essayé de me tuer, l'autre soir. Je n'ai pas l'intention de rester pour voir si on va recommencer.

— Vous voulez dire qu'on vous a poussée dans l'eau ?

— Plus que poussée ! répondit-elle en montrant le pansement sur sa tête. Les autres croient peut-être que j'ai glissé et que je me suis cognée en tombant, mais on m'a bel et bien assommée.

— Avez-vous vu quelqu'un ?

— À part vous, personne.

— Je vous jure que ce n'est pas moi.

— Non, je m'en doute. Vous ne m'auriez pas repêchée si vous aviez voulu me noyer. En tout cas, je suis mieux placée que n'importe qui pour savoir que je ne suis pas tombée par hasard.

Eugenia se souvint des pas qui s'éloignaient sur la jetée.

— Vous ne vous rappelez vraiment rien ?

— Non, rien. Le docteur m'a dit qu'il est fréquent de perdre la mémoire des quelques minutes qui précèdent un choc violent à la tête.

— Qui voudrait vous tuer ?

Rhonda s'attaquait maintenant au contenu de la penderie.

— Je n'en sais rien. Et, comme je ne peux rien prouver, la solution la plus sage consiste à disparaître un bout de temps.

— Comme Nellie Grant ?

Rhonda sursauta et se retourna, les yeux écarquillés :

— Mais… Nellie Grant n'a pas disparu, elle est morte !

— C'est ce qu'on dit, en effet. Et vous vous êtes attribué au moins un tableau d'elle, n'est-ce pas ?

Le coup d'œil affolé que Rhonda lança du côté de la commode n'échappa pas à Eugenia.

— Vous mentez !

— Je travaille dans le domaine des arts, n'oubliez pas. Je sais reconnaître la facture et le style d'un artiste. J'ai vu les tableaux de Nellie, j'en ai même un de la série *Verre* chez moi.

— C'est donc là qu'il est, marmonna Rhonda.

— Qu'est-ce que vous dites ?

— Rien. De toute façon, vous n'avez pas de preuves.

— Je crois que si. Mais l'affaire n'ira pas plus loin si vous me dites pourquoi vous avez fait main basse sur ses tableaux.

— Je ne vous dirai rien du tout !

— Allons, Rhonda, ne faites pas la mauvaise tête. C'est moi qui vous ai sortie de l'eau, vous me devez bien cela.

Rhonda hésita.

— Bon, après tout, soupira-t-elle. Quand il m'a larguée, Daventry a pris un malin plaisir à me répéter que ma remplaçante avait vraiment du talent, elle. Alors, une fois morts tous les deux, j'ai décidé de récupérer ces chefs-d'œuvre dont il me rebattait les oreilles.

— Pourquoi ?

Rhonda lui décocha un regard haineux.

— Question idiote ! J'avais besoin d'argent.

— Comment vous êtes-vous introduite dans la Maison de Verre ? Leonard Hastings était censé la surveiller.

— Le vieux Leonard était sourd comme un pot, il n'aurait pas même entendu tirer un coup de canon à deux pas de lui. Et puis, il fallait bien qu'il dorme de temps en temps. J'y suis allée une nuit, je connaissais les lieux et les codes des serrures.

Eugenia vit un morceau du puzzle se mettre en place :

— Vous êtes passée par la porte de l'office, n'est-ce pas ?

— Oui, admit Rhonda de mauvaise grâce.

— Quand êtes-vous venue prendre les tableaux ?

— Il m'a fallu du temps pour me décider mais, lorsque j'ai appris que des gens de Seattle venaient s'installer dans la maison, j'ai compris que je ne pouvais plus attendre. J'y suis allée deux jours avant votre arrivée, dit-elle en détournant les yeux.

— Le soir où Leonard Hastings a eu sa crise cardiaque ?

— J'en ai aucune idée. Il était peut-être déjà mort quand je suis passée par le sous-sol, mais je vous jure que je ne l'ai pas vu.

— Vous en êtes sûre ?

— Évidemment ! Un cadavre, ça se remarque. J'ai pris les deux tableaux que j'ai trouvés dans l'atelier ce soir-là et je suis partie.

— Vous êtes quand même revenue le premier soir où nous étions là, n'est-ce pas ?

— Oui, c'est vrai. Je n'en avais trouvé que deux la première fois, mais je savais qu'il y en avait quatre. Lorsque Fenella m'a dit qu'elle pourrait tirer trois cents dollars du premier, j'ai pensé qu'il valait la peine de prendre le risque de retourner chercher les deux autres.

— Même en sachant que Cyrus et moi y étions ?

— La maison est grande et je la connais bien. Mais je venais d'ouvrir la porte de l'escalier du sous-sol quand je vous ai entendue brailler du haut du balcon. Alors, j'ai filé sans demander mon reste.

— Comment saviez-vous qu'il y avait quatre tableaux ?

— Daventry en avait parlé à un de mes amis. Il était si fier de sa nouvelle conquête ! Il voulait lui faire peindre les « portraits » de ses sculptures au lieu de ceux des enfants qu'il n'avait pas.

— Qui est-ce, cet ami ?

— Ça ne vous regarde pas. Je ne le mêlerai pas à cette affaire pourrie.

— Je désire juste lui parler, Rhonda.

— Non ! Je ne veux pas qu'il ait des ennuis à cause de moi. Le ferry va bientôt partir, il faut que je m'en aille, dit-elle en fourrant rageusement des chemises dans sa valise.

— Parlez-moi de Nellie Grant.

— Je n'ai rien à en dire.

— Vous étiez jalouse d'elle ?

— Pas pour longtemps, répondit Rhonda avec une grimace d'amertume. Pour moi, elle a été une victime comme les autres. Il aimait « découvrir » les artistes, comme il disait. Mais, une fois qu'il en avait sucé tout ce qu'il pouvait, il les jetait.

— Je sais.

Rhonda se retourna, stupéfaite :

— Vous avez connu Adam Daventry ?

— Brièvement. Professionnellement, pas personnellement. Et... c'est moi qui lui ai présenté Nellie Grant, ajouta Eugenia.

— Vous ne lui avez pas rendu service ! ricana Rhonda.

— Non, en effet. Mais, maintenant qu'elle n'est plus là, je voudrais savoir ce qui lui est arrivé.

— Adressez-vous ailleurs ! Tout ce que je sais, c'est qu'elle a été happée par une lame en revenant dans l'île et qu'elle s'est noyée.

Rhonda boucla ses valises et les posa par terre, au pied du lit.

— Puisque vous étiez une aussi bonne amie, reprit-elle, je vous fais cadeau du deuxième tableau que j'ai trouvé. Je ne peux plus rien en faire maintenant.

Eugenia la regarda sortir le tableau de derrière la commode et l'appuyer contre le mur.

— Vous n'avez vraiment aucune idée sur la personne qui vous a agressée l'autre soir, Rhonda ?

— Non. Mais je suis prête à parier qu'il y a un rapport avec ce qui s'est passé à la Maison de Verre le soir de la mort de Daventry. Et ça, je ne veux y être mêlée à aucun prix.

— Vous étiez à cette dernière soirée ?

— Bien sûr ! Tout le monde y était. Toutes ses petites protégées qui espéraient être « découvertes » par un de ces fichus Connaisseurs. Quelles idiotes nous étions !

Eugenia alla prendre le tableau pour se préparer à partir.

— Que s'est-il passé au juste, ce soir-là ?

— Daventry est tombé dans son escalier et s'est cassé le cou.

— Je sais. Un accident, n'est-ce pas ?

— Ah, oui ? ricana Rhonda en empoignant ses valises. Je dirais plutôt qu'on l'a aidé à tomber.

— Qui aurait pu vouloir le tuer ?

— La bonne question, c'est plutôt : qui ne voulait pas le tuer ?

Elles sortirent toutes deux de la chambre. Rhonda posa ses valises près de la porte d'entrée et commença à fourrer à la hâte son matériel de peintre dans une boîte en carton.

— Croyez-vous qu'on vous a agressée parce que vous avez vu quelque chose de compromettant ce soir-là ? demanda Eugenia.

— C'est possible, je n'en sais rien. Les soirées de la Maison de Verre étaient plutôt agitées. Quelqu'un aurait pu entrer, pousser Adam du haut de l'escalier et s'en aller sans se faire remarquer.

— Mais que savez-vous qui inquiète l'assassin au point qu'il cherche à vous supprimer ?

— Si je le savais, je saurais qui m'a fêlé le crâne et poussée à l'eau l'autre soir, répondit-elle avec hargne.

Elle prit la boîte en carton, alla la déposer dans son coffre ouvert, revint chercher les valises. Eugenia sortit et resta près de la porte.

— Vous devriez parler de tout cela à un détective privé que je connais. Il pourrait vous aider.

— Pas question de parler ! Je file.

— Écoutez, si vous changez d'avis, appelez-moi à la Maison de Verre. Je demanderai à mon ami de vous aider.

— Votre ami, c'est le grand type aux chemises hawaiiennes ?

— Oui, admit Eugenia. C'est un professionnel de premier plan…

— Non merci, sans façon, ricana Rhonda.

Sur quoi, elle referma le coffre, s'installa au volant et démarra en trombe sans un regard en arrière. Frustrée, Eugenia la suivit des yeux jusqu'à ce qu'elle ait disparu au tournant du chemin. Puis, avec un soupir, elle rentra prendre son tableau et le déposa avec douceur à l'arrière de sa Toyota.

Elle insérait la clé de contact quand l'aspect du paquet qu'elle avait laissé sur le siège du passager attira son attention.

Le paquet était plat.

D'une main hésitante, elle le palpa, le souleva. Elle crut défaillir en entendant les éclats de verre brisés s'entrechoquer dans l'emballage de papier kraft.

Celui qui avait réduit en miettes la merveilleuse sculpture de Jacob Houston avait laissé un message tracé en capitales sur une épaisse feuille de papier, peut-être arrachée d'un carnet de croquis.

Le message était simple et direct :

NE LA TOUCHEZ PAS ! QUITTEZ L'ÎLE AVANT QU'IL SOIT TROP TARD.

16

Quand il la découvrit tenant une sorte de gros sac en papier chiffonné devant le cottage de Rhonda Price, Cyrus craignit que ses plus sombres pressentiments ne soient justifiés.

Eugenia leva les yeux en entendant le moteur de la Jeep. À peine arrêté, Cyrus bondit à terre :

— Que diable fais-tu ici ?

— J'allais te poser la même question. Rhonda Price est revenue dans l'île.

— Je sais, je viens de la croiser. Elle roulait à tombeau ouvert.

— Comment se fait-il que tu ignorais sa sortie de l'hôpital ?

— Quint m'a appelé il y a une vingtaine de minutes. Elle a quitté l'hôpital tôt ce matin sans signer le registre des sorties. Quand le personnel s'est aperçu de sa disparition, elle était déjà à bord du ferry.

— J'aurais pourtant apprécié d'en être avertie. Je l'ai vue tout à fait par hasard. À deux minutes près, je la manquais. Et toi, par quel miracle m'as-tu retrouvée ici ?

— Simple déduction logique. Sachant que Rhonda était de retour et qu'il y avait des chances que vous vous croisiez en ville, tu ne résisterais pas à l'envie de la faire parler. Quand je n'ai pas vu ta voiture garée dans la grand-rue, je suis venu voir ce qui se passait ici. J'espère au moins que tu n'as pas perdu ton temps.

— J'ai appris un certain nombre de choses. Par exemple, que le visiteur nocturne que nous avons chassé le soir de notre arrivée n'était autre que Rhonda.

Cyrus préféra ne pas se formaliser du ton supérieur qu'elle prenait pour le lui annoncer. Elle pouvait être fière d'elle, après tout.

— Tu en es sûre ?

— Elle me l'a avoué. C'était sa seconde visite à la Maison de Verre depuis la mort de Daventry. Elle savait que Nellie avait peint quatre tableaux et elle voulait trouver les deux autres. Nous en avons maintenant localisé trois, celui qui est chez moi, celui que j'ai acheté à la galerie et celui que Rhonda vient de me donner.

— Pourquoi t'en a-t-elle fait cadeau ?

— Parce qu'elle ne veut plus rien savoir de près ni de loin de tout ce qui touche à la Maison de Verre.

— Elle n'a peut-être pas tort. A-t-elle dit des choses intéressantes, à part cela ?

— Elle pense que la mort de Daventry n'était pas accidentelle. Elle m'a dit aussi qu'on l'a assommée avant de la pousser dans l'eau, sans doute parce qu'elle aurait vu quelque chose qu'elle n'aurait pas dû voir ce soir-là à la Maison de Verre.

— Elle prend la fuite parce qu'elle croit qu'on cherche à la tuer ? Allons donc ! Elle aurait pu trouver mieux.

— Je sais, soupira Eugenia. Ce n'est pas très crédible.

— Aussi peu vraisemblable que l'assassinat de Nellie Grant pour les mêmes raisons, renchérit Cyrus. En tout cas, ce serait intéressant de savoir où Rhonda court si vite et ce qu'elle va y faire.

— Tu crois Colfax Security en mesure de relever un pareil défi ? demanda Eugenia avec ironie.

— Il le faudra bien, sinon je me verrais contraint de flanquer tout le monde à la porte et de t'engager comme directrice, répondit-il sur le même ton. Tu as encore acheté quelque chose à Fenella Weeks ? ajouta-t-il en regardant le paquet qu'elle tenait toujours.

— Oui. Le couronnement de ma matinée de détective amateur, dit-elle en secouant le paquet pour faire tinter le verre brisé. Je l'avais laissé dans ma voiture pendant que j'étais chez Rhonda et quelqu'un s'est amusé à le fracasser. Cette charmante personne a quand même eu la bonté de me laisser un petit mot pour expliquer son geste, dit-elle en lui tendant le message.

— Merde ! lâcha-t-il après l'avoir lu.

— C'est aussi ce que je pense. Qu'en déduis-tu, Sherlock ?

— Rien de bon. En tout cas, c'est personnel.

— Je n'avais pas besoin de tes lumières pour le comprendre. J'ai trouvé ce papier dans *ma* voiture.

— Je voulais dire que celui qui t'ordonne de laisser Rhonda tranquille et de quitter l'île cherche à la protéger.

— Je l'avais déjà compris. Pourquoi dis-tu *il* ?

— Je doute qu'il s'agisse d'une femme, l'écriture est plutôt masculine. De plus, d'après Quint, Rhonda n'a pas reçu de visites à l'hôpital, mais un homme a téléphoné deux fois pour prendre de ses nouvelles.

Eugenia réfléchit un instant.

— Tout à l'heure, en effet, elle a fait allusion à un de ses amis auquel Daventry a parlé des tableaux de Nellie.

— Elle t'a dit son nom ?

— Non, elle ne veut pas qu'il soit mêlé à cette histoire.

— Est-ce un artiste ?

— Oui, je crois. D'ailleurs, ce message est écrit sur un papier épais et grainé, probablement une feuille de carnet de croquis.

Ce fut au tour de Cyrus de réfléchir.

— Donc, un artiste. Quelqu'un d'ici, qui attendait peut-être Rhonda à l'arrivée du ferry, qui t'a vue la suivre et qui t'a suivie pour voir ce que tu allais faire.

— Quel que soit cet énergumène, en tout cas, il a réduit en miettes ma belle sculpture de Jacob Houston.

— Qui est-ce ? demanda Cyrus distraitement.

— Un verrier. Fenella Weeks en a parlé l'autre jour.

— Oui, je m'en souviens vaguement.

— Ce qu'il fait est superbe, je voudrais bien voir d'autres œuvres de lui avant de quitter l'île. J'envisage même d'en présenter quelques-unes à notre prochaine exposition d'œuvres contemporaines. Il a un sens des formes et des couleurs, une maîtrise dans le travail de la pâte de verre… Je t'ennuie, Cyrus ?

— Euh… non. Pourquoi ?

— Tu bâillais.

— Cela m'arrive. Il faut retrouver l'auteur de cette note.

— Brillante conclusion. Comment penses-tu y parvenir ?

— L'île n'est pas grande, tout le monde se connaît. Si Rhonda a ou avait des rapports étroits avec quelqu'un, tout le monde doit le savoir. Il suffit de faire parler quelques personnes.

— D'accord, allons-y...

— Il vaut mieux que je m'en occupe seul, l'interrompit-il. Ce sera plus discret que d'écumer la ville tous les deux en posant des tas de questions sur Rhonda Price et son bon ami, non ?

— Pas du tout ! J'y vais aussi.

Elle s'installa au volant de sa voiture, mit le contact. Appuyé des deux mains au pavillon, Cyrus se pencha vers la vitre ouverte.

— Écoute, Eugenia, je crois que tu en as assez fait pour aujourd'hui. Si tu continues à foncer sur tout ce qui bouge, nous n'irons nulle part. Laisse-moi faire mon métier.

— J'ai compris ! Tu as peur qu'en posant des questions sur Nellie je risque de compromettre tes chances de retrouver la coupe Hadès. C'est bien ça, n'est-ce pas ?

Les doigts de Cyrus se crispèrent sur la tôle.

— Ta méfiance persistante n'est pas de bon augure pour la suite de notre collaboration, répliqua-t-il.

— Notre collaboration fonctionne tout à fait bien, dit-elle en actionnant le démarreur. Je sais exactement ce qui t'intéresse et quelle place secondaire j'occupe dans le tableau.

— Je pourrais t'en dire autant. Je ne suis pas le seul, que je sache, à poursuivre mes propres objectifs.

Un éclair de colère brilla dans le regard d'Eugenia.

— Qu'est-ce que cela veut dire, au juste ?

— Cela veut dire que tu couches avec moi alors que tu ne me fais pas confiance. J'aimerais savoir pourquoi.

L'espace d'un instant, elle resta muette d'indignation.

— Quel culot ! s'écria-t-elle enfin. Tu oses me dire que je couche avec toi dans le seul but de te rendre plus… plus coopératif ?

— Dis-moi pourquoi, alors, si ce n'est pas le cas !

— Je croyais que tu avais déjà trouvé la réponse qui te convenait, répondit-elle avec un sourire carnassier. C'est toi qui as eu l'idée brillante que je suis follement amoureuse de toi, tu t'en souviens ?

— L'idée me plaît toujours autant, mais j'ai parfois l'impression qu'elle est un peu boiteuse.

— Vraiment ? Et comment en êtes-vous arrivé à cette éblouissante déduction, cher monsieur Holmes ?

— Commençant à te connaître un peu, je ne te vois pas coucher avec un homme dont tu te méfies, même si tu es amoureuse de lui.

— Vous vous fourrez le doigt dans l'œil, mon cher Holmes, dit-elle en enclenchant la marche arrière. Je peux fort bien commettre l'erreur de coucher avec un homme dont je me méfie, toutes les femmes peuvent se tromper. Mais, ce qui est certain, c'est que je n'aurais pas d'orgasmes avec lui.

Sur quoi elle enfonça l'accélérateur, le moteur rugit, et Cyrus n'eut que le temps de lâcher le pavillon avant de se faire déboîter le bras.

— Essaie de ne pas me ridiculiser davantage, Quint, dit Cyrus au téléphone en négociant d'une main les virages de la route sinueuse. Jusqu'à présent,

Colfax Security n'a pas fait une excellente impression sur la charmante Mlle Swift.

— Sois tranquille, nous retrouverons Rhonda Price. Stredley est en ce moment même en route pour Seattle.

— Préviens-moi dès que tu l'auras repérée. Du nouveau dans le dossier ZEC ? ajouta-t-il.

— L'enquêteur a quitté Second Chance Springs pour regagner Los Angeles. Il sait maintenant que Jessica Colfax a eu un fils il y a trente-cinq ans, il ne lui faudra plus longtemps pour remonter jusqu'à toi.

— J'y ai réfléchi depuis l'autre jour. Si Chandler cherche à me retrouver maintenant, c'est parce qu'il craint que je ne compromette ses chances d'être élu.

— C'est possible. Mais qu'est-ce qui l'amènerait à le craindre au bout de tout ce temps ?

— Il est peut-être soumis à un chantage.

Il y eut un silence.

— Tu es le seul en mesure de le faire chanter, dit enfin Quint, et nous savons que tu ne le fais pas. Alors ?

— Quelqu'un d'autre a pu découvrir les faits et décider de s'en servir à son profit.

— Peut-être, mais c'est peu probable. Dis donc, boss, tu n'as pas l'air en pleine forme. Tes vacances ne se passent pas bien ?

— Où as-tu cherché une idée pareille ? Je m'amuse comme un fou. Rappelle-moi de t'envoyer une carte postale, dit Cyrus avant de couper la communication.

« Je commettrais peut-être l'erreur de coucher avec un homme dont je me méfie, mais je n'aurais sûrement pas d'orgasmes avec lui. » Plus Cyrus s'efforçait de la démêler, plus la curieuse logique d'Eugenia lui échappait. Faute de mieux, il arrivait à la conclusion qu'elle lui faisait confiance jusqu'à un certain point. Jusqu'à

ce qu'il ait retrouvé la coupe Hadès, par exemple. Dieu seul savait ce qui se passerait ensuite.

C'était mieux que rien, se dit-il, et il faudrait bien s'en contenter. Pour un temps, du moins…

Il se gara devant le Sunset Café, mit pied à terre sans hâte et jeta un coup d'œil vers la mer avant d'entrer. Au large, le ferry dans lequel avait embarqué Rhonda Price n'était plus qu'un point sur l'horizon.

Dans la salle, la jeune serveuse qu'il connaissait s'occupait des touristes. Elle le reconnut quand il prit place au comptoir.

— Je suis à vous dans une minute ! lui lança-t-elle en souriant.

Cyrus attendit sans impatience.

— Je me souviens, lui dit-elle. Un café noir, c'est bien ça ?

— Exact, répondit Cyrus. Les viennoiseries sont fraîches ?

— Euh… si on veut.

— J'essaierai quand même un *donut*.

Il n'en avait aucune envie, mais il savait d'expérience que les gens parlent plus volontiers à quelqu'un qui a la bouche pleine.

— Votre amie n'est pas là ? demanda la serveuse en lui versant son café. J'ai cru la voir tout à l'heure dans la rue.

— Non, elle a dû rentrer. Mon neveu est venu nous rendre visite.

Un large sourire apparut sur les lèvres de la jeune fille.

— Le beau garçon qui est descendu du ferry hier après-midi ?

— Oui, c'est lui. Mais, dites-moi, vous voyez les gens qui embarquent et qui débarquent du ferry, n'est-ce pas ?

— Bien sûr, on est juste en face du débarcadère.

— Vous avez vu Rhonda Price, ce matin ?

— Oui, mais elle vient de repartir. C'est triste, quand même.

— Qu'est-ce qui est triste ?

— Il était là, vous savez. Il l'a vue débarquer du ferry dans une voiture qui n'était pas la sienne, il l'a appelée, lui a fait signe, mais elle a filé sans même le voir. Et, maintenant, la revoilà partie.

— Ah oui ? Quelqu'un l'attendait, ce matin ?

— Jacob Houston le verrier, vous connaissez ? C'est pour lui que c'est triste. Je crois qu'il est vraiment amoureux, mais elle le traite en copain, sans plus. On voit bien que ça le ronge.

Il y a des jours où les renseignements s'obtiennent plus facilement que d'autres, se félicita Cyrus. Ce Jacob Houston est-il conscient d'avoir réduit en miettes une de ses sculptures ? Et son attachement à Rhonda Price l'aurait-il poussé, par jalousie, à faire trébucher Adam Daventry dans son escalier ? Hypothèse aussi vraisemblable ou invraisemblable que celle selon laquelle Nellie Grant aurait mis en scène sa disparition après avoir elle-même tué Daventry…

Pour une mort supposée accidentelle, se dit Cyrus, cela fait soudain beaucoup de suspects.

Eugenia fulminait encore lorsqu'elle entra dans le hall de la Maison de Verre – contre Cyrus, bien sûr, mais surtout contre elle-même. Quel démon lui avait fait proférer sa ridicule sortie sur ses orgasmes ?

Décidément, Cyrus avait sur son tempérament des effets aussi bizarres qu'imprévisibles. Elle devrait se surveiller plus attentivement à l'avenir.

— Rick ! appela-t-elle du bas de l'escalier. Tu es là ?

— Dans la bibliothèque ! Cyrus est rentré ?

— Non, il s'est arrêté en ville.

Elle alla poser ses courses dans la cuisine avant de monter le rejoindre.

— J'ai acheté de quoi préparer des tacos pour le déjeuner, annonça-t-elle du pas de la porte. Ça te va ?

— Super. Tu as pensé aux chips et à la sauce ?

Rick était assis par terre à côté des classeurs, un bloc et un crayon à portée de la main.

— Naturellement. Qu'est-ce que tu fais ?

— Je donne un coup de main à Cyrus. Je note le contenu des dossiers, il m'a dit que cela lui ferait gagner du temps. Il m'a donné la liste de ce qu'il cherche.

— Il est vraiment décidé à retrouver la coupe Hadès, n'est-ce pas ?

— Après ce qui lui est arrivé il y a trois ans, il ferait n'importe quoi pour remettre la main sur la coupe. Et sur son ancien associé.

— Si je sais compter, tu devais avoir à peu près quinze ans quand sa femme a été tuée.

— Exact. Cyrus n'en a pas beaucoup parlé, mais on voyait bien qu'il était assommé. Maman m'a même dit une fois qu'il se considérait comme responsable de la mort de tante Katy parce qu'il n'avait pas su la protéger. Ce n'était pourtant pas sa faute. La police n'a jamais retrouvé le type qui l'a tuée. Cyrus était à l'hôpital, à ce moment-là. Il n'aurait rien pu faire pour elle.

— Non, rien.

Katy l'avait trahi, trompé et, de ce fait, s'était elle-même mise en danger. Cependant, Cyrus ne connaîtrait pas le repos tant qu'il n'aurait pas vengé sa mort. Eugenia savait qu'elle devait se résigner à ce que sa traque de Damien March prime pour lui sur tout le reste. Sa quête de la coupe l'obsédait, car il estimait, grâce à elle, pouvoir atteindre ce but.

Rick referma un tiroir et en ouvrit un autre.

— Vous vous connaissez depuis longtemps, Cyrus et toi ? demanda-t-il.

— Non, pas très. Pourquoi ?

Rick garda les yeux fixés sur le classeur :

— Je me demandais, c'est tout. Il a l'air sérieusement mordu.

La nouvelle secoua Eugenia plus que tout ce qui s'était produit depuis le matin.

— Comment peux-tu l'affirmer ?

— Je ne sais pas... La manière dont il te parle.

— La manière dont il me *parle* ? répéta Eugenia, effarée.

— Oui, tu sais. Normalement, quoi.

— Je ne te suis plus, Rick. Qu'est-ce qui est normal, pour Cyrus ?

— Depuis que je le connais, disons que Cyrus est plutôt taciturne avec la plupart des gens. Pas par timidité, non, plutôt pour écouter. Pour observer, si tu vois ce que je veux dire.

— Je vois très bien.

Rick confirmait ainsi sa première impression de Cyrus, froid, détaché, mais pleinement conscient de ce qui l'entourait.

— Quand il parle, il reste toujours... cool.

— Cool, tu veux dire maître de lui ?

— Oui, c'est ça, approuva Rick. Il ne s'emporte jamais, même quand il est sérieusement en colère. En fait, on sait qu'il est furieux quand il est plus froid que d'habitude. Maman dit que, dans ces cas-là, il a besoin de « consulter ses sentiments ».

Eugenia se rappela les éclairs d'émotions ardentes rarement aperçues dans le regard de Cyrus. Elle se souvint également de la chaleur torride de ses yeux verts quand ils faisaient l'amour.

— Je vois, se borna-t-elle à répondre.

— Cyrus dit aussi que ce n'est pas parce qu'un homme ne sanglote pas en entendant une chanson triste qu'il doit être accusé de n'avoir pas de cœur et qu'il a le droit de garder ses sentiments pour lui.

— Je suis tout à fait d'accord, approuva Eugenia.

— Bref, il faut vraiment bien connaître Cyrus pour savoir de quelle humeur il est. Il est du genre compliqué.

— Je ne trouve pas. Il me paraît plutôt simple, au contraire.

— C'est bien ce que je disais. Avec toi, il n'est pas pareil. Il a l'air plus détendu qu'avec presque tout le monde. Plus à son aise.

— Tu crois ?

— Oui. Et puis, il te taquine. Il ne le faisait jamais avec tante Katy.

Eugenia n'avait aucune envie d'entendre parler de Katy, mais elle comprit qu'elle devait s'y résigner.

— Je me rappelle qu'il était toujours calme avec elle, poursuivit Rick. Prudent, comme si elle était en verre. Maman disait qu'elle était fragile, qu'elle avait besoin de quelqu'un sur qui s'appuyer. Avec toi, Cyrus n'est pas le même. Avec toi, je parie qu'il peut se fâcher.

— Il ne se fâchait jamais avec ta tante ?

— Non, jamais. Maman dit qu'il était un roc pour tante Katy et qu'il est un roc pour elle depuis que mon père… Enfin, tu sais, quoi.

— Oui, je sais.

— Après le divorce, j'ai un peu perdu les pédales, je me suis mis dans des tas d'ennuis. Un soir, les flics m'ont ramassé avec des copains. Maman était effondrée. Alors, elle a appelé Cyrus.

— Et il a réglé le problème ?

— Oui. Après, il a toujours été là et je me rends compte avec le recul qu'on faisait des tas de choses ensemble. Il m'emmenait camper, il m'emmenait aux matchs, il m'a appris à conduire. Il passait beaucoup de temps avec moi.

— Comme s'il avait endossé le rôle de ton père ?

— Oui. Je n'aurais pas dû lui faire une scène parce qu'il a forcé mon père à venir à ma remise de diplôme, soupira Rick.

— Pourquoi ? Que Cyrus ait voulu te protéger au début, c'était très bien. Mais je crois que tu es maintenant assez grand pour te débrouiller par toi-même, non ?

— C'est vrai, admit Rick. Il croyait faire pour le mieux, je sais, mais je ne veux plus qu'il arrange tout pour moi comme il le faisait avant. Je ne suis plus un gamin.

— Eh bien, dis-le-lui. Il comprendra.

— Tu crois ?

— J'en suis persuadée.

Rick fit une moue dubitative.

— Quand Cyrus a décidé quelque chose, c'est impossible de le faire changer d'avis. Il est comme un porte-avions.

— Un porte-avions ?

— Je veux dire, pas facile à manœuvrer. Une fois qu'il a pris un cap, il lui faut du temps pour virer.

— Je vois très bien ce que tu veux dire, approuva Eugenia avec conviction. Je crois quand même que, si tu lui dis qu'il a fait du bon travail pour t'éduquer et que tu es prêt à suivre ton chemin grâce à ce qu'il t'a appris, il t'écoutera.

— Tu as peut-être raison. Je lui parlerai franchement.

Le grondement familier du moteur de la Jeep se fit entendre.

— Ah ! le voilà, dit Eugenia en se levant. J'espère qu'il a trouvé le nom que je voulais, sinon je me chercherai un autre détective.

— Ne t'inquiète pas, fit Rick en riant, Cyrus y met le temps mais il obtient toujours tout ce qu'il veut.

— C'est ce que nous allons voir.

Eugenia dévala l'escalier et courut à la véranda, où elle arriva pendant que Cyrus montait les marches.

— Alors ? le héla-t-elle.

— J'ai le nom du valeureux ami de Rhonda, répondit-il avec un large sourire. Devine.

— Aucune idée.

— Jacob Houston.

— Houston ? s'exclama Eugenia. Il aurait détruit une de ses œuvres pour me faire peur ? C'est incroyable !

— Il ne savait sûrement pas ce qu'il y avait dans le paquet.

— Non, c'est vrai, il ne pouvait pas s'en douter. Tu n'es pas allé le voir seul, au moins ? demanda-t-elle avec un regard soupçonneux.

— Non, je n'ai pas voulu te priver de ce plaisir. Chère *partenaire*, ajouta-t-il en atteignant le haut des marches.

— Allons tout de suite à son atelier ! J'ai hâte d'entendre ce qu'il dira pour sa défense.

Cyrus la rattrapa par un bras alors qu'elle s'éloignait déjà :

— Pas si vite ! Décidons d'abord de la stratégie à mettre en œuvre.

— Pas besoin de stratégie ! Ce que je veux, ce sont des réponses.

— Nous les aurons. Mais l'expérience m'a appris qu'il vaut mieux réfléchir avant d'agir. La méthode est plus efficace.

Eugenia allait protester quand Rick apparut dans la véranda :

— Oncle Cyrus !

— Oui, Rick. Tu as trouvé quelque chose ?

— Tu m'avais demandé de chercher ce qui sortait de l'ordinaire. J'ai trouvé ça, dit-il en tendant à Cyrus un rouleau de plans. Tu crois qu'ils te seront utiles ?

— Qu'est-ce que c'est ? demanda Eugenia, intriguée.

— Les plans d'architecte de la maison. Ils étaient au fond d'un casier de la bibliothèque, comme si on les avait oubliés là.

Cyrus déroula les plans.

— La version définitive des plans utilisés par les entrepreneurs ! s'écria-t-il en poussant un sifflement. Rick, rappelle-moi demain matin d'appeler mon avocat pour te coucher sur mon testament.

— Pas la peine, je me contenterai de la Jeep.

— Ne sois pas trop gourmand, mon garçon.

— En quoi ces plans sont-ils si précieux ? intervint Eugenia après y avoir jeté un rapide coup d'œil.

— Tu ne vois vraiment pas ? répondit Cyrus avec un sourire triomphant. Selon une de mes hypothèses, Daventry a caché la coupe Hadès quelque part dans la maison, vraisemblablement dans un coffre secret. Ces plans vont me permettre d'en découvrir l'emplacement. Et, pour peu que ma chance ait enfin tourné, la coupe y est encore.

17

— Je peux te parler pendant qu'on prend les mesures ? demanda Rick une heure plus tard.

— Pour me passer encore un savon à cause de ton père ? répondit Cyrus en déroulant le mètre souple dont Rick tenait l'extrémité.

— Non. Eugenia m'a dit que je devais te parler franchement.

Cyrus releva la tête, méfiant.

— Qu'est-ce qu'Eugenia vient faire là-dedans ?

— On a un peu bavardé, elle et moi, avant que tu reviennes. Elle m'a aidé à remettre certaines de mes idées en place.

— Vingt-quatre pieds, six pouces, annonça Cyrus. Quelles idées ?

— Une seconde, je note, répondit Rick en écrivant les chiffres sur un bloc. Je ne t'en veux plus d'avoir forcé papa à venir à ma cérémonie, poursuivit-il. D'ailleurs, j'ai l'impression que ce n'était pas la première fois que tu lui rappelais quelque chose me concernant.

Cyrus se redressa pour aller mesurer l'embrasure de la fenêtre.

— Il m'est arrivé deux ou trois fois de lui rafraîchir la mémoire, c'est tout.

— Deux ou trois fois ? Admettons, commenta Rick avec scepticisme. En tout cas, je sais depuis longtemps qu'il ne s'intéresse qu'à ses affaires. Je dirais même que c'est ce qui compte le plus pour lui.

— Dans ce cas, quand tu auras toi-même un fils, souviens-toi de ne pas accorder à certaines choses la priorité sur d'autres, comme ton père a tendance à le faire.

— Ce n'est pas son exemple que je compte suivre, mais le tien.

— Je ne suis peut-être pas le meilleur exemple à suivre.

— Tu es le meilleur que je connaisse.

Cyrus sentit monter en lui une émotion inhabituelle. Ne sachant que dire, il affecta de se concentrer sur les mesures.

— La fenêtre fait trois pieds tout juste, annonça-t-il.

Pendant le silence qui suivit, Rick recopia les chiffres un peu trop studieusement.

— Bref, dit-il enfin, revenons à ce que je voulais te dire.

— Je t'écoute.

— Je parlais à Eugenia de tout ce que tu as fait pour moi depuis ce fameux soir où tu es venu me chercher au poste de police. Sur le moment, je ne me rendais pas compte du temps que tu prenais sur ton travail pour t'occuper de moi, surtout durant les trois ans où tu remontais ton agence…

— Écoute, Rick, l'interrompit Cyrus, je l'ai fait parce que je le voulais bien, compris ? Ce n'était pas un sacrifice. Et, si jamais j'ai un fils, j'espère qu'il tournera aussi bien que toi.

Rick devint cramoisi.

— Euh... Merci, bredouilla-t-il.

— Alors, de quoi voulais-tu me parler ?

Rick hésita avant de se jeter à l'eau :

— Eh bien voilà, oncle Cyrus. Tout ce que tu as fait, comme de forcer mon père à venir la dernière fois, c'était pour me protéger quand j'étais encore jeune. Mais, maintenant, je ne suis plus un gamin et je n'en ai plus autant besoin, tu comprends ?

Des images des cinq années écoulées défilèrent en accéléré dans la mémoire de Cyrus. Oui, il avait voulu protéger Rick et lui apprendre à devenir un homme, mais parce que Rick avait eu besoin de lui.

Et le moment était venu où Rick n'avait plus besoin de lui...

— Je comprends, répondit-il.

— Tu m'as dit qu'un homme doit savoir que les autres ne sont pas toujours tels qu'il se les imagine. Tu m'as dit aussi qu'on doit se fixer des buts dans la vie et tout faire pour les atteindre, parce que c'est le seul moyen de pouvoir se regarder en face sans se faire honte.

— Je t'ai dit ça, moi ?

— Au moins un million de fois. Alors, maintenant, je suis capable de m'occuper de moi-même. Tu m'as donné les outils qu'il faut pour faire le travail, laisse-moi m'en servir.

Cyrus dut déglutir à plusieurs reprises avant de pouvoir reprendre la parole et afficher un sourire.

— Dois-je comprendre que tu ne m'emprunteras plus la Jeep ?

Rick sourit à son tour, visiblement soulagé d'un grand poids.

— J'ai dit que je pouvais m'occuper de moi-même. Je n'ai pas dit que je renonçais à la qualité de la vie, qui exige de temps en temps l'utilisation de ta Jeep.

Cyrus se sentit lui aussi déchargé d'un fardeau.

— C'est bien ce que je craignais. Remettons-nous donc au travail. Les relevés intérieurs correspondent-ils aux cotes du plan ?

Rick compara consciencieusement ses notes et le plan.

— Les chiffres sont identiques, répondit-il.

— Donc, il n'y a pas de cavité secrète dans cette pièce. Allons en mesurer une autre.

Rick ramassa son bloc et suivit Cyrus.

— Tu sais, Eugenia est convaincue que tu ne trouveras pas la coupe ici. Elle pense même que tu perds ton temps.

— Eugenia n'hésite jamais à exprimer ses opinions, répondit Cyrus. C'est un de ses traits de caractère les plus remarquables.

Eugenia fit preuve de patience jusqu'à la fin du dîner. Mais, la dernière bouchée avalée, elle passa à l'offensive.

— Vous avez consacré votre journée, tous les deux, à faire ce que vous vouliez. Bien. Quels sont les résultats ?

— Encore aucun, répondit Rick. C'est plus difficile qu'on ne croit de mesurer toutes les dimensions d'une pièce.

— Et nous n'avons pas encore attaqué le sous-sol, enchaîna Cyrus. Je pensais qu'on pourrait s'y mettre après le dîner.

— Pas question ! déclara Eugenia. À mon tour de faire ce qui me plaît. Parlons de la manière d'aborder Jacob Houston.

— Ne t'inquiète pas, je m'occuperai de lui demain matin, dit Cyrus avec un sourire rassurant.

Excédée, Eugenia se leva.

— Non. C'est moi qui vais m'en occuper dès ce soir, avec ou sans tes précieux conseils sur la stratégie à mettre en œuvre. Houston est un artiste, je sais comment m'y prendre avec ses semblables.

— Je t'ai dit que…

— Et moi, j'ai dit non ! Depuis que Rick a déniché ces plans, tu es obsédé par la découverte de je ne sais quelles mystérieuses pièces secrètes et tu dédaignes mes problèmes !

— Je ne dédaigne pas tes problèmes, je prends simplement les choses dans un ordre logique.

— Eh bien, Sherlock, prends celle-ci logiquement.

Sur quoi, avec un salut ironique de la main, elle se dirigea vers la porte en ramassant au passage les clés de sa voiture sur une table.

Levé d'un bond, Cyrus se lança à sa poursuite.

— Bon sang ! s'écria-t-il. Je t'ai répété cent fois qu'il faut de la patience dans ce genre d'affaires.

— J'ai patienté tout l'après-midi pendant que vous faisiez joujou tous les deux avec ces plans. Je n'attendrai pas une minute de plus.

— Tu n'iras pas voir Houston toute seule !

— Tu es libre de venir avec moi, si tu te sens capable de t'arracher à ta quête de passages dérobés et de coffres-forts secrets.

— Bon, d'accord, je viens, grommela Cyrus. Rick, tu restes ici ou tu nous accompagnes ?

Rick les avait rejoints dans le hall sans attendre d'y être invité.

— Je vous accompagne. Le métier de détective est toujours aussi passionnant ?

— Non, répondit Cyrus. Heureusement pour moi.

Le spectacle révélé par la porte du four était digne d'un volcan en éruption. Du seuil de l'atelier de Jacob Houston, Eugenia l'observa enfoncer sa canne dans la masse incandescente et déposer la boule de verre en fusion dans un creuset. Derrière elle, conquis par la beauté de la scène, Cyrus et Rick regardaient par-dessus son épaule.

Elle comprenait leur fascination. Au cours de sa carrière, elle avait toujours éprouvé le même émerveillement devant le travail des verriers. Les mystérieuses contradictions d'une matière qui conservait ses propriétés liquides alors même qu'elle se solidifiait, qui pouvait être modelée en une infinité de formes, transmettre la lumière ou la réfléchir avaient de quoi captiver le spectateur le plus blasé.

Art autant qu'artisanat, la verrerie plongeait ses racines dans une histoire plus que millénaire. Jacob Houston travaillait ce soir-là d'une manière déjà familière aux Romains. Eugenia pensait souvent que, si le verre n'était pas devenu d'un usage aussi répandu, le public en apprécierait mieux la nature magique.

Mais il n'était pas question de passer la soirée à admirer le verrier.

— Jacob Houston ? cria Eugenia pour se faire entendre dans le vacarme du four qui ronflait.

— Je travaille ! rétorqua le sculpteur sans se retourner.

— J'ai parlé à votre amie Rhonda Price ce matin.

Cette fois, il se retourna, bouche bée. Une stupeur mêlée de crainte traversa rapidement son regard. Eugenia le jaugea d'un coup d'œil exercé. Trapu, massif, pourvu de mains puissantes comme des battoirs, il lui parut âgé d'une quarantaine d'années. Le crâne largement dégarni, il avait laissé pousser le reste de ses cheveux qu'il rassemblait en catogan.

— C'est vous la femme du Leabrook, dit-il avec hargne en pointant vers elle sa canne au bout de laquelle étincelait le verre en fusion. C'est vous qui harcelez Rhonda. Je n'ai rien à vous dire. Fichez le camp de chez moi.

Cyrus s'interposa entre Eugenia et lui :

— Du calme, Houston. Nous ne partirons pas d'ici avant d'avoir des réponses à nos questions.

— J'ai déjà dit que je travaillais, bon Dieu ! Je n'ai pas de temps à perdre à vous parler !

Eugenia le gratifia du sourire qu'elle réservait aux artistes les plus susceptibles.

— J'admire beaucoup votre travail, monsieur Houston. D'ailleurs, le paquet que vous avez écrasé ce matin dans ma voiture contenait une de vos sculptures, *Soleil*, que je venais d'acheter à la Midnight Gallery pour ma collection personnelle.

Visiblement choqué, Houston la dévisagea un instant en silence.

— *Soleil* ? C'était mon *Soleil* dans ce paquet ?

— Oui, répondit Eugenia. Une pure merveille. Vous aviez réussi une admirable combinaison de formes et de couleurs, de puissance et de finesse. J'en suis tombée amoureuse au premier coup d'œil.

Houston s'épongea le front d'un revers de son avant-bras velu.

— Nom de Dieu ! gémit-il. Je ne peux pas y croire. Mon *Soleil*. Mon beau *Soleil*. Et c'est moi qui…

— Oui, intervint Cyrus. Brisé. Écrabouillé. Réduit en miettes. En miettes, répéta-t-il avec une jubilation presque sadique.

Eugenia lui lança un regard furieux pour le faire taire, mais il était trop tard. De grosses larmes ruisselaient déjà sur les joues de Houston.

— Alors, reprit Cyrus, on peut parler ?

La sombre cabane d'une seule pièce où logeait Houston aurait été lugubre si elle n'avait été illuminée par trois somptueuses sculptures de verre, structures magiques de lumière et de couleurs pures, qui étincelaient dans la pénombre comme des pierres précieuses. Eugenia avait toutes les peines du monde à suivre la conversation, car son regard allait sans arrêt de l'une à l'autre. Un vase d'une teinte vert d'eau opalescente, surtout, la captivait. Il paraissait modelé dans la même matière que les yeux de Cyrus.

Celui-ci avait pris place en face de Houston à une table en Formica qui avait connu des jours meilleurs.

— Pourquoi cherchez-vous à protéger Rhonda ? demanda-t-il.

Les coudes sur la table, Houston se tenait la tête à deux mains.

— Elle m'a dit qu'on l'avait assommée avant de la pousser dans l'eau. Elle est sûre que quelqu'un veut la tuer, comprenez-vous ?

— Vous le croyez aussi ? intervint Eugenia.

— Je ne sais pas. Je ne sais plus… Peut-être.

— Pourquoi menacer Mlle Swift ? reprit Cyrus sévèrement. C'est elle qui s'est jetée à l'eau pour sauver Rhonda.

— Je savais que Rhonda ne voulait ni la voir ni lui parler. Quand je l'ai vue la suivre à l'arrivée du ferry, je l'ai suivie à mon tour, j'ai écrasé un paquet sur le siège de sa voiture et j'ai laissé un mot pour lui faire peur. Mais je ne lui voulais pas de mal, je voulais simplement qu'elle s'en aille et laisse Rhonda tranquille.

Apitoyée par le désarroi du gros ours amoureux, Eugenia intervint à nouveau avant que Cyrus poursuive son interrogatoire.

— Je comprends pourquoi vous l'avez fait, Jacob, mais c'était bien inutile, croyez-moi. Je sais que Rhonda m'évitait à cause des tableaux de Nellie Grant. Nous en avons parlé franchement et je suis sûre que Rhonda n'a plus peur de moi maintenant. Si elle a encore peur, c'est de quelqu'un d'autre.

— Celui qui a essayé de la tuer, gémit Houston.

— Qui voudrait se débarrasser d'elle ? demanda Cyrus.

— Je n'en sais rien, répondit Houston, prostré. Elle croit que c'est à cause de quelque chose ou de quelqu'un qu'elle aurait vu à la dernière soirée de Daventry.

— Vous y étiez aussi ? voulut savoir Cyrus.

— Bien sûr, nous y étions tous. Pas un vrai ou faux artiste ne manquait à l'appel. Daventry nous exhibait comme des bêtes curieuses devant son Club des Connaisseurs, vous comprenez ? Et nous le laissions faire, bon Dieu, parce que nous voulions tous avoir une chance de promouvoir nos carrières. Ses amis étaient des collectionneurs importants et ils avaient du fric, des montagnes de fric.

— Connaissiez-vous Nellie Grant ? intervint Eugenia.

— Oui, je l'ai souvent rencontrée. Elle me faisait pitié, en un sens. La pauvre fille n'avait pas encore compris que Daventry était un salaud. Elle s'imaginait qu'il lancerait sa carrière, comme Rhonda et toutes les autres y ont cru jusqu'à ce qu'il les laisse tomber comme de vieux chiffons.

— Rhonda m'a dit ce matin qu'elle croyait que Daventry a pu être assassiné.

— Oui, je sais. Elle a commencé à se poser des questions à ce sujet quand elle était à l'hôpital. Elle ne voyait pas d'autre explication au fait qu'on ait cherché à la tuer.

— À condition qu'on veuille vraiment la tuer, dit Cyrus.

— C'est vrai, répondit Houston avec un soupir résigné. Il se peut qu'on l'ait poussé dans l'escalier comme il se peut qu'il ait manqué une marche, il était bourré de drogue ce soir-là. Rhonda disait que cette saloperie lui donnait le sentiment d'être tout-puissant. Il a très bien pu se croire capable de s'envoler au lieu de descendre l'escalier.

— Ses invités se droguaient, eux aussi ?

— Non, pas eux. L'alcool coulait à flots, mais rien d'autre. Je ne dis pas que certains auraient craché sur des produits plus exotiques si on leur en avait proposé, mais Daventry les gardait pour lui. Il n'en offrait même pas à ses amis du club. Tout le monde carburait au scotch hors d'âge et au champagne millésimé, ce qui n'était déjà pas si mal.

Rick intervint alors pour la première fois :

— Daventry craignait-il d'être inquiété à cause de sa drogue ?

Houston sursauta au son de sa voix et se tourna vers lui, intrigué.

— Je ne crois pas. Il s'était toujours considéré comme au-dessus des lois. Il croyait que son argent suffisait à le sortir de tous les mauvais pas. Rhonda disait qu'il gardait son stock de drogue pour lui seul parce que c'était une manière de plus de se sentir différent des autres. Unique, si vous préférez. Il aimait avoir des choses que personne d'autre ne pouvait posséder.

— C'est conforme au personnage, commenta Cyrus.

Eugenia lui lança un coup d'œil. À l'évidence, il pensait à la coupe Hadès.

— J'ai répondu à toutes vos questions, déclara Houston. Parlons un peu de Rhonda, maintenant, ce serait la moindre des choses, non ?

— Bien, parlons-en. Que voulez-vous en dire ? demanda Cyrus.

— Qu'on lui en veuille ou pas, le fait est qu'elle crève de frousse et qu'elle se croit en danger de mort.

— Je lui ai proposé de m'appeler si elle veut que nous la protégions, dit Eugenia.

— Pourquoi t'appeler, toi ? s'étonna Cyrus.

— Je lui ai dit que ton agence pourrait l'aider en cas de besoin.

— C'est trop gentil de me rabattre des clients, maugréa Cyrus.

Pendant cet échange, Houston les avait dévisagés à tour de rôle avec une évidente perplexité.

— Qu'est-ce que c'est, cette histoire d'agence et de protection ? voulut-il savoir.

— Je dirige l'agence Colfax Security, répondit Cyrus en lançant à Eugenia un regard exaspéré. J'aurais préféré que cela ne se sache pas.

— C'est légal, cette embrouille ? s'inquiéta Houston.

— Bien sûr, le rassura Eugenia. Cyrus, donne-lui ta carte.

— Et montre-lui ta licence, ajouta Rick.

Cyrus s'exécuta de mauvaise grâce.

— Je vous crois, je vous crois, dit Houston en happant la carte de visite dans sa grosse patte. Alors, vous voulez bien aider Rhonda ?

— À condition qu'elle accepte d'être aidée, dit Cyrus sèchement.

Pour la première fois, une lueur d'espoir apparut dans le regard du maître verrier.

— Je me crois capable de la persuader de vous faire confiance.

— Ne vous donnez pas trop de mal, je suis plutôt débordé en ce moment, grommela Cyrus en se levant. La soirée est assez remplie comme cela, poursuivit-il à l'adresse d'Eugenia. Tu as réussi à me griller et tu me jettes dans les pattes une cliente qui n'aura pas les moyens de me payer. Partons d'ici avant que tu me rendes d'autres services du même genre.

— D'accord, répondit Eugenia en se levant à son tour. Une dernière chose, Jacob.

Il lui lança un regard inquiet.

— Quoi donc ?

— Le Leabrook organise tous les ans à l'automne une exposition d'œuvres contemporaines.

— Je sais, je suis allé la voir à Seattle l'année dernière. Splendide.

— J'aimerais exposer quelques-unes de vos œuvres cette année.

Houston sursauta :

— Mes… mes sculptures ? Au Leabrook ?

Eugenia tourna alors un regard appuyé vers le vase posé sur le manteau de la petite cheminée.

— Oui. J'aimerais aussi ajouter une de vos pièces à ma collection personnelle pour remplacer celle qui était dans ma voiture ce matin.

Houston resta un instant ébahi. Puis, ayant suivi la direction de son regard, il se leva d'un bond et courut à la cheminée.

— Bien sûr, bredouilla-t-il. Si celui-ci vous plaît, il est à vous.

— Oui, il me plaît beaucoup, répondit Eugenia en prenant délicatement le vase qu'il lui tendait. Beaucoup.

Seule dans son lit, les yeux ouverts, Eugenia écoutait la pluie crépiter sur le toit et ruisseler sur les vitres. La pluie et le verre, pensa-t-elle, ont beaucoup de points communs. Ce sont des substances transparentes et fluides, capables de transmettre la lumière ou de devenir opaques en son absence. À minuit, dans l'obscurité totale, la pluie semblait doubler l'épaisseur des vitres d'un épais rideau noir.

Elle repoussa son drap et s'assit au bord du lit. Cyrus n'était pas venu la rejoindre. Avait-il décidé de dormir seul ou était-il encore en train de rôder dans la maison avec ses plans et son mètre ruban ? L'oreille aux aguets, elle attendait depuis une heure le léger bruit de ses pas derrière sa porte. En vain.

De guerre lasse, elle se leva, enfila son peignoir et ses chaussons et sortit dans le couloir. Aucune lumière ne filtrait sous les portes de Cyrus et de Rick. Du haut de l'escalier, elle vit au rez-de-chaussée une lueur sourde qui lui confirma que Cyrus n'était pas encore couché.

Elle descendit sans bruit, traversa le hall. Une lampe était allumée au salon, mais Cyrus ne s'y trouvait pas. Elle poursuivit son chemin jusqu'à la véranda, où régnait une obscurité profonde. Elle y sentit toutefois la présence de Cyrus avant d'entendre sa voix.

— Tu ne peux pas dormir, Eugenia ?

Sa vision qui s'accommoda peu à peu lui permit de voir Cyrus étendu sur un transat, le regard fixé au loin vers les arbres dont on distinguait à peine les contours derrière les verrières détrempées.

— Non. Toi non plus, à ce que je constate ?

— Je réfléchissais.

Elle alla s'asseoir à côté lui. La nuit noire et pluvieuse parut se refermer autour d'eux. Le silence retomba.

— Qu'as-tu tiré de tes réflexions ? demanda-t-elle enfin.

— Il y a plusieurs manières de considérer le problème. Selon le scénario le plus vraisemblable, la mort de Daventry était accidentelle, comme l'ont déclaré les autorités. Mais les enquêteurs auraient pu aussi commettre une erreur.

— Tu commences à croire à la thèse du crime ? s'étonna-t-elle.

— Peut-être. En toute logique, la mort de Daventry ne serait alors pas liée à la drogue, mais à la coupe Hadès. Dieu sait de combien de morts par le passé ce maudit morceau de verre est responsable.

Eugenia comprit l'allusion à sa femme et se contenta d'approuver d'un signe de tête.

— Le seul facteur qui s'oppose à cette hypothèse est qu'il s'agirait dans ce cas d'un geste non prémédité, donc aux conséquences imprévisibles.

— Et tu as dit, je crois, que celui qui déroberait la coupe ne pourrait être qu'un professionnel.

— Exact. Si nous prenons maintenant le problème sous un autre angle, supposons que Daventry ait été tué pour une raison n'ayant rien à voir avec la drogue ou la coupe, mais pour un mobile personnel.

Eugenia réfléchit un instant. Tous les témoignages concordaient en effet sur un point : Daventry avait de nombreux ennemis.

— Tu veux dire que quelqu'un qui le haïssait a saisi au passage une occasion de se venger et de se débarrasser de lui ?

— Oui. Ce qui m'amène à envisager que tu avais raison depuis le début et que ton amie Nellie a peut-être été le témoin involontaire de quelque chose qu'elle n'aurait pas dû voir.

— Le meurtre de Daventry ?

— Ou un indice ayant convaincu l'assassin qu'elle était en mesure de l'identifier. C'est peut-être aussi le cas de Rhonda Price.

— Ce serait logique, en effet. Mais, si Nellie a disparu le lendemain de la mort de Daventry, pourquoi le criminel a-t-il attendu si longtemps avant de s'en prendre à Rhonda ?

— Je ne sais pas. On peut toutefois considérer sans grand risque d'erreur que l'apparition du tableau de Nellie a changé l'équation.

— C'est possible, dit Eugenia. Rhonda a été agressée deux jours après avoir mis le tableau en vente à la galerie. Je ne vois cependant pas le rapport entre les tableaux de Nellie et la mort de Daventry.

— Moi non plus, admit Cyrus. J'essaie simplement de remettre les morceaux du puzzle dans un ordre nouveau. Il doit y avoir un élément permettant de relier ces trois morts suspectes.

— Trois ? Il n'y en a que deux, Nellie et Daventry.

— Tu oublies Leonard Hastings.

— Mais... il est mort d'une crise cardiaque !

— Qu'en savons-nous ? Il n'y a pas eu d'autopsie. Son médecin traitant a déclaré qu'il souffrait depuis longtemps de problèmes cardiaques et personne ne s'est donné la peine d'aller plus loin.

— Comment un assassin aurait-il pu maquiller sa mort à ce point ? s'étonna Eugenia.

— Hastings prenait beaucoup de médicaments. Quelqu'un aurait pu substituer à certaines de ses pilules un poison, ou même une des drogues de Daventry. Dieu sait l'effet de ces substances sur un organisme déjà affaibli.

Eugenia tenta de déchiffrer son expression, mais il faisait trop sombre.

— Te rends-tu compte des implications de ce que tu viens de dire, Cyrus ? Si l'assassin existe, il ou elle est probablement un habitant de l'île, peut-être même un proche de Daventry.

— S'il faut en croire la rumeur publique, ses ennemis ne manquent pas dans les parages. Surtout parmi ses proches.

Elle ne put retenir un frisson.

— À quoi nous mène cette nouvelle hypothèse ? demanda-t-elle.

— À ce que tu dois quitter l'île au plus vite. Tu prendras le premier ferry demain matin avec Rick.

Mon agent Stredley vous attendra au débarcadère de Seattle et il gardera un œil sur toi jusqu'à ce que j'aie débrouillé cette sombre affaire.

Il fallut un moment à Eugenia pour retrouver l'usage de la parole.

— Ah, mais non ! s'écria-t-elle, indignée. Tu ne te débarrasseras pas de moi aussi facilement !

— Cette affaire sent de plus en plus mauvais, Eugenia. J'ai du travail devant moi et je ne pourrai pas le faire correctement si je dois en plus assurer ta sécurité.

— Tu n'as pas besoin de te soucier de moi. Je m'occupe très bien de moi-même depuis longtemps.

— Sauf que tu n'as jamais eu à te protéger d'un assassin.

— L'assassin, en supposant qu'il existe, ne m'en veut pas à moi mais à quelqu'un qui était chez Daventry le soir de sa mort.

— Bien sûr. Mais il peut aussi décider de s'en prendre aux gens qui posent un peu trop de questions à ce sujet. Il faut que tu partes, Eugenia. C'est une mesure de sécurité élémentaire.

— Ta sollicitude me touche, Cyrus, mais je ne partirai pas.

— Ce que je vais te dire n'est pas très galant, Eugenia, je sais. Mais, en cas de bagarre, permets-moi de te dire que tu ne fais pas le poids.

— Tu es peut-être plus gros que moi, Cyrus, mais je te parie ce que tu veux que je suis nettement plus rapide que toi.

Il réagit si vite qu'elle se rendit compte qu'il avait quitté son siège seulement une fois soulevée dans ses bras.

18

— Tu es rapide quand tu le veux bien, murmura Eugenia.

Elle ne put en dire davantage car il lui donnait déjà un baiser profond, exigeant. Et puis, se dit-elle, à quoi bon lui parler ? Il n'est pas d'humeur à écouter.

Elle non plus, à vrai dire…

Elle noua les bras autour de son cou, lui rendit son baiser. Un frisson désormais familier, mi-avide, mi-émerveillé, lui parcourut le corps et lui fit crisper les doigts dans les cheveux de Cyrus pendant qu'il la déposait sur un des transats de cuir blanc.

Pourquoi suis-je ainsi avec lui ? se demanda-t-elle. Et seulement avec lui ? L'intensité du désir effaça de son esprit la question, mais pour la faire revenir avec plus d'insistance un instant plus tard.

Était-elle réellement tombée amoureuse de Cyrus ?

Oh, non ! Impossible ! Tout arrivait trop vite. Ce n'était pas, ce ne *pouvait* pas être de l'amour, mais de la sensualité. Du sexe pur et simple. Fabuleux peut-être, mais uniquement du sexe. Elle se dominait encore, son corps seul était en cause. Pas son cœur.

Et si elle s'aveuglait ? Si son cœur l'était déjà ?

Une fois de plus, la trop troublante question s'évapora à la chaleur intense du désir et du plaisir anticipé. Alors, sans plus tenter d'y répondre, Eugenia s'abandonna.

Les yeux ouverts dans l'obscurité, Cyrus réfléchissait. Il se disait qu'une fois finie son aventure avec Eugenia sa vie ne serait plus la même. Si, en réalité. Rien n'aurait changé et c'était là le fond du problème. Les choses reprendraient leur cours comme avant qu'Eugenia fasse irruption dans sa vie. Tout redeviendrait… comme avant.

Finies, les discussions sur l'art avec un bas-bleu incapable de résister au plaisir de donner à tout bout de champ des cours magistraux.

Finies, les disputes avec une femme têtue comme une mule qui croyait en savoir plus que lui sur tout et n'importe quoi.

Finies, les occasions de perdre son précieux sang-froid.

Finies, les joies d'un amour physique d'un tel degré de perfection qu'il n'avait jamais osé en rêver.

Plus la liste s'allongeait, plus Cyrus s'assombrissait.

Finies, surtout, les conversations à cœur ouvert avec une personne qui le comprenait mieux que nul ne l'avait jamais compris.

Un froid glacial chassa en lui la chaleur béate de l'amour qu'ils venaient de faire. Il ne croyait pourtant pas aux pressentiments, il ne considérait que les faits et savait les regarder en face. Or, la longue liste de tout ce qui s'évanouirait, de tout ce dont il serait à jamais privé par le départ d'Eugenia était un fait.

Au diable les faits ! Il n'avait pas le temps ce soir de penser à l'avenir. Il avait des questions plus immédiates à régler.

Il prit Eugenia par la taille, la serra contre lui.

— Où en étions-nous ? demanda-t-il.

Elle s'étira langoureusement. Il sentit sur son estomac la tiédeur de sa main.

— Nous nous disputions, je crois.

— Tu te prétendais plus rapide que moi, n'est-ce pas ?

— C'est vrai. Et encore, nous n'avions pas abordé mes capacités intellectuelles. Dans ce domaine, je ne crains personne.

— L'idée que la tête est supérieure aux muscles est une ânerie inventée par des pédants anémiques. Dans la vie réelle, les gros bras l'emportent à tous les coups sur les grosses têtes.

— Tu ne me feras pas changer d'avis, Cyrus. Je ne quitterai pas l'île tant que nous n'aurons pas découvert ce qui s'y passe.

Sa détermination était inébranlable. Peut-être devrait-il lui permettre de rester. Elle avait son mot à dire, après tout. Et puis, si elle restait, il serait en mesure de veiller sur elle...

Assez de mauvaises raisons ! se rabroua-t-il. Le simple bon sens lui disait qu'elle ne serait en sûreté que loin de l'île.

— La situation peut devenir dangereuse, dit-il avec précaution. Je veux être certain que tu ne t'exposes pas à des risques inutiles.

— Je serai plus en sûreté ici avec toi que seule à Seattle. C'est toi l'expert en sécurité, ne l'oublie pas.

— Tu ne fais vraiment rien pour me faciliter les choses !

— Non, répondit-elle en lui effleurant la bouche de ses lèvres. En fait, je ferai tout pour te les compliquer.

Elle accompagna sa réplique d'une caresse si provocante qu'il se sentit réagir. Bon sang ! pensa-t-il. C'est impossible. Nous venons à peine de finir. Je n'ai plus l'âge de pareilles prouesses...

Il allait répondre quand la sonnerie du téléphone posé près de lui sur la table fit voler en éclats la douceur de leur intimité.

Eugenia interrompit ses caresses, Cyrus se redressa sur un coude et décrocha le combiné.

— Colfax, annonça-t-il.

— Jacob Houston. Il faut que je vous parle.

Son évident affolement ramena brutalement Cyrus à la réalité.

— Qu'est-ce qui ne va pas, Houston ?

— Je reviens de chez Rhonda...

— Au milieu de la nuit ?

— Laissez-moi parler ! Je lui ai téléphoné après votre départ pour lui dire de vous contacter. Nous en avons longuement discuté.

Le combiné coincé entre l'épaule et l'oreille, Cyrus se leva, rajusta son pantalon et sa chemise.

— Et qu'en a-t-elle dit ?

— J'ai réussi à la convaincre de vous appeler demain matin. Elle m'a ensuite demandé d'aller chez elle chercher quelques affaires qu'elle y avait laissées. J'ai trouvé son cottage sens dessus dessous, tous les tiroirs enlevés et renversés, les placards de la cuisine vidés par terre, comme s'il y avait eu une armée de vandales.

— Des gamins du coin ?

— Peut-être, mais, après ce qui lui est arrivé à la marina, je n'en jurerais pas. À mon avis, on a plutôt dû fouiller la maison.

— Avez-vous une idée de ce qu'on y cherchait ?

— Aucune. Je vous ai déjà dit que Rhonda ne sait même pas pourquoi on a voulu la tuer, vous pensez bien qu'elle ne sait pas davantage pourquoi on viendrait tout retourner chez elle. Vous sauriez reconnaître s'il s'agit de simples vandales ou si on cherchait quelque chose de précis ?

Cyrus envisagea toutes les éventualités, y compris celle d'un piège tendu par Houston, peut-être à son insu.

— Je peux du moins essayer, répondit-il. Je passe vous prendre chez vous, nous irons ensemble jeter un coup d'œil chez Rhonda.

— Merci, dit Houston avec soulagement. Je vous attends.

Cyrus raccrocha. Eugenia se leva à son tour.

— Que se passe-t-il ? demanda-t-elle.

— Le cottage de Rhonda Price a été cambriolé ou vandalisé.

— Pourquoi n'a-t-il pas appelé le shérif Peaceful ?

Mieux valait ne pas alarmer Eugenia avant d'avoir fait le point de la situation.

— Je ne sais pas. Peut-être parce qu'il s'inquiète tellement pour Rhonda qu'il ne sait plus trop ce qu'il fait.

Il alluma une lampe, se tourna vers elle. Les cheveux en désordre, les yeux encore brillants d'avoir fait l'amour, elle était si belle qu'il en eut un coup au cœur. Il se rendit compte alors qu'il tenait à elle avec un instinct possessif si puissant, si viscéral qu'il en fut troublé.

— Je t'accompagne, dit-elle. Laisse-moi une minute pour…

— Non, l'interrompit-il. Tu restes ici. Si je t'emmenais, je devrais réveiller Rick pour le mettre au courant de la situation, et il voudra venir lui aussi. Nous n'allons pas courir dans l'île les uns et les autres au milieu de la nuit, cela ne nous avancerait à rien.

— Ma foi, je ne sais pas si…

— Je serai de retour dans une heure, déclara-t-il d'un ton qui n'admettait pas de réplique. Je monte chercher mon blouson.

Cyrus lui donna un baiser, monta dans sa chambre d'un pas rapide. Son 38 mm dissimulé le jour de son arrivée était toujours au fond de son sac marin. Il le prit, y glissa un chargeur plein et le fourra dans la poche de son blouson de cuir.

Eugenia l'attendait au bas de l'escalier.

— Cyrus ?

— Oui.

— Promets-moi d'être prudent.

Un sourire attendri lui vint aux lèvres. C'était bon de savoir que quelqu'un sur terre se souciait de son sort.

— Tu peux y compter.

Les fenêtres de la cabane étaient obscures, mais il y avait de la lumière dans l'atelier attenant.

Étonné, Cyrus réfléchit rapidement. Houston avait dû l'appeler de chez lui puisqu'il n'y avait pas de téléphone à l'atelier. Il ne lui avait pas annoncé qu'il comptait se remettre au travail. Au contraire, il avait dit avoir passé un long moment au téléphone avec Rhonda avant d'aller chez elle et d'appeler Cyrus dont il attendait la venue. Pourquoi, dans ces conditions, l'atelier était-il éclairé plutôt que la maison ?

Cyrus donna un bref coup d'avertisseur. Faute de réponse, il demeura au volant en observant autour de lui. Un moment plus tard, il prit son pistolet dans la poche de son blouson, mit pied à terre et s'approcha de l'atelier sous le couvert des arbres. La pluie avait cessé, mais de l'eau s'égouttait encore des branches. Le métier de détective, pensa-t-il en recevant dans le cou une giclée glaciale, n'est pas toujours aussi prestigieux qu'on le représente trop souvent.

Cyrus observa le rougeoiement du four à travers la fenêtre puis, l'atelier lui paraissant désert, il se dirigea vers la maisonnette qu'il contourna pour l'aborder par la porte de derrière. Là, il s'aplatit par réflexe contre le mur de rondins, tourna la poignée. La porte s'ouvrit sans résistance.

— Houston, vous êtes là ? appela-t-il.

Le silence lui répondit.

Cyrus tendit la main à l'intérieur, trouva l'interrupteur à tâtons, alluma. Du pas de la porte, il découvrit un spectacle de désolation. La pièce était saccagée, le mobilier renversé. Le contenu des tiroirs et des placards jonchait le sol. Le frigo lui-même était vidé de son contenu.

Mais aucune trace de Jacob Houston.

Derrière lui, un léger bruit l'avertit qu'il n'était pas seul dehors. D'instinct, il se laissa tomber à plat ventre. Une fraction de seconde plus tard, il sentit un souffle suivi du choc d'un objet lourd contre le mur de bois, à l'endroit où se serait trouvée sa tête s'il n'avait pas bougé.

— Merde ! fit une voix d'homme quelque part dans l'obscurité.

— Tu l'as loupé, imbécile ! lança une autre voix d'homme provenant du côté des arbres. Assomme-le, nom de Dieu ! Vite, démerde-toi, il bouge !

Du coin de l'œil, Cyrus vit s'approcher une paire de bottes en peau de serpent. Il roula sur le côté, se jeta dessus de tout son poids. L'homme aux bottes lâcha un juron, vacilla, mais parvint à rester debout. Cyrus le vit balancer à la volée une sorte de barre de fer qui le manqua de justesse et aperçut un visage cagoulé. D'un même mouvement, il se releva et braqua son pistolet. La lumière en provenance de la porte ouverte fit briller le canon.

— Encore un coup et tu es mort, dit-il posément.

Le cagoulé se figea.

— Il a un pétard ! cria son complice. Foutons le camp !

— C'était pas prévu que ça tournerait mal, geignit l'homme aux bottes et à la cagoule.

Il lâcha la barre de fer, détala vers les arbres. Un bruit de branches cassées et de course éperdue confirma à Cyrus que les deux voyous optaient pour la prudence plutôt que pour la témérité.

Cyrus abaissa son arme, attendit dans l'ombre. Puis, assuré que les fuyards ne changeaient pas d'avis, il ramassa la barre de fer, qui était en fait la canne de verrier de Houston, et se hâta vers l'atelier.

La nuit était fraîche, mais le four allumé à plein régime faisait régner dans le petit atelier une température de serre. L'air empestait le whiskey. Cyrus remarqua sur une étagère une bouteille presque vide qu'il était certain de ne pas avoir vue quelques heures auparavant. Les flammes qui ronflaient dans le four avaient un aspect inquiétant. Il se demanda comment on éteignait un four de verrier. Eugenia le saurait peut-être. Il lui téléphonerait s'il ne retrouvait pas Houston.

Cyrus allait se retirer quand il découvrit Houston, gisant à plat ventre sous un établi, une lourde pince métallique à côté de lui. Il appuya la canne contre un mur et s'accroupit près du verrier inanimé.

— Houston ?

L'autre grogna, tenta de se redresser. Cyrus poussa un soupir de soulagement.

— Que s'est-il passé ? lui demanda-t-il.

— J'sais pas, grommela Houston d'une voix pâteuse. Colfax ? Qu'est-ce que vous faites ici ?

Cyrus lui palpa délicatement le crâne.

— Vous m'avez appelé, l'avez-vous déjà oublié ?

— Aïe ! protesta Houston. Ça fait mal.

— Désolé. On vous a assommé avec ces pinces.

— Oui, je me rappelle maintenant. Ils étaient deux, je crois. Ils m'ont sauté dessus chez moi juste après que je vous ai téléphoné.

— Ils y étaient encore quand je suis arrivé.

— Je suppose qu'ils n'ont pas cogné aussi fort qu'ils croyaient. J'étais assommé, mais je les ai entendus parler pendant qu'ils me traînaient jusqu'ici. Ils se plaignaient que j'étais trop lourd. Qu'est-ce que c'est, cette odeur ?

— Du whiskey. Je n'aurais pas cru que vous buviez à côté de cet engin, dit Cyrus en montrant le four.

Houston se remit péniblement debout.

— Je ne bois jamais quand je travaille. Il fait une chaleur à crever, là-dedans. Merde, mais... c'est le four ! Qui l'a allumé ?

— Pas vous, si je comprends bien ?

— Bien sûr que non ! Je l'avais arrêté quand vous êtes partis tout à l'heure, Mlle Swift et vous. Il faut l'éteindre tout de suite, dit-il en s'approchant du four.

— Bonne idée. Sauriez-vous par hasard pourquoi on aurait voulu incendier votre baraque ?

Houston se retourna, ahuri :

— Brûler l'atelier ? Quelle idée !

— C'est pourtant bien l'impression que j'ai. Le whiskey complétait la mise en scène. Je vois déjà la une du journal local : « Un verrier ivre met le feu à son atelier par négligence. »

Ce fut la peur, cette fois, qui apparut dans le regard de Houston.

— Et le verrier avec, par la même occasion. Bon Dieu, Colfax, ces salauds-là voulaient vraiment me faire griller, n'est-ce pas ?

Cyrus estima qu'il serait vain de lui dorer la pilule.

— Ça m'en a tout l'air.

— Je n'aurais jamais dû te laisser partir seul ce soir, Cyrus ! déclara Eugenia en posant la bouilloire sur le feu. Tu aurais pu te faire tuer.

Cyrus désigna le plafond d'un regard expressif. Jacob Houston était à l'étage, dans une des chambres libres.

— Chut ! Houston est déjà assez agité comme cela, inutile de l'affoler davantage.

— Et moi ? répliqua-t-elle en disposant des tasses sur la table. Je ne suis pas assez affolée, à ton avis ?

— Non, dit-il en souriant. Tu as un sang-froid capable de fabriquer des glaces à la vanille.

Et c'était vrai. Quand il était rentré dix minutes plus tôt avec Houston en remorque, elle avait à peine battu des cils. C'était bon d'avoir avec soi une femme prête à toutes les éventualités.

Non : c'était bon d'avoir Eugenia avec soi, un point c'est tout.

— Qu'est-ce que Peaceful compte faire ? demanda-t-elle.

— Pas grand-chose. Ni Jacob ni moi ne sommes en mesure d'identifier les deux agresseurs. Il part de l'hypothèse que nous avons affaire à des voyous venus du continent. D'après lui, c'est déjà arrivé deux ou trois fois par le passé. Des jeunes qui boivent trop, volent un bateau et viennent se défouler dans l'île.

— Tu n'as pas dit au shérif que Daventry et Nellie ont peut-être été tués et que Rhonda se croit menacée ?

— Bien sûr que non. Qu'est-ce que tu crois ?

— Je crois que Peaceful t'aurait pris pour un fou si tu lui avais parlé de deux ou trois assassinats survenus depuis quelques semaines sans même qu'il s'en soit rendu compte.

— C'est la conclusion à laquelle j'étais parvenu moi aussi. Pour être juste envers le shérif, je n'y croyais pas non plus jusqu'à il y a deux ou trois jours et, en plus, je me pose toujours la question. Il n'y a aucune preuve valable que ces crimes aient été commis.

— Jacob est terrorisé.

— Je sais, mais ce n'est pas une preuve. Il a surtout peur pour sa chère Rhonda. Une chose est sûre, en tout cas.

— Laquelle ?

— Il y avait deux hommes tout à l'heure chez Houston, ce qui démolit mon hypothèse du ou des crimes commis par un habitant d'ici. Des voyous comme ceux de ce soir ne seraient pas longtemps passés inaperçus dans l'île.

— Ce serait peu probable, en effet.

Cyrus but quelques gorgées de thé chaud. Il prenait plaisir, ce soir, à se laisser ainsi dorloter par Eugenia. Ne t'y habitue quand même pas trop, dut-il se rappeler. Tu risquerais fort d'être déçu…

— Pas impossible, remarque, mais hautement improbable. Dans ce cas, ils avaient sans doute un bateau qui les attendait pour les remmener sur le continent, comme le supposait Peaceful.

— Il serait tout aussi improbable que des malfaiteurs viennent par le ferry pour commettre leur forfait et repartent par le même chemin.

— Peu vraisemblable, en effet.

— Surtout, enchaîna Eugenia, parce qu'ils devraient patienter jusqu'au lendemain matin pour prendre la fuite par le premier ferry.

Cyrus envisagea l'hypothèse.

— Improbable, mais pas impossible, répondit-il enfin. Surtout demain, à cause de l'afflux de touristes venus pour l'ouverture du festival. Deux personnes pourraient se fondre sans peine dans la foule.

— Je n'y avais pas pensé, admit-elle.

— Moi, si, dit-il en souriant. C'est pourquoi je suis le patron. Ton hypothèse n'est pas mauvaise du tout, poursuivit-il. Pour le principe, je vais m'arranger pour faire surveiller le ferry.

— Comment comptes-tu t'y prendre ?

— Je te le dirai dès que Rick sera descendu. J'ai un plan.

— Je suis là ! annonça Rick en bâillant sur le pas de la porte. Alors, ce plan ?

— Aimerais-tu faire connaissance avec un des aspects les plus ennuyeux du métier de détective ?

Le regard émoustillé, Rick referma précipitamment la bouche.

— Bien sûr ! Qu'est-ce que je dois faire ?

— En jargon du métier, nous appelons cela une planque. Voici comment on pratique. Nous allons escorter Jacob Houston, toi et moi, jusqu'au continent par le premier ferry. Un de mes agents, Paul Stredley, nous attendra au débarcadère de Seattle.

— Ensuite ?

— Stredley prendra Houston en charge et ira récupérer Rhonda Price. Il veillera sur les deux jusqu'à la conclusion de l'affaire.

— C'est tout ce que j'aurai à faire ? demanda Rick, déçu. Prendre le ferry avec Houston et toi ?

— Non, ce n'est pas tout. Je reviendrai ici par le ferry suivant, mais toi tu resteras sur place. Tu surveilleras l'arrivée de tous les bateaux en provenance de l'île jusqu'à la fin de la journée. Tu noteras tous les numéros des voitures avec un ou deux passagers masculins et tu garderas aussi un œil sur certains piétons.

— Je croyais que tu n'avais pas le signalement des deux voyous qui t'ont agressé, intervint Eugenia.

— Je dispose quand même de quelques indices. Il s'agit de deux hommes de taille moyenne, dont l'un porte des bottes en peau de serpent, une chemise à carreaux et un jean. Bien reçu ?

— Cinq sur cinq ! répondit Rick.

— Fais ton possible pour être discret quand tu seras au débarcadère. Va passer une heure ou deux au café d'en face, par exemple, ou bien fais semblant de pêcher du haut de la jetée.

— J'ai une idée, dit Eugenia. Rick pourrait prendre du papier et des pinceaux, et se faire passer pour un aquarelliste. Tout le monde dessine dans les ports, même ceux qui ne sont pas doués.

— Pas mal, approuva Cyrus.

— Tu crois que tes deux types seront assez idiots pour prendre le ferry ? s'étonna Rick.

— On ne sait jamais. Il ne faut rien laisser au hasard.

— Et les mesures de la maison ? Nous n'avons pas pris celles du sous-sol.

— Elles attendront. Je les finirai plus tard.

— Je t'aiderai, proposa Eugenia.

— Merci.

— Et toi, Eugenia ? demanda Rick. Que vas-tu faire pendant que nous ne serons pas là ?

— Je ferai exactement ce que j'ai toujours eu l'intention de faire depuis que je suis arrivée dans l'île, c'est-à-dire visiter le festival. Cela me donnera l'occasion de rencontrer des artistes et de les faire parler de Nellie.

À sa mine, Cyrus comprit qu'il ne la ferait pas revenir sur sa décision. D'un autre côté, se dit-il en guise de consolation, elle sera plus en sûreté au milieu de la foule que seule dans cette maison. De toute façon, il ne serait absent que quelques heures. Elle n'aurait pas le temps de se jeter dans la gueule du loup…

Il préféra arrêter là sa réflexion. Maintenant qu'il connaissait Eugenia, il savait trop bien qu'elle n'avait pas son pareil pour se précipiter au-devant des ennuis.

— Essaie de t'y prendre avec subtilité en questionnant les gens, dit-il malgré tout. C'est la meilleure manière d'obtenir des résultats.

— Je suis la subtilité même, répliqua-t-elle en lui décochant un regard courroucé. Je m'étonne que tu ne t'en sois pas encore aperçu.

19

— Je crée des images évoquant les forces primitives du pouvoir et du sexe, déclara le jeune sculpteur à Eugenia.

— Du pouvoir et du sexe, répéta-t-elle.

— Résumés à leurs éléments essentiels, précisa-t-il.

— Essentiels, je vois.

Selon la pancarte sur son stand, il s'appelait Kevin Lanton. Vêtu d'une chemise à la mode des années soixante et d'un jean effrangé, il cultivait sa ressemblance avec James Dean. Son aspect à la fois fragile et impétueux éveilla la sympathie d'Eugenia.

Elle avait beau côtoyer des artistes depuis des années, une partie d'elle-même n'était pas encore blasée. Même quand leurs œuvres lui déplaisaient, elle discernait toujours dans leur personnalité un élément attirant ou intéressant. Peut-être parce que, chez la plupart, il subsistait une certaine pureté, une certaine sincérité que la vanité ou les impératifs commerciaux ne parvenaient pas à détruire tout à fait.

Les artistes les plus doués qu'elle ait connus étaient à la merci des forces qui les poussaient à créer. S'ils vivaient sur le fil du rasoir, l'acte même de la création artistique leur apportait quelques instants d'exaltation et de jubilation que d'autres ne connaîtraient jamais. Eugenia savait qu'ils payaient parfois très cher ces éclairs de bonheur pur ; mais il en sortait quelque chose qui permettait aux profanes d'en éprouver eux aussi l'éblouissement, même imparfait et fugitif.

Un phénomène somme toute comparable à son aventure avec Cyrus, pensa-t-elle avec mélancolie. Quand elle atteindrait son terme, elle devrait elle aussi en payer le prix. D'ici là, du moins, elle vivait au cœur du brasier et n'en regrettait rien.

Dans l'immédiat, en tout cas, il n'était pas question de brasier ni d'illumination. Il était dix heures du matin et elle se frayait un chemin dans la foule, entre les stands qui bordaient la rue principale. Cyrus et Rick, avec Jacob Houston caché sous une couverture à l'arrière de la Jeep, étaient partis deux heures plus tôt par le premier ferry. La première vague de touristes était arrivée par la traversée du retour.

Les artistes et artisans des Ateliers Daventry attendaient de pied ferme leurs amateurs éventuels. Bannières et calicots claquaient joyeusement dans la brise, au-dessus des quelque trois douzaines de stands offrant à l'admiration des visiteurs sculptures, peintures et créations diverses en bois, textile ou céramique. D'autres stands stratégiquement disposés proposaient des nourritures plus concrètes sous forme de sandwichs, épis de maïs grillés, pâtisseries variées et boissons chaudes ou froides. Le temps lui-même s'était mis de la partie : pour une fois, la pluie avait bien voulu cesser et les nuages disparaître. Le festival annuel s'ouvrait ainsi sous les meilleurs auspices.

La recherche d'informations entreprise par Eugenia se présentait toutefois moins bien. Elle n'avait réussi à nouer la conversation, jusqu'à présent, qu'avec une poignée d'artistes locaux dont elle n'avait rien appris qu'elle ne sût déjà. Ils avaient rencontré Nellie Grant en passant, mais aucun n'en avait été assez intime pour se soucier de sa mort.

C'est ainsi qu'elle s'était arrêtée au stand de Kevin Lanton, qui exposait ses sculptures en métal.

— Intéressant, dit-elle devant un assemblage de vieilles plaques d'immatriculation. Vous utilisez les rebuts de la société pour illustrer le potentiel de création et de destruction inhérent au pouvoir.

Un ramassis de ferrailles rouillées, soudées n'importe comment, crut-elle entendre Cyrus chuchoter à son oreille.

— Au pouvoir et au sexe, lui rappela le sculpteur.

— En supposant qu'il y ait une différence entre les deux. Il me semble tout à fait clair que l'énergie qui nourrit l'un alimente l'autre.

Elle s'en voulut de se lancer dans des discussions aussi oiseuses alors qu'elle était venue dans un tout autre but.

— Peut-être, admit Lanton. Il faut quand même considérer les conséquences de l'un et de l'autre.

— Pas si vous voulez illustrer la nature élémentaire de ces forces, voyons ! C'est vous qui avez dit aborder le sujet à un niveau minimaliste. À quoi bon créer deux dynamiques s'il n'y en a qu'une ?

Elle se félicita que Cyrus ne l'entende pas. Il serait en train de hurler de rire.

— Je ne suis pas si sûr qu'il n'y en ait qu'une.

— C'est pourtant évident. On le voit bien dans le verre.

— Je ne travaille pas le verre, répliqua-t-il avec mépris. C'est un matériau beaucoup trop fragile pour exprimer la brutalité fondamentale du pouvoir et du sexe.

Eugenia allait protester quand elle se ravisa. Elle ne devait pas se laisser entraîner dans une discussion absurde sur la nature de la volonté de puissance et de l'instinct sexuel, elle avait autre chose à faire.

— Admettons, répondit-elle. Notre conversation est très intéressante et votre sculpture très, euh... originale, mais je voudrais vous parler d'autre chose. Avez-vous connu Nellie Grant ?

En dépit de sa promesse à Cyrus, elle s'était vue forcée d'adopter la méthode directe pour questionner les artistes, car aucun ne réagissait à ses subtiles allusions. Elle n'en avait pas obtenu pour autant de meilleurs résultats.

— La dernière de Daventry ? Vaguement, répondit-il avec un haussement d'épaules. Je l'ai rencontrée à une ou deux soirées chez lui.

— C'était une de mes amies.

— Ah oui ? Dommage qu'elle se soit tuée comme cela. Je n'ai jamais compris qu'elle ait pris la mer ce jour-là.

Lanton avait visiblement perdu tout intérêt à leur conversation maintenant qu'elle ne tournait plus autour de son art et de ses théories.

— Pourquoi dites-vous cela ?

— Il faisait un temps de cochon, elle aurait dû savoir que c'était dangereux. Les gens ont dit qu'elle s'était noyée exprès par tristesse pour la mort de son amant. Moi, je n'y crois pas. À la dernière soirée de Daventry, elle avait plutôt l'air furieuse contre lui.

— Sauriez-vous pourquoi ?

— Non. Je ne lui ai d'ailleurs même pas parlé, je l'ai simplement vue de loin, quand elle montait chercher je ne sais quoi.

Voyant un amateur s'arrêter devant son stand, Lanton s'en approcha avant qu'Eugenia puisse poursuivre son interrogatoire. Elle attendit un instant avant de comprendre qu'il serait inutile d'insister.

Avec un soupir résigné, elle reprit la tournée des stands. Une peintre sur soie et deux potiers plus loin, elle était plus découragée que jamais. Ils avaient tous rencontré Nellie, bien sûr, mais aucun ne l'avait vraiment connue. Aucun non plus n'avait rien remarqué de particulier à la dernière soirée de la Maison de Verre. Beaucoup, d'ailleurs, admettaient volontiers avoir bu ce soir-là plus que de raison.

Elle sortait son portefeuille pour s'offrir un café lorsqu'elle remarqua la devanture de la Midnight Gallery, quelques pas plus loin. À l'occasion du festival, Fenella Weeks avait substitué au médiocre tableau des baleines une marine d'une facture extrêmement originale. Le peintre avait réussi le trop rare tour de force de donner à une œuvre figurative une signification cachée allant jusqu'au fantastique. Sous la représentation classique des vagues et du ciel nuageux, on sentait vibrer une passion, une force qui attirait le regard et incitait au rêve. Eugenia n'avait jamais vu l'appartement de Cyrus, mais elle sut d'instinct que ce tableau y aurait sa place.

Elle remit son portefeuille dans son sac et traversa la rue sans quitter le tableau des yeux. Loin de perdre sa magie à mesure qu'elle s'en approchait, il lui paraissait au contraire de plus en plus intrigant. Lorsqu'elle atteignit la porte de la galerie, sa décision de l'acheter pour Cyrus était prise.

Le timbre tinta joyeusement quand elle entra, mais la boutique était vide. Elle ne s'en étonna pas, les stands extérieurs attiraient seuls la foule des badauds.

— Fenella !

La galeriste ne répondit pas à son appel. Sans doute était-elle sortie prendre un café ou observer la concurrence. Avançant de quelques pas à l'intérieur, Eugenia vit le rideau de l'arrière-boutique onduler sous l'effet du courant d'air produit par son entrée avant de retomber dans ses plis.

— Fenella ! reprit-elle. C'est Eugenia Swift. Je voudrais vous demander un renseignement sur le tableau dans votre vitrine.

Toujours pas de réponse.

Poussée par la curiosité, Eugenia contourna le comptoir et souleva le rideau. Comme toutes les arrière-boutiques de galeries, celle-ci était encombrée de tableaux et d'objets n'ayant plus ou pas encore l'honneur d'être exposés. On voyait des toiles encadrées appuyées contre un mur, une collection de petites mouettes sculptées perchées sur un morceau de bois flotté, des poteries groupées sur une étagère.

Elle allait laisser retomber le rideau lorsqu'un reflet de lumière sur du verre dans un coin de la pièce attira son attention. Elle s'avança sans allumer le plafonnier. Il filtrait assez de lumière autour du rideau pour lui permettre de distinguer les objets posés sur les étagères.

Quand elle fut assez près de l'objet aperçu, Eugenia se figea, soudain glacée d'horreur. Assemblage d'éclats de verre et de morceaux de métal déchiqueté, la sculpture se tordait sur elle-même comme un être vivant se nourrissant de sa fureur et de sa propre folie. Eugenia fut certaine d'avoir déjà vu dans la galerie privée de Daventry une production du même artiste. Un dément, lui avait déjà dit son instinct, un fou furieux capable de commettre un crime.

L'étagère était trop haute pour qu'Eugenia puisse voir l'objet de plus près. Avisant un escabeau non loin de là, elle le traîna jusqu'à l'étagère, y grimpa et souleva avec précaution la masse hérissée de verre et de métal tranchant. Elle dut prendre sur elle pour accomplir un geste aussi simple, moins parce que la sculpture était dangereuse à manipuler et étonnamment pesante que parce que quelque chose en elle répugnait à toucher cet objet qui l'horrifiait.

Lorsqu'elle se fut enfin résignée à en subir le contact, elle l'inclina à la recherche de la signature, qu'elle trouva sous le socle.

Celle de Fenella Weeks.

Un léger cri lui échappa, ses mains se crispèrent. Elle sentit un éclat de verre lui piquer un doigt, au bout duquel apparut une grosse goutte de sang. L'oreille aux aguets, elle s'attendait à entendre d'une minute à l'autre le timbre de la porte annonçant le retour de la galeriste. Mais le silence régnait dans la boutique. Seuls lui parvenaient les échos assourdis de la fête, si lointains et irréels qu'ils semblaient émaner d'un autre monde.

Saisie d'un tremblement, elle reposa en hâte la sculpture sur l'étagère. Une nouvelle goutte de sang jaillie de son doigt tomba sur le plancher poussiéreux. Elle la regarda, effarée, en se demandant si elle ne s'était pas introduite par mégarde dans un conte macabre dont l'héroïne se saignait afin de déclencher quelque cataclysme.

Si Cyrus était là, pensa-t-elle, il lui dirait à coup sûr de maîtriser son imagination morbide.

L'évocation de Cyrus lui redonna quelque lucidité. Elle descendit de l'escabeau, trouva dans son sac un mouchoir en papier qu'elle enroula autour de sa blessure et se précipita vers la sortie. Le besoin de quitter au plus vite ce lieu parcouru d'ondes maléfiques l'empêchait presque de respirer. Mais il fallait qu'elle garde son calme. Surtout, se recommanda-t-elle en soulevant le rideau, ne pas paniquer. Dans des circonstances comparables, Cyrus ne paniquerait sûrement pas, lui.

La boutique était toujours déserte quand Eugenia sortit de la réserve, mais elle aperçut derrière la vitrine la silhouette de Fenella qui traversait la rue. Vêtue ce jour-là d'une ample robe noire décorée d'un motif d'allure exotique et des boucles d'oreilles qui pendaient jusqu'à ses épaules, elle tenait un gobelet de café fumant.

Eugenia n'avait plus le temps de sortir sans être vue. Tournant le dos à la porte, elle se pencha sur le plus proche carton à dessins et feignit d'examiner les lithographies qui y étaient rangées. Le tintement joyeux du timbre de la porte la fit frémir.

— Eugenia ! s'écria Fenella avec étonnement. Ravie de vous voir. Je ne vous avais pas vue entrer.

Eugenia se redressa et se tourna vers elle en réussissant à imiter un sourire assez convaincant.

— Bonjour, Fenella. Je ne suis arrivée que depuis quelques minutes. Quand je ne vous ai pas trouvée, je me suis doutée que vous étiez sortie chercher un café et je vous ai attendue.

— J'aime bien nos festivals, mais ils sont déplorables pour mes affaires, répondit-elle en déposant le gobelet sur le comptoir. Les gens restent dehors pour visiter les stands et n'entrent pas dans les boutiques.

Mais, après tout, j'aurais tort de m'en plaindre, ils font ainsi la connaissance d'artistes que j'expose le reste de l'année. Désiriez-vous quelque chose ?

Un instant, Eugenia fut incapable de trouver une réponse. Elle ne désirait qu'une chose, prendre la fuite. La raison de sa visite à la galerie lui revint quand même à l'esprit :

— Oui, le tableau en vitrine, répondit-elle avec un nouveau sourire. Je ne suis pas fanatique des marines, mais celle-ci m'a paru assez exceptionnelle. Elle plairait à Cyrus, je crois. Un peintre d'ici ?

— Bien sûr. Comme je vous l'ai déjà dit, je n'expose que des artistes locaux. Il s'appelle Brad Kolb. Belle technique, n'est-ce pas ?

— Ses rapports de couleurs sont fascinants. Il sait donner de la profondeur à son sujet sans tomber dans l'anecdote.

— Je suis de votre avis.

Eugenia ouvrit la porte et se força à faire un nouveau sourire au lieu de céder à son envie de prendre ses jambes à son cou.

— Quand Cyrus reviendra, tout à l'heure, je lui dirai qu'il vienne voir ce tableau.

— Ah ! C'était donc bien lui que j'ai vu ce matin prendre le premier ferry.

— Oui, il devait raccompagner son neveu à l'aéroport.

Eugenia avait eu beau protester contre cette explication cousue de fil blanc, Cyrus avait insisté. Inutile d'en dire davantage, avait-il déclaré. Plus on reste simple, plus les gens vous croient.

— Je mettrai le Kolb de côté jusqu'à ce que vous reveniez avec M. Colfax, proposa Fenella. J'ai hâte de voir s'il lui plaît, ajouta-t-elle d'un ton ironique. Je crains qu'il ne soit pas assez… « joli » pour son goût.

Ce n'est peut-être pas le moment de voler au secours de Cyrus, pensa Eugenia avec une flambée de colère, mais il n'est pas question de tolérer cette muflerie gratuite.

— Je suis sûre qu'il lui plaira beaucoup, dit-elle sèchement.

Sur quoi elle partit en réussissant à ne pas détaler et se fondit dans la foule. Elle avait le plus urgent besoin d'un express bien serré et d'un peu de tranquillité pour réfléchir.

Dix minutes plus tard, munie d'un double express dans un gobelet de plastique, elle regagna sa voiture, s'assit au volant et passa en revue les événements de la matinée.

Pour être tout à fait franche avec elle-même, elle ne pouvait expliquer de façon rationnelle la poussée d'adrénaline qu'elle avait ressentie en découvrant la signature de Fenella Weeks sur le socle de la sculpture. Sa réaction avait été purement instinctive. Elle devait maintenant prendre du recul et considérer la situation avec objectivité.

Fenella aurait donc fait partie de la cohorte des ex-maîtresses de Daventry ? La belle affaire ! Ce n'était pas un groupe exclusif, loin de là. Si Nellie ne lui en avait jamais parlé, c'est sans doute parce qu'elle l'ignorait ou, plutôt, qu'elle n'y attachait aucune importance.

Fenella n'avait jamais non plus fait allusion devant Eugenia à ses rapports avec Daventry. Elle avait même prétendu ne pas connaître les panoramas qu'on découvrait de la Maison de Verre. Ce n'était peut-être pas aussi étonnant ni aussi suspect qu'elle l'avait pensé tout d'abord. Si elle avait elle-même commis l'erreur de coucher avec Daventry, ne serait-ce qu'une fois, elle ne s'en vanterait pas elle non plus.

Quoi d'autre ? se demanda-t-elle en avalant une gorgée de café et en pianotant sur son volant.

Daventry avait la réputation de se moquer ouvertement de ses anciennes conquêtes, de préférence en dénigrant leurs talents artistiques. Pourtant, il n'avait jamais médit de Fenella.

Pourquoi ?

Cette question à laquelle elle ne trouvait pas de réponse raviva son sentiment de malaise. Reprenons, se dit-elle. Si Cyrus était là, il lui dirait à coup sûr de vérifier les faits avant d'en tirer des conclusions.

Elle ne disposait que d'un fait tangible, l'horrible sculpture découverte dans l'arrière-boutique. Aurait-elle commis une erreur, improbable mais pas impossible, en attribuant à Fenella celle de la collection privée de Daventry ? L'artiste qui avait réalisé ce monstre aurait pu travailler les mêmes matériaux ou, pourquoi pas, s'inspirer du travail de Fenella.

Avant d'aller plus loin, se dit Eugenia, elle devait réexaminer la sculpture de la Maison de Verre afin d'en être certaine.

Sa main tremblait quand elle inséra la clé de contact, et elle s'en voulut d'avoir ajouté une trop forte dose de caféine à l'adrénaline qui coulait déjà dans son sang. Encore un bon principe à l'usage des détectives amateurs, se dit-elle : ne pas boire de café quand on se lance sur la piste d'un assassin.

D'un éventuel assassin, se corrigea-t-elle en manœuvrant pour sortir du parking. Nul ne détenait aucune preuve que la mort de Daventry ait été un crime. Mais, s'il avait réellement été assassiné et si

Nellie en avait été témoin, cela expliquerait bien des points obscurs.

Le trajet de retour à la Maison de Verre lui parut interminable. Seul le crissement des pneus dans les virages alerta Eugenia sur sa vitesse excessive. Elle se força à modérer son allure, mais elle appuya à fond sur l'accélérateur dans la dernière ligne droite. À peine arrêtée, elle sauta à terre, se trompa plusieurs fois en composant le nouveau code de la porte d'entrée. Puis, après avoir jeté plutôt que posé son sac sur le meuble le plus proche, elle monta l'escalier en courant sans même, pour une fois, prendre la peine d'enlever ses chaussures.

Hors d'haleine, elle marqua une pause devant la galerie dans laquelle Daventry conservait les souvenirs de son « tableau de chasse ». Quand elle ouvrit la porte, l'atmosphère confinée de la pièce s'en échappa pour l'envelopper tel un suaire. Elle trouva l'interrupteur à tâtons, alluma. Les spots dissipèrent l'obscurité pour révéler la collection hétéroclite disséminée sur les piédestaux de verre noir.

Eugenia s'engagea dans le labyrinthe des socles et des vitrines sans quitter des yeux la sculpture, tapie dans sa cage de verre à l'autre bout de la pièce comme un prédateur prêt à bondir. Le pinceau lumineux du spot animait de reflets maléfiques les éclats de verre multicolores sertis dans le métal.

Il faut maîtriser les caprices de mon imagination, se dit-elle en regrettant que Cyrus ne soit pas avec elle. Son bon sens toujours présent, son attitude sceptique envers cette sorte d'objet aurait été pour elle un tonique plus efficace que le café trop serré qui n'avait réussi qu'à lui mettre les nerfs à vif.

Une fois devant la vitrine, elle observa la sculpture. Celle-ci et l'autre sont sûrement de la même main, conclut-elle aussitôt. Son intuition ne l'avait jamais prise en défaut pour reconnaître un style, une facture. Il fallait quand même s'en assurer.

Elle ouvrit la vitrine, tendit les mains à l'intérieur avec autant de crainte que si elle s'apprêtait à saisir un reptile venimeux. Les angles vifs du verre et du métal mordirent dans ses paumes quand elle souleva l'objet et l'inclina de manière à lire la signature sur le socle.

— Elle est de moi, voyons ! fit la voix de Fenella depuis le pas de la porte. Mais vous le saviez déjà, n'est-ce pas ?

Eugenia se figea, ses mains se crispèrent sur la sculpture. Un instant plus tard, la douleur dissipa l'espèce de catalepsie où l'avait plongée la voix de Fenella.

La sculpture toujours entre les mains, elle se tourna lentement vers la porte. Fenella se découpait en ombre chinoise dans le rectangle de lumière brillamment éclairé par le soleil que reflétaient les miroirs de l'atrium. Eugenia ne pouvait distinguer son visage à contre-jour, mais elle vit qu'elle tenait quelque chose dans sa main droite.

— Je m'en doutais, répondit-elle, étonnée et soulagée d'entendre sa voix aussi calme. Il fallait simplement que je le vérifie.

Fenella s'avança d'un pas et ferma la porte, coupant ainsi la source de lumière extérieure.

— J'ai compris ce qui s'était passé en trouvant des gouttes de sang sur le plancher de l'arrière-boutique. Je craignais depuis le début que vous ne me causiez toutes sortes d'ennuis. J'espérais que vous seriez partie sans obtenir les réponses que vous cherchiez. Mais vous ne pouviez pas en rester là, n'est-ce pas ? Il a fallu que vous insistiez.

Elle fit un nouveau pas en avant. Le rayon d'un spot tomba sur sa main droite. Eugenia vit alors que ce qu'elle tenait était un pistolet.

— Me tuer ne vous avancera à rien, dit-elle en dominant de son mieux sa panique. Je ne peux rien prouver.

— Je l'ai pensé moi aussi, après avoir commis l'erreur de vous vendre le tableau de Rhonda.

— Vous saviez bien qu'il n'était pas d'elle.

— Naturellement, répondit Fenella avec mépris. Elle n'a aucun talent. Quand elle m'a demandé de le vendre parce qu'elle avait besoin d'argent, j'ai cru qu'elle l'avait volé dans une galerie du continent.

— C'est donc après que vous me l'avez vendu qu'elle vous a dit qu'il était de Nellie Grant, n'est-ce pas ? C'est à ce moment-là que vous avez compris la gravité de votre problème.

— Quand Rhonda est revenue dans l'île ce jour-là et a appris que vous aviez acheté ce tableau, elle a perdu la tête. Elle m'a dit que vous étiez une amie de Nellie et que vous aviez sûrement reconnu son style.

— Je voulais simplement apprendre ce qui était arrivé à Nellie.

— Et moi, je ne pouvais pas vous laisser poser des tas de questions sur les circonstances de sa mort. Elles auraient risqué de déboucher sur… sur autre chose.

— C'est vous qui l'avez tuée ?

Fenella parut sincèrement étonnée :

— Mais non ! J'avais l'intention de m'en débarrasser, mais je n'ai pas eu à m'en donner la peine. Elle s'en est elle-même chargée en se noyant bêtement.

— Pourquoi vouliez-vous vous en débarrasser ?

— Parce qu'elle m'avait vue à cette fameuse soirée. Elle se tenait à la porte de cette pièce-ci et elle n'a pas perdu un mot de ma dispute avec Daventry.

— Vous vous êtes querellés ce soir-là, Daventry et vous ?

— Je me suis emportée, je l'avoue. Et Nellie Grant m'a vue le pousser du haut de l'escalier.

— C'est impossible ! Elle ne pouvait pas voir l'escalier de la porte de cette pièce. Il aurait fallu qu'elle soit sur le balcon.

— Non, répondit Fenella. Il lui suffisait de regarder le mur en face d'elle.

— Le mur miroir, murmura Eugenia.

— Exactement. Tous les murs sont disposés de manière à refléter l'escalier de haut en bas. J'ai levé les yeux par hasard pendant que Daventry tombait. J'ai pu voir Nellie aussi clairement qu'elle me voyait de son côté.

— Et alors, qu'avez-vous fait ?

— J'ai perdu la tête et je suis partie en courant. Je croyais qu'elle allait appeler le shérif, mais elle n'a rien fait.

— Si, elle a quitté l'île cette nuit-là.

Et elle est venue me voir, s'abstint d'ajouter Eugenia. Mais pourquoi ne m'a-t-elle pas dit avoir vu Fenella Weeks pousser Daventry dans l'escalier ?

— Je sais, répondit Fenella. Elle a pris un des bateaux de Daventry dans la marina. J'ignorais ses intentions mais, comme elle n'avait pas alerté les autorités, j'en avais déduit que c'était dans le but d'exploiter la situation.

— L'exploiter ? Comment cela ?

— Me faire chanter, probablement. Heureusement, elle est morte avant d'avoir pu me menacer.

— En apprenant sa disparition, vous avez donc pensé que c'était fini et que votre secret ne s'ébruiterait pas.

— C'est vrai, admit Fenella. Mais je n'ai pas eu un long répit, car cet ignoble Leonard Hastings a voulu me faire chanter. Il m'avait vue, lui aussi, d'une pièce du second étage où il n'avait aucune raison d'être à ce moment-là. Il fouinait partout.

— C'est vous qui l'avez tué, n'est-ce pas ?

— Au début, je l'ai payé en attendant de trouver une solution. La plus simple consistait à remplacer ses pilules par quelque chose de plus efficace. Cette brave Meditation Jones m'a rendu un grand service, je dois dire. Elle m'a énuméré les substances capables de tuer un homme dans son état, sans se douter, bien entendu, de l'usage que j'en ferais.

— Comment vous êtes-vous procuré ces drogues ?

— Rien de plus facile, répondit Fenella en pouffant de rire. Un petit dealer de Seattle s'est fait un plaisir de me les fournir.

— Après la mort de Hastings, vous vous êtes donc crue en sûreté.

— Oui, jusqu'à ce que vous arriviez dans le tableau. Je savais que vous étiez une amie de Nellie, elle avait plusieurs fois mentionné votre nom. J'avais des raisons de m'inquiéter.

— Pourquoi avez-vous essayé de tuer Rhonda Price quand elle est venue me voir l'autre soir à la marina ? Elle vous avait vue pousser Daventry, elle aussi ?

— Rhonda ? répéta Fenella avec un ricanement méprisant. Bien sûr que non. C'est une pauvre idiote sans aucun talent. Elle était bien trop saoule ce soir-là pour avoir vu quoi que ce soit, même si elle avait été à côté de moi.

— Alors, pourquoi l'avoir assommée et jetée à l'eau ?

— J'étais furieuse contre elle quand elle a avoué m'avoir donné à vendre un tableau de Nellie Grant.

— Je ne comprends pas.

— Vous êtes bouchée, ma parole ! Ce tableau avait un rapport évident avec les événements de cette soirée-là. Il vous donnait un prétexte pour poser des questions, c'était fatal ! Et Dieu seul savait où cela mènerait.

Le soudain éclat de fureur dans la voix de Fenella fit presque rebondir des ondes de choc contre les vitrines.

— Je comprends mieux, commenta Eugenia. Sauf que vous avez maintenant deux cadavres à votre actif et que vous êtes encore moins en sûreté qu'avant.

Fenella n'entendit même pas. Elle était dans une sorte de transe.

— J'en faisais des cauchemars. Et si Hastings avait confié une note ou s'il avait parlé à quelqu'un ? Où Nellie Grant était-elle allée ce soir-là ? Avait-elle eu le temps de parler de moi avant de mourir ?

— Tant de questions sans réponses, n'est-ce pas ?

— Oui. Et j'avais peur que vous en posiez à tort et à travers à cause de ce maudit tableau.

— Autrement dit, vous avez tenté de vous débarrasser de Rhonda parce qu'elle vous avait apporté sans le savoir la preuve que vous étiez vulnérable ?

— Cette petite pute de rien ! Je me moquais éperdument qu'elle vive ou qu'elle meure, elle ne savait rien. Je l'ai simplement suivie au restaurant pour voir ce qu'elle allait faire.

— Et, quand elle est sortie en courant par la porte de derrière, vous étiez à l'affût ?

— J'ai profité de l'occasion pour l'assommer avec une planche qui traînait là et qui m'est tombée sous la main à point nommé, sans plus. Elle méritait une bonne leçon.

Depuis un moment, Eugenia l'observait avec un dégoût mêlé d'effroi. Les plis de sa robe noire bruissaient avec le chuintement d'un serpent rampant dans l'ombre.

— En réalité, vous haïssiez Rhonda. Non seulement parce qu'elle vous avait mise dans une situation délicate avec le tableau de Nellie, mais aussi parce qu'elle avait été la maîtresse de Daventry.

— Ah, Daventry ! Ce salaud m'a plaquée il y a cinq ans pour une série de petites nullités comme cette Rhonda Price !

— Pourquoi ?

— Vous me demandez pourquoi ? Parce que je lui faisais peur, répondit Fenella d'un ton à nouveau amusé. Il avait reconnu mon talent, un talent trop grand, trop fort pour un médiocre comme lui. Il savait qu'il ne pourrait pas m'exploiter comme les autres. Au fond de lui-même, il avait peur que ce ne soit moi qui le détruise.

Eugenia baissa brièvement les yeux sur l'amas torturé de métal et de verre qu'elle tenait toujours et comprit le malaise que Daventry avait pu éprouver face à un personnage tel que Fenella Weeks.

— Alors, dit-elle en relevant les yeux, quand il vous a plaquée, vous vous êtes juré de le faire payer.

— Oh, oui ! Il fallait qu'il paie !

— Pourquoi avoir attendu cinq ans ?

Un éclat de rire grinçant échappa à la gorge de Fenella.

— Parce qu'il m'a fallu tout ce temps pour mettre au point la meilleure manière de le détruire. Je suis une artiste, ne l'oubliez pas. L'anéantissement d'Adam Daventry devait être un chef-d'œuvre.

— Je ne vous suis plus. Il vous a fallu cinq ans pour concevoir l'idée géniale de pousser Daventry dans son escalier ? Excusez-moi, mais on fait mieux dans le domaine créatif.

— Je n'avais pas l'intention de le tuer ce soir-là, répliqua Fenella. Nous nous sommes querellés, je me suis énervée et je l'ai poussé. Il était drogué à mort, il a perdu l'équilibre, voilà tout. Mais je n'avais pas du tout l'intention de le tuer ce soir-là. Pourquoi l'aurais-je tué alors qu'il me dédommageait si bien de ses torts envers moi ?

— Comment cela ?

— Je le faisais chanter.

— Avec quelle menace ? Daventry ne craignait personne suffisamment pour payer. Je l'aurais plutôt vu vous rire au nez.

— Il ne riait pas de moi, répondit-elle avec hauteur. Il me payait tout ce que je voulais pour me faire taire.

— Que saviez-vous donc de si grave sur son compte ?

— Cinq ans durant, cinq longues années, j'ai épié Adam Daventry, j'ai glané tout ce que je pouvais sur lui sans qu'il se doute, arrogant comme il l'était, que j'étais là, dans l'ombre. Il croyait s'être débarrassé de moi pour toujours en me congédiant, mais j'étais plus proche de lui pendant ces cinq ans que je ne l'avais jamais été auparavant. Plus proche qu'aucune de ses petites putes. Aussi étais-je prête quand il a commis la plus grossière erreur de sa vie.

Eugenia se figea. Elle devinait déjà la suite, mais elle savait que ce serait une folie de sa part de vouloir jouer au plus malin avec Fenella dans l'état d'esprit où elle se trouvait.

— Vous m'intriguez, répondit-elle. Quelle erreur grossière Daventry avait-il commise ?

— Il y a quelques mois, quand il a commencé à s'intéresser à la verrerie de l'Antiquité, il a exploré le marché clandestin. Ses rapports avec les trafiquants de drogue lui ont permis d'entrer en contact avec des gens en mesure de lui procurer les pièces les plus rares.

— Lesquelles par exemple ?

— Dans le cas présent, une œuvre rarissime. La coupe Hadès.

Eugenia ne répondit pas, mais un long soupir lui échappa.

— Vous connaissez la verrerie d'art, Eugenia Swift, poursuivit Fenella avec un ricanement. Vous êtes même un expert dans ce domaine. Vous n'ignorez donc pas la légende qui accompagne cette coupe.

— J'en ai entendu parler, en effet.

— Des gens sont morts à cause de cette coupe. Daventry avait été averti que son précédent possesseur ne reculerait devant rien pour la récupérer. Il devait donc garder un secret absolu. Une poignée de gens étaient seuls au courant. Dont moi, sans qu'il le sache.

— Jusqu'à ce que vous le soumettiez à votre chantage.

— Ah ! Vous auriez dû voir sa tête quand il a découvert que je m'installais dans l'île et que j'ouvrais ma galerie ! dit Fenella avec un ricanement grinçant. Je lui ai dit avoir écrit une lettre indiquant que c'était lui le nouveau possesseur de la coupe Hadès et que cette lettre serait adressée à certaines personnes s'il m'arrivait malheur. Je mentais, bien entendu.

— Vous n'aviez pas écrit cette lettre ?

— À qui voudriez-vous que je livre une information pareille ? répondit Fenella avec dédain. L'essentiel, c'est que Daventry m'a crue.

— Et il a accepté d'acheter votre silence ?

— Oh ! Bien sûr, il a d'abord tout essayé. Il m'a même proposé de me reprendre, dit-elle avec mépris. Il a prétendu s'être rendu compte que j'étais l'artiste la plus géniale qu'il ait jamais connue. Bref, cet imbécile s'imaginait pouvoir me séduire !

— Mais vous l'avez fait payer.

— Évidemment ! Des centaines de milliers de dollars.

— Jusqu'à votre dispute en haut de l'escalier.

— Oui. C'était ironique, en un sens.

— Que voulez-vous dire ?

— Il m'a dit une fois que ce qui l'attirait le plus chez les artistes, c'était leur tempérament imprévisible. Il aimait le danger, disait-il. Il prenait plaisir à les voir en colère. Cela l'excitait.

— Et il est mort parce que vous vous êtes mise en colère.

— Oui. Et maintenant c'est votre tour.

Eugenia comprit qu'il devenait urgent de créer une diversion. Les larmes de Jacob Houston en apprenant qu'il avait lui-même détruit sa sculpture lui revinrent alors en mémoire.

— Vous savez, Fenella, je crois moi aussi que vous avez du talent, dit-elle en s'approchant pour lui montrer qu'elle tenait toujours sa sculpture. Dommage que vous ne produisiez que des monstruosités.

— C'est faux ! Mon œuvre est trop originale, trop profonde pour que des gens comme vous y comprennent quelque chose ! Posez ma *Fleur*. Tout de suite !

— D'accord, si vous y tenez.

Eugenia lâcha la sculpture, qui s'écrasa sur le sol dans un fracas de verre brisé et de métal tordu.

Fenella poussa un hurlement, leva la main qui tenait l'arme.

Et pressa la détente.

20

La balle s'encastra dans le mur à côté d'Eugenia. Elle savait ne disposer que des quelques secondes pendant lesquelles l'attention de Fenella serait encore distraite par la destruction de sa sculpture. Dominant sa panique, elle plongea à l'abri de l'obscurité et rampa derrière le piédestal le plus proche.

— Misérable garce ! hurla Fenella. Vous êtes ignare, inculte ! Vous ne connaissez rien à l'art. Rien !

Un autre coup de feu claqua, une vitrine vola en éclats, qui retombèrent en pluie près d'Eugenia. Elle sursauta en sentant un objet plus lourd lui effleurer la cuisse avant de se briser par terre.

— Pauvre imbécile ! Vous croyez tout savoir parce que vous dirigez un musée. Mais il faut être artiste pour comprendre l'art ! Et vous, vous êtes nulle, comme toutes les petites putes de Daventry !

Une nouvelle vitrine explosa. Pas d'un coup de feu, cette fois. Fenella l'avait fracassée à coups de crosse.

— Vous en étiez une, vous aussi ? Une des stupides petites putains de Daventry qui se prenaient pour des artistes ?

Nouveau fracas de verre brisé, suivi du bruit d'un objet lourd et fragile s'écrasant sur le carrelage.

— J'avais trop de talent pour Daventry ! clama Fenella d'un ton triomphant. Il avait peur de mon génie, c'est pourquoi il se rabattait sur des nullités qui se mettaient à plat ventre devant lui.

En suivant la progression des bruits, Eugenia s'était rendu compte que Fenella progressait d'une rangée de piédestaux à la suivante en détruisant systématiquement les vitrines et les œuvres qu'elles contenaient. À ce rythme, elle atteindrait la cachette d'Eugenia dans deux ou trois minutes, tout au plus.

— Toutes des minables ! Toutes des bonnes à rien !

Eugenia profita du vacarme d'une nouvelle vitrine brisée pour s'accroupir, prête à bondir à la première occasion.

— Où vous cachez-vous, Eugenia Swift ? Vous ne pouvez pas m'échapper encore longtemps ! Je vais massacrer toutes les petites putains de Daventry. Toutes, vous y compris !

Eugenia tendit l'oreille. Une rangée de socles la séparait désormais de Fenella qui, heureusement pour elle, procédait à ses destructions de manière méthodique : un pas en avant, un coup à gauche, un coup à droite. Un autre pas en avant, un coup à gauche, un coup à droite.

Gauche, droite. Gauche, droite...

Dieu merci, pensa Eugenia, Daventry avait mis beaucoup d'artistes dans son lit. Mais le nombre des survivantes s'amenuisait. Il n'en restait plus que quatre entre elle et la folle furieuse.

Gauche, droite. Une nouvelle cascade d'éclats de verre.

— Stupide petite garce ! Vous y avez cru, vous aussi, aux mensonges de Daventry ? Mais oui, bien sûr. Elles y croyaient toutes !

Eugenia coula un regard de derrière le piédestal qui lui servait d'abri. Fenella était maintenant à moins d'un mètre. Le bras levé, elle lui tourna le dos quelques secondes à peine, mais Eugenia comprit qu'elle tenait sa seule chance.

Rassemblant toutes ses forces, elle bondit en avant.

Fenella poussa un hurlement de rage tandis que les deux femmes s'écroulaient l'une sur l'autre. Le pistolet rebondit bruyamment sur le carrelage. Dans sa chute, la nuque de Fenella heurta le coin d'un piédestal. Affalée sur elle, Eugenia la sentit soudain inerte.

Quand elle eut elle-même repris assez de forces pour se relever, elle se rendit compte que Fenella avait perdu connaissance.

— Une bien triste situation, déclara le shérif délégué Peaceful Jones pendant que sa fidèle épouse rangeait ses instruments.

— Elle avait une aura très déconcertante, précisa Meditation avec un soupir affligé. Une couleur malsaine, sombre et brouillée, sans aucune clarté. J'en avais rarement vu de pareilles.

Cyrus jugea inutile d'ajouter ses commentaires à un jugement aussi circonstancié.

Fenella Weeks avait été évacuée sur le continent par un hélicoptère de la police après avoir repris connaissance. Mais pas sa lucidité : elle bredouillait des propos incohérents dans lesquels il était question de tuer toutes les maîtresses de Daventry, sans que nul ne parvienne à tirer d'elle autre chose. Selon Meditation, elle s'était perdue dans les profondeurs insondables de son inconscient.

Peaceful avait pris la situation en main avec une efficacité digne de tous les éloges. Quand Eugenia eut terminé sa déposition, il avait hoché la tête avec incrédulité :

— Vous vous rendez compte, faire chanter Daventry ? Un homme comme lui se moquait bien qu'on révèle ses vieux scandales.

— On aurait pu le croire, en effet, avait approuvé Eugenia.

Quelque chose dans sa voix avait éveillé la curiosité de Cyrus, mais elle évitait son regard.

— Je me demande comment elle pouvait avoir barre sur lui, s'était étonné Peaceful.

Eugenia s'était éclairci la voix avant de répondre :

— D'après ce que j'ai cru comprendre, il était question d'une transaction frauduleuse sur un objet d'art.

— Ça ne m'étonnerait pas de sa part, approuva Peaceful. Pour se constituer une collection comme la sienne, il ne doit pas falloir être trop regardant sur les méthodes.

— Es-tu sûre d'aller bien ? s'inquiéta Cyrus en faisant monter Eugenia dans la Jeep avec plus de précaution que si elle avait été en verre filé. Je ferais peut-être mieux de t'emmener à Seattle voir ton médecin.

— Mais non, je ne suis pas malade. Un peu secouée, c'est tout.

Cyrus s'assit au volant et mit ses lunettes noires avec une précision quasi chirurgicale.

— Moi aussi, figure-toi. Je m'étonne même de ne pas avoir eu de crise de nerfs.

— Ce serait intéressant à voir, répondit-elle en souriant pour la première fois. Je t'imagine mal en proie à une crise de nerfs.

— Tout le monde a son point de rupture. Je crois avoir atteint le mien aujourd'hui.

— Je n'en crois rien, tu es indestructible.

Cyrus manœuvrait pour sortir du parking avec une lenteur inaccoutumée.

— Voyons, Eugenia, tu aurais pu te faire tuer par cette cinglée !

— Tu n'as pas besoin de me le rappeler, dit-elle avec un étrange détachement. J'y étais, j'ai tout vu.

— Mais pourquoi, bon sang, pourquoi es-tu retournée seule à la maison après avoir trouvé cette sculpture à la galerie de Fenella ?

— Je te l'ai dit, je voulais vérifier si c'était bien elle qui avait fait les deux. Après mon départ, elle a compris que je la soupçonnais et elle m'a suivie jusque là-bas.

— Tu aurais dû attendre mon retour, que diable !

— Si tu as l'intention de crier après moi, arrête-toi et laisse-moi descendre. Tout de suite.

— Mais non, mais non…

Il ne voulait pourtant pas crier. Mais comment lui expliquer que sa peur n'était pas encore dissipée et qu'il n'avait pas regagné sa maîtrise de soi ? Elle avait failli se faire tuer, bon sang !

Hors d'état de soutenir une conversation, il préféra se retrancher dans le silence et accorder son attention à la route sinueuse. Il avait failli perdre Eugenia ! Et rien n'était encore réglé. Trop de questions sans réponses.

Un silence malaisé s'installa entre eux. Eugenia ne le rompit qu'à mi-chemin de la Maison de Verre.

— J'ai de plus en plus l'impression de m'être fourvoyée en croyant que Nellie a été assassinée. Fenella m'a affirmé qu'elle ne l'avait pas tuée et je la crois, sinon elle s'en serait vantée. Nellie a peut-être été réellement emportée par-dessus bord par une grosse lame.

— Elle avait hâte de regagner l'île pour récupérer ses affaires, elle n'a probablement pas observé les précautions d'usage ni prêté attention au bulletin météo.

— Cette explication me paraît toujours boiteuse, mais je n'en vois pas d'autre qui soit plus logique, soupira Eugenia.

— Alors, n'y pense plus.

— Je vais essayer... Tu m'as entendue répéter à Peaceful les insanités que Fenella débitait quand elle me pourchassait ?

— Oui. Elle devait avoir vraiment perdu la raison.

— Heureusement !

— Que veux-tu dire ? s'étonna-t-il.

— Si elle n'avait pas pété les plombs et décidé de tout détruire dans la pièce, je n'aurais pas eu une chance de m'en tirer.

Cyrus ne put s'empêcher de frémir.

— Mais je n'ai pas tout répété à Peaceful, reprit Eugenia.

— C'est un miracle que tu en aies même retenu la moitié, compte tenu des circonstances.

— Je me félicite que tu le comprennes ainsi, car c'est l'excuse que je compte invoquer si les autorités reviennent à la charge pour connaître la nature exacte du chantage auquel elle soumettait Daventry.

— Tu as dit, je crois, qu'il s'agissait d'une transaction frauduleuse ?

— C'est exact. Ce que je n'ai pas dit, c'est sur quel objet d'art portait cette transaction.

Cyrus leva le pied de l'accélérateur avant de se tourner vers elle :

— Veux-tu dire que Fenella Weeks savait quelque chose au sujet de la coupe Hadès ?

— Elle avait découvert que Daventry se l'était procurée avec l'aide de ses dealers.

Un instant, il tenta d'arranger les morceaux du puzzle dans un ordre différent, sinon plus logique.

— Et si Fenella elle-même avait voulu s'emparer de la coupe ? suggéra-t-il. Cela expliquerait bien des choses.

— Non, à mon avis elle ne s'y intéressait pas. Le succès de son chantage lui suffisait.

— Jusqu'à ce qu'elle précipite Daventry du haut de l'escalier.

— En réalité, elle n'a pas commis de « crime d'opportunité », comme tu le qualifiais, mais un crime passionnel.

— Peut-être… Elle ne t'a pas révélé, par hasard, où il avait caché ce fichu morceau de verre ?

— Elle n'en savait rien et elle s'en moquait, comme je te l'ai déjà dit. Mais elle m'a confirmé que Daventry était obsédé par la coupe et qu'il était conscient du risque qu'il encourait.

Cyrus remit le pied sur l'accélérateur.

— Elle ne peut pas se trouver ailleurs que dans la maison. Daventry la gardait sûrement à portée de main pour la regarder quand il en avait envie. Dois-je comprendre, ajouta-t-il, que tu as enfin admis le fait que la coupe Hadès n'est pas le fruit de mon imagination et qu'elle était en possession de Daventry ?

— J'avoue que les propos de Fenella m'ont impressionnée. Surtout dans les conditions où elle les a prononcés.

— Si cela peut te rassurer, je ne crois pas que les autorités te reprocheront de n'avoir pas mentionné la coupe Hadès.

— Non, sans doute pas. D'autant plus que, pour tous les experts, elle n'existe même pas.

— Experts dont tu fais toi-même partie. Tu tiens sûrement assez à ta réputation pour ne pas faire croire au public que tu aurais accordé de la valeur aux élucubrations d'une folle.

— En effet, répondit-elle en souriant.

Cyrus laissa passer un bref silence.

— Et maintenant, peux-tu me dire pourquoi tu n'as pas parlé de la coupe au shérif ?

— Je croyais que tu connaissais déjà la réponse.

Cyrus sentit une onde de joie le parcourir de la tête aux pieds. Elle l'avait fait pour lui ! Pour lui donner une chance de retrouver la coupe. Il lâcha le volant d'une main, serra celle d'Eugenia.

— Merci, Eugenia. Je te dois une fière chandelle.

— Je m'efforce simplement de respecter nos accords.

— Merci quand même. Tu sais, reprit-il au bout de quelques secondes, nous avons encore beaucoup de mystères à élucider, dans cette affaire.

— Je sais.

— Voyons ce dont nous disposons. Daventry a été tué par Fenella, Nellie en a été témoin et elle a quitté l'île en bateau cette nuit-là.

— Oui, et je me demande toujours pourquoi elle est venue me voir.

— Pour te donner un de ses tableaux, lui rappela Cyrus.

— En effet. Depuis, nous en avons retrouvé deux autres. Ces tableaux reviennent tout le temps dans cette affaire, observa-t-elle.

— Il doit y avoir une raison. Laquelle ?

— Chaque tableau est le portrait d'une pièce de la collection, répondit-elle en réfléchissant à mesure. Celui qui manque représente peut-être la coupe Hadès.

— Et quand bien même ce serait vrai ? Le portrait de la coupe n'a aucune valeur. Sauf… Sauf, enchaîna-t-il après avoir marqué une pause, si quelqu'un croit le contraire, ce qui expliquerait pourquoi les cottages de Rhonda et de Houston ont été fouillés.

— Il aurait été plus logique de fouiller la Maison de Verre.

— Pas si l'amateur en question a une raison de penser que les tableaux n'y étaient plus.

— Alors ? demanda Eugenia au bout d'un nouveau silence.

— Alors, j'ai l'impression que nous nous trouvons devant deux scénarios bien distincts.

— Je vois où tu veux en venir. D'un côté, Fenella est responsable de la mort de Daventry et des incidents consécutifs à ses efforts pour dissimuler son crime.

— Exact. Mais la coupe Hadès constitue le lien avec le reste. Nous pouvons donc admettre que Fenella a agi seule. Elle ne s'intéressait pas aux tableaux de Nellie.

— Et qui donc les chercherait, à ton avis ?

— Bonne question.

Qui diable voudrait s'emparer d'un portrait de la coupe plutôt que de la coupe elle-même ? s'abstint-il d'ajouter. Car la réponse pouvait s'avérer chargée de dangers imprévisibles.

Pensive, Eugenia se frotta les mains sur son jean.

— Que faisons-nous, maintenant ? demanda-t-elle.

Son ton morne inquiéta Cyrus.

— Nous rentrons à la maison, où tu prendras une longue douche bien chaude pendant que je déboucherai une des bouteilles millésimées de la cave de Daventry. Après quoi, je préparerai le dîner. Ensuite, et ensuite seulement, nous parlerons de ce que nous allons faire.

— Tu comptes préparer le dîner ? s'étonna-t-elle.

— Considère cela comme une aventure.

— Euh… Cyrus.

— Oui ?

— Arrête-toi, je t'en prie. Je crois que je vais être malade.

— Si c'est en pensant à ma cuisine…

— Non, c'est sérieux. Arrête-toi, vite.

— J'aurais dû comprendre plus tôt, bon sang ! Je me demandais à quel moment tu subirais le contrecoup de ton épreuve.

Il freina précipitamment, arrêta la Jeep sur le bas-côté, ouvrit sa portière. Il n'eut pas le temps d'aider Eugenia à descendre qu'elle était déjà dehors, pliée en deux et le corps secoué de spasmes.

Il la soutint jusqu'à la fin de sa nausée, lui tendit son mouchoir.

— Je suis désolée, murmura-t-elle, les joues ruisselantes de larmes. Je ne pleure pourtant jamais.

— Pleurer est bon signe. Mieux vaut tout extérioriser maintenant. Les gens qui retiennent leurs larmes ont souvent de graves problèmes plus tard.

— Tu sais de quoi tu parles, je suppose ?

Le souvenir du premier crime dont il avait été chargé, quand il était dans la police, lui revint en mémoire. L'assassin avait tué sa victime à coups de couteau et attendu en embuscade l'arrivée du premier policier. Le sang avait coulé à flots, ce jour-là. Celui de la victime, celui du tueur, le sien aussi, les trois formant une mare dans la ruelle crasseuse. Il s'en était tiré avec une cicatrice et la conscience d'avoir tué un homme. Il se souvint aussi de la tache de sang à l'endroit où Katy avait été tuée, du sentiment de culpabilité qui l'avait torturé, lorsqu'il se disait qu'il n'avait pas su la protéger de Damien March.

— Oui, je sais de quoi je parle.

Eugenia enfouit son visage au creux de son épaule et laissa longtemps couler ses larmes.

Cyrus venait de verser les spaghettis dans la casserole d'eau bouillante quand le téléphone sonna. Il décrocha en continuant à lire les instructions sur le dos du paquet.

— Colfax, annonça-t-il.

— C'est moi, Rick. Je suis prêt pour mon rapport.

Cyrus entendit des bruits de moteur étouffés.

— Où es-tu ?

— Dans la voiture de M. Stredley, il m'emmène à l'aéroport.

Cyrus jeta un coup d'œil à sa montre.

— Bien, tu as largement le temps d'attraper ton avion. Alors, ce rapport ?

— J'ai relevé les numéros de toutes les voitures avec deux passagers. Il n'y en avait que sept en tout. J'ai donné la liste à M. Stredley, il la transmettra à M. Yates qui vérifiera les numéros. J'ai aussi observé les piétons, mais aucun n'avait des bottes en peau de serpent.

— Bien joué, Rick. Tu n'as pas perdu ton temps, le métier veut qu'on ne néglige rien.

— Tu veux que je reste encore un peu ?

— Ton job t'attend, ne l'oublie pas.

— Je sais, Cyrus, mais… ton métier me plaît, tu sais.

— C'est vrai ? dit Cyrus avec un large sourire. Tu ne t'es pas trop ennuyé à faire le pied de grue au débarcadère ?

— Pas une minute !

— Bon, on en reparlera plus tard.

— Je suis sérieux ! insista Rick.

— Moi aussi. Écoute, si tu t'y intéresses toujours à la fin de ta première année, je te donnerai un job à l'agence pendant les vacances.

— C'est vrai ?

— T'ai-je déjà dit des choses qui n'étaient pas vraies ?

— Non. Jamais.

— Tu vois ? Passe-moi Stredley.

L'eau des spaghettis déborda cinq minutes plus tard, tandis que l'agent de Cyrus finissait son rapport sur Rhonda et Jacob Houston.

Avec un juron, Cyrus raccrocha, éteignit la plaque électrique et empoigna le manche de la casserole.

— Qu'est-ce qui ne va pas ? s'enquit Eugenia du pas de la porte.

— Ces choses-là n'arrivent jamais avec les sandwichs au thon, bougonna Cyrus en vidant les spaghettis dans une passoire.

Il s'étonna qu'elle ait si vite récupéré. Son visage avait retrouvé ses couleurs, sous sa chevelure que l'humidité de la douche rendait plus brillante.

— C'est vraiment gentil de faire la cuisine, lui dit-elle.

— Je suis une vraie fée du logis, tu ne le savais pas ? Comment te sens-tu ?

— Beaucoup mieux, la douche m'a fait le plus grand bien. Veux-tu que je t'aide ?

— Non merci, je domine la situation.

— C'est ce qu'ils disent tous.

— Assieds-toi, bois ton vin et laisse-moi faire.

— D'accord, ce n'est pas au-dessus de mes forces.

— Je viens d'avoir Rick et Stredley au téléphone, dit Cyrus en servant leurs assiettes. Rick rentre à la maison, et Stredley m'a dit que Rhonda Price et Jacob Houston sont en sûreté sous des faux noms dans un hôtel de Portland. Quint postera des agents qui se relaieront pour veiller sur eux jusqu'à ce que tout soit fini.

— Mais, dis-moi, cela va coûter une fortune !

— Ne t'inquiète pas, je peux encore me le permettre.

— Rick et Stredley t'ont-ils appris autre chose ?

Cyrus hésita :

— Eh bien… Rick dit qu'il veut devenir détective.

— Tel oncle, tel neveu, commenta Eugenia en souriant.

— Bah ! Il changera certainement d'avis plus de cent fois d'ici à la fin de ses études.

— Peut-être pas, il te ressemble à bien des égards. Tu sais, Cyrus, ajouta-t-elle, tu ferais un fabuleux père de famille.

Il ne sut que répondre. C'était avec elle qu'il aurait voulu avoir des enfants. Mais comment le lui dire ?

— J'ai réfléchi, reprit-elle. Rick et toi n'avez pas eu le temps de finir de comparer les mesures des pièces avec celles des plans.

— Oui. Et alors ? répondit-il en apportant les assiettes pleines sur la table.

— Je n'ai pas l'impression que je dormirai bien cette nuit. Si nous finissions le travail ?

— Après tout, pourquoi pas ?

Eugenia baissa les yeux sur l'assiette qu'il venait de déposer devant elle. Pour la première fois depuis son retour à la Maison de Verre, un vrai sourire apparut sur ses lèvres.

— D'où t'est venue l'idée de mettre du thon dans les spaghettis ?

— C'est à leurs traits de génie qu'on reconnaît les grands chefs, répondit-il avec modestie.

Trois heures plus tard, Cyrus découvrit enfin ce qu'il cherchait, une différence de près d'un mètre carré à la base d'un mur.

— Dans la cave à vin, commenta-t-il. Je ne m'en serais pas douté.

— C'est ici que nous avons trouvé Hastings le soir de notre arrivée. Était-il au courant, à ton avis ?

— Qui sait ? Peut-être se disait-il tout simplement qu'une fois son patron mort personne ne pouvait l'empêcher de puiser dans la cave.

Cyrus enroula son mètre et entreprit d'enlever les bouteilles des casiers où elles reposaient.

— Que penses-tu trouver, au juste ?

— Je parierais ma plus belle chemise que Daventry a encastré un coffre-fort dans ce mur.

Derrière les casiers maintenant vides, les murs couverts de verre fumé étaient poussiéreux, sauf à la jonction de deux panneaux sur lesquels on voyait des traces de doigts.

— Tu crois que ce sera facile à ouvrir ? s'inquiéta Eugenia.

— Facile, non. Pénible, plutôt. Recule-toi.

Il saisit un pesant tire-bouchon d'un modèle ancien, le brandit.

— Non, Cyrus ! Tu ne vas pas casser les panneaux de verre, ils coûteront une fortune à remplacer ! S'il y a un coffre derrière, il doit y avoir un système pour les déplacer.

— Probablement, mais je n'ai pas l'intention de passer la nuit à le chercher. Attention !

Il assena un coup de tire-bouchon sur un panneau. En voyant Eugenia se boucher les oreilles et faire une grimace de douleur, Cyrus se rendit compte un peu tard qu'elle avait déjà trop entendu le bruit du verre brisé ce jour-là.

— Excuse-moi, lui dit-il. Ça va quand même ?

— Oui. Mais… tu avais raison ! s'exclama-t-elle en regardant dans la cavité ainsi dévoilée. Il y a un coffre !

Cyrus s'accroupit afin d'examiner le mécanisme d'ouverture. Un instant plus tard, un grognement de dépit lui échappa.

— Ne me dis pas que tu ne sais pas ouvrir un coffre ! dit Eugenia en riant.

— Je n'aurai pas de problème pour l'ouvrir. Quelqu'un est venu ici avant nous et ne s'est pas donné la peine de le refermer.

Il était pourtant si sûr que la coupe Hadès y était encore !… Eugenia posa sur son épaule une main compatissante.

— Je suis désolée, Cyrus.

Sans répondre, il fit pivoter la lourde porte blindée.

— Il y a quelque chose dedans, dit Eugenia.

— Oui, un tableau.

Il tendit la main, sortit du coffre un tableau dans un cadre de métal noir.

— Le quatrième de la série ! s'écria Eugenia en se penchant pour mieux voir. Mais, c'est curieux, je n'ai pas remarqué cette sculpture dans la chambre forte. C'est une pièce ancienne, en tout cas, très ancienne. Ou alors, une bonne reproduction. Je n'ai jamais rien vu de comparable. Oh, mon Dieu ! Non, ce n'est pas ?…

— Si, répondit Cyrus en examinant les personnages finement gravés sur les parois de verre rouge et ambre. Ce n'est pas un quelconque vieux vase en verre, c'est la coupe Hadès.

21

— Non ! Non ! Lâchez-la !

— Cyrus ! Réveille-toi, Cyrus.

Le contact d'une main sur son épaule provoqua un tel choc électrique dans ses nerfs à vif qu'il se jeta sur le côté pour l'éviter.

— Cyrus, écoute-moi. Tu fais un mauvais rêve. Réveille-toi.

— Hein ? Quoi ?...

Il ouvrit les yeux. Eugenia se penchait sur lui. Ses cheveux en désordre formaient une auréole autour de son visage. La lumière froide du clair de lune donnait à ses yeux un cerne d'inquiétude. Sa chemise de nuit dévoilait la naissance de ses seins.

— Tu faisais un cauchemar, répéta-t-elle en le voyant reprendre conscience. Tu vas mieux, maintenant ?

— Oui, ça va...

Il repoussa le drap, se leva, alla d'un pas mal assuré dans la salle de bains, se bassina le visage à l'eau froide. Eugenia le rejoignit.

— À quoi rêvais-tu ?

Il agrippa une serviette, s'y enfouit la figure.

— J'ai oublié. Tu sais ce que c'est, les rêves...

— Tu rêvais de Katy ?

— Non, répondit-il, plus troublé qu'il ne l'aurait voulu par la douceur de sa voix.

De fait, il n'avait pas rêvé de Katy depuis plus d'un an. Le sens de sa responsabilité ne s'était pas encore dissipé, non plus que son besoin de la venger, mais la vision de son sang ne le hantait plus.

— Tu rêvais de moi, alors ? Je craignais que tu ne te sentes responsable de ce qui m'est arrivé aujourd'hui.

Une fois encore, elle tombait juste. En si peu de temps, elle avait réussi à le connaître mieux que Katy ou Rick ou n'importe qui au monde, y compris ses grands-parents.

— Tu as failli te faire tuer par ma faute.

— Mais non, par *ma* faute ! Tu n'y es pour rien. Si j'étais restée en ville en attendant ton retour comme tu me l'avais recommandé, il ne se serait rien passé.

Il abaissa la serviette, la regarda dans les yeux.

— Tu crois vraiment ce que tu viens de dire ?

— Bien sûr, c'est la stricte vérité. Je ne te laisserai pas endosser la responsabilité de la situation dans laquelle je me suis moi-même fourrée par inconscience. Tu as déjà suffisamment fort à faire avec ton passé, tu n'as pas besoin en plus de te culpabiliser à cause de moi.

— Tu es extraordinaire...

— Toi aussi.

Elle se mit sur la pointe des pieds, posa un petit baiser sur sa joue. Quand elle s'écarta, il la retint par le bras.

— C'est idiot d'aborder le sujet en ce moment, je sais. Mais qu'allons-nous faire maintenant ?

— Pour retrouver la coupe Hadès ?

— Non, il ne s'agit pas de ce fichu morceau de verre. Je te parle de nous. Au début, poursuivit-il, tu m'as souvent fait remarquer que nous n'avions rien en commun.

— J'ai dû en effet te dire quelque chose de ce genre. Mais je crois aussi me rappeler que tu étais d'accord avec moi, car tu me considérais comme une snob et un bas-bleu affligé d'un caractère de cochon.

— Je te rappelle, pour ma défense, avoir admis peu après que nous partagions un intérêt certain pour un sujet, disons, attrayant.

— Oui, le sexe.

Il ne put réfréner une grimace.

— Résumée en un mot, la chose paraît plutôt... futile.

— Certes. Attrayante, mais futile.

— Au début, nous portions peut-être l'un sur l'autre des jugements trop hâtifs basés sur de fausses impressions.

— C'est très possible, en effet. Mais où veux-tu en venir ? demanda-t-elle en souriant.

Il pataugeait déjà. Il n'était pas doué pour les conversations de ce genre, et le moment était mal choisi pour aborder le sujet de leur avenir. Y aurait-il jamais un bon moment, d'ailleurs ? Dans ce cas, mieux valait ne rien dire du tout.

Cyrus jeta sa serviette et prit Eugenia dans ses bras :

— Où je veux en venir ? À aller me recoucher. Avec toi.

— Voilà un programme intéressant, dit-elle en nouant les bras autour de son cou.

Elle souriait encore, mais il crut discerner dans son regard une touche de déception. Qu'aurait-elle voulu lui entendre dire ? Le lui demander n'était peut-être pas une bonne idée, pensa-t-il. La réponse pourrait ne pas lui plaire.

Il la porta jusqu'au lit, la déposa sur les draps froissés. Il lisait dans ses yeux un désir aussi intense que celui qu'il éprouvait. Si elle le désirait, cela lui suffisait.

Pour le moment du moins.

Et, lorsqu'ils atteignirent ensemble le sommet du plaisir, Cyrus sut avec certitude que le feu purificateur de leur passion partagée avait anéanti les dernières scories de son cauchemar.

Eugenia s'éveilla peu avant l'aube. Un instant, elle se demanda ce qui l'avait tirée du sommeil profond où elle était plongée. Le souvenir du tableau découvert dans le coffre secret lui revint alors. Quelque chose dans la représentation de la coupe, elle ne savait quoi au juste, la troublait ou, plutôt, la déconcertait.

Cyrus se tourna vers elle, ouvrit un œil.

— Tu ne dors pas ? s'étonna-t-il.

— Non. Je pensais au quatrième tableau de Nellie. Pourquoi l'avoir enfermé dans le coffre ?

— Le voleur de la coupe croyait peut-être faire une bonne plaisanterie.

— Penses-tu vraiment que celui qui a volé cette coupe, à supposer qu'on l'ait vraiment volée, ait voulu se moquer de cette manière de la première personne qui viendrait la chercher ?

— Ce ne serait pas invraisemblable. La coupe Hadès a toujours attiré des personnages bizarres, pour ne pas dire dérangés. Mais on peut envisager d'autres hypothèses.

— Lesquelles, par exemple ?

— Il est étonnant que Daventry ait pris le risque de montrer la coupe à Nellie. Il fallait qu'il ait en elle une confiance aveugle.

— Je crois surtout qu'il se fiait à sa capacité de tenir les femmes sous son charme. Cet homme était d'une incroyable arrogance, Cyrus. Il pensait sans doute dominer Nellie et ne se posait pas de questions.

— De toute façon, je vais m'intéresser de près aux membres de son Club des Connaisseurs. Puisque la coupe a disparu, ce sont eux désormais les suspects les plus vraisemblables.

— Toi, quand tu as une idée en tête, tu n'en démords jamais.

— Mon cher grand-papa aimait beaucoup me raconter la fable du lièvre et de la tortue, répondit-il en souriant. C'est souvent le plus lent et le plus lourdaud qui finit par gagner.

— Tu sais ce que je pense ?

— Non. Quoi ?

Elle se souleva sur un coude pour le regarder dans les yeux :

— Tu aimes donner aux gens l'impression d'être du genre lent et lourdaud parce que cela te convient. Ils te sous-estiment et ne se méfient pas de toi.

— Non, répondit-il après avoir fait mine de réfléchir. Je suis vraiment du genre lent et lourdaud.

— À d'autres, Cyrus ! Tu es plutôt le justicier qui part dans le désert sur son vaillant destrier pour châtier les méchants.

— Je t'en prie, Eugenia, ne fais pas de moi un héros de pacotille, répondit-il sans plus sourire.

— Mais pas du tout ! Tu es un héros et un vrai, dit-elle en lui effleurant la bouche de ses lèvres. Quand je pense que je n'espérais plus en rencontrer un, dans ce monde moderne !

Il s'efforça d'assimiler ce qu'elle lui avait dit. On lui avait appliqué en son temps bien des qualificatifs, flatteurs ou désobligeants, mais on ne l'avait jamais encore appelé un héros.

— Cyrus, dit-elle au bout d'un long silence.

— Quoi ? demanda-t-il en bâillant.

— Je voudrais revoir ce tableau que nous avons trouvé dans le coffre. Hier soir, je n'ai regardé que la coupe, mais la couleur du fond m'intrigue. Elle a quelque chose de… familier.

— Familier ? s'étonna-t-il.

— Oui, les couleurs, la matière. Mais je ne peux rien te dire avant de l'avoir examiné de près.

Trois quarts d'heure plus tard, Cyrus apporta le tableau dans la cuisine. Eugenia s'en approcha. La lumière du matin révélait des nuances de couleurs qu'elle n'avait pas remarquées la veille au soir.

— Nellie a peint la coupe avec la même technique que celle dont elle s'est servie pour réaliser les trois autres, dit-elle enfin.

Elle recula ensuite de quelques pas afin de mieux se pénétrer de l'ensemble et de discerner ce qui le différenciait des trois autres.

— Eh bien ? demanda Cyrus avec impatience.

— Le fond est d'une facture différente et semble avoir été peint à la hâte, dit-elle enfin. Tu remarqueras également que Nellie n'a pas utilisé pour le fond les teintes vertes des parois et de l'éclairage de la chambre forte.

— C'est exact, approuva Cyrus.

Eugenia se rapprocha une fois de plus et palpa délicatement la matière picturale, étalée en larges touches épaisses.

— Je crois pouvoir dire que Nellie a repeint ce fond sur l'original, car il ne correspond pas à sa facture habituelle. D'habitude, elle peint les fonds en jus très liquides, qu'elle traite presque comme de l'aquarelle. Elle n'a pas non plus joué avec la transparence des glacis, comme pour les autres. Ce fond rajouté est opaque.

— Continue, dit Cyrus. Que disais-tu sur les teintes qui ne sont pas les mêmes ?

— Tu n'es pas déjà prêt à mourir d'ennui, comme chaque fois que je te parle d'art ? dit-elle avec un sourire amusé.

— Je t'écoute avec la plus grande attention.

Le sourire d'Eugenia s'évanouit.

— Oui, je le constate.

Elle se tourna de nouveau vers le tableau en s'efforçant de ne pas tirer de conclusions trop hâtives de ses impressions. Son intuition était, certes, un don louable, mais, pour les choses sérieuses, il fallait procéder avec logique et s'en tenir aux faits.

Elle se concentrait donc sur les teintes contre lesquelles se détachait la coupe Hadès quand elle se crut victime d'un vertige.

Non ! pensa-t-elle. Impossible !

— On a comme une impression de… feu autour de la coupe, murmura-t-elle.

— Il y a beaucoup de rouge et d'orange, oui. Alors ?

— Le verre naît du feu, ce serait logique d'en entourer la coupe. Mais les autres couleurs, celles que Nellie a disposées sur les bords…

Elle se tut, effarée des conclusions auxquelles elle parvenait.

— Du vert et du jaune, dit Cyrus avec impatience. Eh bien ?

— Pas jaune, le corrigea Eugenia. Ambre.

Les détails de la dernière visite de Nellie lui revinrent en mémoire : la cloison défoncée près de sa cheminée, les plaques d'isolant débordant de l'ouverture, les carreaux de verre pas encore posés empilés sur le parquet. « J'ai hâte de voir les travaux terminés, Eugenia. Ce devrait être superbe », lui avait dit Nellie.

Elle dut avaler sa salive avant de pouvoir reprendre la parole.

— Je viens de finir de redécorer mon appartement, Cyrus. Ces couleurs ont les nuances exactes d'ambre et de vert que Nellie a peintes elle-même sur les carreaux de verre qui encadrent ma cheminée.

— Soit. Mais je ne vois toujours pas où cela nous mène.

— Je l'ai vue pour la dernière fois le jour de sa mort. Elle était venue chez moi me faire cadeau d'un de ses tableaux et me dire qu'elle retournait dans l'île prendre ses affaires. L'entrepreneur avait défoncé une cloison du living près de la cheminée à cause d'une erreur dans le câblage électrique. Cela va te paraître absurde, je sais, mais elle aurait facilement pu fourrer un objet de la taille de la coupe dans l'ouverture de la cloison et le dissimuler derrière les plaques d'isolant.

Cyrus la dévisagea, stupéfait.

— Tu parles sérieusement ?

— Je n'avais jamais compris pourquoi Nellie était venue de si loin pour une aussi courte visite avant de repartir d'où elle venait, répondit-elle. C'était illogique.

— Tu veux dire que la coupe serait cachée chez toi ? Derrière une de tes cloisons ?

— Oui. Et elle a repeint le fond de ce tableau pour m'indiquer où je devrais chercher.

— Mais, enfin, pourquoi cacher le tableau dans le coffre de Daventry où tu ne l'aurais peut-être jamais retrouvé ?

— Nellie me connaissait bien, répondit Eugenia pensivement. Elle a dû estimer que, si quelqu'un devait le retrouver, ce serait moi.

— Mais pourquoi diable t'aurait-elle laissé un indice ?

Cyrus jeta son sac marin à l'arrière de la Jeep. L'impatience le tenaillait depuis la révélation que la coupe Hadès se trouvait peut-être chez Eugenia. Les derniers morceaux du puzzle se mettaient désormais en place, aussi tranchants et potentiellement aussi dangereux que des éclats de verre.

— Je ne sais pas, répondit Eugenia en mettant ses valises de cuir rouge dans le coffre de sa Toyota.

— Enfin, bon sang, tu ne croyais même pas à l'existence de la coupe ! Pourquoi ne t'en a-t-elle pas parlé ? Elle savait sûrement que tu serais intéressée par un objet aussi rare.

— Tu prétends que cette coupe est maudite. Si elle le savait, elle a sans doute pensé que moins j'en saurais, mieux cela vaudrait.

Cyrus referma le coffre où elle avait placé ses derniers bagages.

— Je n'en crois pas un mot ! Elle se moquait éperdument de ta sécurité, sinon elle n'aurait pas caché la coupe chez toi. Avec des amies comme elle, tu n'as pas besoin d'ennemies, crois-moi.

— Elle était très nerveuse ce jour-là, c'est vrai.

— Elle avait assisté à un meurtre et volé un objet qui la mettait elle-même en danger d'être tuée. On serait énervé à moins.

— Elle est quand même revenue ici ce jour-là, observa Eugenia en s'asseyant au volant. Pourquoi l'aurait-elle fait si elle avait volé la coupe ? Elle aurait dû prendre le large, au contraire.

— Et moi, je pense qu'elle avait une excellente raison de retourner dans l'île : mettre en scène sa disparition en mer.

— Tu crois vraiment que ?...

— Oui. Elle avait deux problèmes majeurs, comme je viens de te le dire. Il fallait qu'elle disparaisse pour sauver sa peau.

— Mais elle m'aurait au moins fait signe, Cyrus !

— Sois tranquille, elle te fera signe une fois que les choses se seront calmées et qu'elle voudra récupérer la coupe. Retrouvons-nous à l'embarcadère. Et conduis très, très prudemment, je t'en prie.

Eugenia descendit de voiture et alla s'accouder à la rambarde du ferry. La brise la décoiffait et plaquait contre elle l'étoffe de son coupe-vent. Derrière elle, l'île s'amenuisait à vue d'œil.

Elle sentit plutôt qu'elle entendit Cyrus s'approcher. Il s'accouda à la rambarde à côté d'elle et laissa son regard errer sur les eaux grises du détroit. Il avait mis son blouson de cuir par-dessus une chemise aux motifs fuchsia et vert. La brise l'ébouriffait en révélant quelques fils d'argent sur ses tempes.

Il paraissait calme et détendu comme à l'accoutumée, mais Eugenia le savait aussi vigilant que le chasseur dont l'affût touche à sa fin. Qu'allait-il se passer s'ils trouvaient la coupe Hadès chez elle ? Pour la première fois, elle envisagea sérieusement cette éventualité. Cyrus s'empresserait-il de disparaître de sa vie ? se demanda-t-elle avec une mélancolie qu'elle s'efforça de combattre.

— Que nous trouvions ou non cette coupe, lui dit-il, je tiens à t'assurer que l'agence poursuivra la recherche de Nellie Grant.

Sa voix la tira de la dépression où elle commençait à s'enfoncer.

— Tu crois vraiment que Nellie est toujours vivante ?

— Disons, si tu préfères, que tes doutes sur sa noyade à la suite d'une erreur de navigation me semblent justifiés.

— Je croyais qu'on l'avait assassinée. Je n'avais aucune raison de penser qu'elle ait mis en scène sa propre disparition.

— Dans un cas comme dans l'autre, nous en aurons le cœur net.

— Et Jacob Houston et Rhonda Price ? Que va-t-il leur arriver ?

— Ils seront en sûreté quand nous aurons répandu la nouvelle que les quatre tableaux de Nellie ont été retrouvés. À mon avis, ceux qui ont fouillé leurs logements n'y cherchaient rien d'autre que ces tableaux.

— Si c'est vrai, cela voudrait dire que quelqu'un sait qu'un des tableaux contient un indice sur la cachette de la coupe.

Cyrus garda un silence si long qu'elle crut qu'il ne l'avait pas entendue.

— Oui, répondit-il enfin. Nous pouvons supposer que quelqu'un connaît l'importance du tableau représentant la coupe Hadès.

— Qui donc ?

Une fois encore, il mit longtemps à formuler sa réponse.

— Un membre du Club des Connaisseurs, par exemple, dit-il avec un évident scepticisme.

— Ou bien ? insista-t-elle.

— Damien March.

Soudain consciente de la froideur de la brise, Eugenia frissonna. Cyrus lui prit la taille, l'attira contre lui. Et ils restèrent ainsi enlacés, appuyés à la rambarde, jusqu'à l'approche du débarcadère.

Cyrus s'arrêta sur le seuil de l'appartement, posa son sac marin et les valises d'Eugenia à ses pieds, et regarda autour de lui avec une intense curiosité. Il croyait s'être accoutumé au vernis de sophistication dont Eugenia se protégeait avec naturel. Il n'y accordait plus d'attention depuis qu'il avait découvert l'intelligence, la passion et la force de caractère que ce vernis dissimulait. Mais ce luxueux décor lui rappelait avec éclat que l'univers d'Eugenia était radicalement différent de celui dans lequel il se mouvait.

— C'est tout à fait toi, dit-il enfin.

Eugenia fit la grimace :

— Cela n'a pas l'air d'un compliment.

Pendant qu'elle déposait un de ses sacs dans la penderie de l'entrée, Cyrus traversa le hall vers le living et, une fois encore, s'arrêta en voyant la moquette blanche.

— Faut-il enlever ses chaussures ?

— Oui, si cela ne t'ennuie pas.

Elle donna l'exemple en substituant des ballerines à ses escarpins.

— Tu peux mettre tes affaires dans cette penderie, reprit-elle.

— Je préfère garder mon blouson encore un instant, répondit Cyrus, sentant le pistolet sous son aisselle. Il ne fait pas chaud, ici.

— C'est vrai ? s'étonna-t-elle. Veux-tu que j'allume le chauffage ?

— Non, pas la peine.

Il enleva ses mocassins, les poussa du pied dans la penderie. Eugenia le regardait, ne sachant trop que faire.

— Je jure avec ton décor, n'est-ce pas ? demanda-t-il en souriant.

— Ne dis pas de bêtises ! Tu veux sans doute voir la cheminée ? ajouta-t-elle.

— Bien sûr.

— Elle est par ici.

Cyrus la suivit lentement en regardant au passage les sculptures de verre réparties sur des meubles et des socles. Il se dégageait de l'ensemble, formé par cette symphonie de blancs rehaussée de touches de couleur, une pureté austère qui le troublait.

— Ta collection privée ?

— Oui.

— Tu vis dans un musée, Eugenia.

— Ta réflexion m'amuse, répondit-elle avec un sourire énigmatique, je me disais la même chose. Jusqu'à maintenant, je ne m'étais pas rendu compte de la ressemblance.

Il observait déjà la cheminée.

— Je constate en effet que les couleurs des carreaux sont les mêmes que celles du tableau.

— C'est celui qui est accroché au-dessus dont Nellie m'a fait cadeau la dernière fois que je l'ai vue.

Cyrus y jeta un coup d'œil distrait et poursuivit son examen des carreaux de verre.

— Quelle partie de la cloison était défoncée quand elle est venue ?

— En bas à droite, juste à côté du foyer.

— Eh bien, autant se mettre à l'ouvrage. As-tu un marteau et un ciseau à froid, ou un grand couteau à la rigueur ?

— Je souffrirai sûrement plus que toi de ce que tu vas faire.

— L'agence Colfax te dédommagera des dégâts.

Elle fit un geste de lassitude impuissante.

— Tu n'as sûrement pas fait de travaux chez toi depuis un bon moment, soupira-t-elle. Ce qui m'inquiète, ce n'est pas le prix des réparations, mais de trouver un entrepreneur qui veuille bien se charger d'un aussi petit travail.

— Tu as raison, je n'ai rien fait chez moi ces derniers temps.

À quoi bon ? s'abstint-il d'ajouter. Un homme qui vit seul et ne se nourrit que de thon en boîte ne gaspille pas ses forces et son argent pour décorer son intérieur.

Dix minutes plus tard, armé d'un marteau et d'un couteau à découper, Cyrus se mit au travail. Au premier coup de marteau, Eugenia sursauta.

— Tu ne vas pas pleurer, j'espère ? lui demanda-t-il.

— Si tu savais le temps et l'argent que j'ai engloutis dans cette cheminée…

— Calme-toi, je vais desceller tes carreaux sans les casser.

Quelques instants après, il dégagea un carré de plâtre de la cloison mise à nu. Une touffe de laine de verre apparut dans l'ouverture.

Cyrus y plongea la main et était en train de tâter avec précaution lorsque la sonnette de la porte retentit.

— Qui cela peut-il bien être ? s'étonna Eugenia. Sans doute le portier qui a vu ma voiture au garage et se demande pourquoi je suis si vite revenue de vacances. Je vais ouvrir.

— Ne le fais pas entrer ici, dit Cyrus. J'aimerais autant ne pas devoir expliquer pourquoi je démolis tes murs.

Il finissait de parler quand il sentit sous ses doigts un objet de forme cylindrique, enveloppé dans du plastique à bulles. Au même moment, une voix de femme gémit dans l'entrée :

— Oh, Eugenia ! Je suis désolée, mais…

— Nellie ! Tu es vivante ! C'est insen…

Eugenia s'interrompit brusquement. Cyrus étouffa un juron en entendant alors une voix à l'accent raffiné, s'exprimant avec un humour condescendant. Une voix qu'il n'avait pas entendue depuis trois ans, mais qu'il n'oublierait jamais tant qu'il vivrait.

— Bonsoir, mademoiselle Swift. Veuillez avoir l'obligeance de refermer votre porte et de tourner la clé, sinon je me verrais contraint de vous faire sauter la cervelle et celle de Mlle Grant. Avouez que ce serait dommage de salir vos ravissants murs blancs.

22

Poussant devant lui Eugenia et une jeune femme rousse, Damien March apparut sur le seuil de la pièce. Ses traits aristocratiques prirent une expression amusée à la vue de Cyrus vautré sur la moquette.

— Je vous en prie, Colfax, ne vous donnez pas la peine de vous lever. Je préfère infiniment vous voir comme vous êtes.

Cyrus se laissa retomber et s'adossa à la cloison éventrée. Eugenia aurait semblé impassible si son regard n'avait trahi l'angoisse. Avec un sourire amer, Cyrus se tourna vers Damien. D'une élégance toujours irréprochable, celui-ci tenait un pistolet de la main droite et, dans la gauche, une coûteuse mallette de cuir.

— Cela faisait longtemps, March.

— Pas assez pour mon goût, malheureusement. J'aurais même préféré ne jamais vous revoir. J'aimerais que vous enleviez votre blouson, Colfax, ajouta-t-il en approchant le canon de son arme de la nuque d'Eugenia. Il est d'ailleurs de très mauvais goût.

— Cette remarque ne m'étonne pas de vous, répondit Cyrus.

Il obtempéra, jeta son blouson sur le côté.

— Encore une de vos grotesques chemises à fleurs ? ricana March. Et vous n'êtes pas armé ? Vous auriez pu faire un effort vestimentaire pour une occasion comme celle-ci.

— Eugenia n'aime pas les armes à feu.

— Je m'en réjouis ! dit March en pouffant de rire.

— Je révise mon opinion à ce sujet, intervint Eugenia en serrant les poings.

— Ne vous faites pas de reproches, mademoiselle Swift. Même si Colfax s'était muni d'une arme, elle ne lui aurait servi à rien. Il aurait été obligé pour m'atteindre de vous toucher en premier. Je le connais assez bien pour vous assurer qu'il n'a pas le courage qu'il faut pour tuer une femme innocente.

— Ce n'est pas votre cas, je suppose ? rétorqua Eugenia.

— J'avoue volontiers ne pas m'encombrer de principes dépassés susceptibles de compromettre ma réussite et ma survie. Je suis un réaliste, voyez-vous. Et les réalistes ont une vision du monde avant tout pragmatique.

— Vous n'êtes qu'un voyou et un lâche, ce n'est pas la même chose que le réalisme.

— Si vous croyez à ce genre de choses, ma chère, vous croyez encore au Père Noël.

— En effet. Sinon, comment expliquer l'existence sur terre de monstres de votre espèce ?

— Je ne crois pas que le moment soit très bien choisi pour discuter avec lui, ma chérie, intervint Cyrus.

— Il a raison, mademoiselle Swift. L'occasion n'est pas particulièrement propice pour nous lancer dans une polémique sur la limite très fine qui sépare le bien du mal. Quant à vous, Colfax, poursuivit-il avec une ironie appuyée, j'aurais préféré ne pas vous revoir, comme je l'ai déjà dit. Mais, compte tenu des circonstances, je n'avais pas le choix.

— C'était inévitable, répondit Cyrus. J'étais à peu près certain que vous n'auriez pas eu le bon goût d'être mort.

— Et vous n'auriez pas cessé de me traquer, n'est-ce pas ?

— Exact.

— Je savais qu'il faudrait m'occuper de vous tôt ou tard, dit March avec un soupir résigné. Avec votre maudite tête de mule, vous auriez fini par me retrouver.

— Certainement.

— Je ne peux sans doute pas m'en plaindre. Malgré vos risibles notions de devoir et de sens des responsabilités qui entravent vos talents, vous avez toujours fait preuve d'une remarquable persévérance dans tout ce que vous entreprenez.

— Merci du compliment.

— Mais je ne crois pas vous avoir encore présenté Mlle Grant, dit March en désignant la rousse d'un mouvement de menton. Nellie, ma chère petite voleuse, voici le célèbre Cyrus Chandler Colfax.

Elle avait l'air épuisée, terrifiée. Ses yeux turquoise exprimaient une résignation accablée.

— Je vous croyais noyée en mer, lui dit Cyrus.

— Cette chère enfant a essayé de faire croire à sa propre mort, expliqua March avec un rire ironique. Mais elle n'était pas assez douée pour y parvenir de façon convaincante, n'est-ce pas, chère petite garce ? Mes gens l'ont débusquée il y a deux jours dans un hôtel minable de Las Vegas.

— Comment l'avez-vous retrouvée ? demanda Eugenia.

— Sans aucun mal. Elle se préparait, voyez-vous, à vendre la coupe Hadès aux enchères. Malheureusement pour elle, elle n'a pas été très soigneuse dans le choix de ses contacts. L'un d'eux travaillait pour une de mes relations, qui m'a aussitôt avisé de sa démarche.

— Je ne comprends pas, dit Eugenia à Nellie. Quelles enchères ?

— Je me suis conduite comme une idiote, murmura Nellie, les yeux pleins de larmes.

— Je ne vous le fais pas dire, approuva Damien March. Mais vous m'avez ainsi rendu un grand service.

— Que signifie tout cela ? voulut savoir Eugenia.

— L'histoire est longue et compliquée, mademoiselle Swift. Je savais Colfax déterminé à remettre la main sur la coupe Hadès. Aussi ai-je fait en sorte qu'il apprenne son vol et sa revente sur le marché clandestin, informations auxquelles il accorderait toute son attention.

— Parce que vous espériez que je la retrouverais à votre place, n'est-ce pas ? enchaîna Cyrus.

— En un sens, je suis votre client depuis un bon bout de temps, confirma March. Victime d'un vol dont je pouvais difficilement me plaindre à la police, j'avais besoin d'une personne compétente et assez fortement motivée pour retrouver la coupe.

— Moi, bien sûr.

— Mais oui, Colfax, répondit March avec un sourire condescendant. J'étais sûr que vous vous lanceriez à sa recherche parce que vous espériez qu'elle vous mènerait à moi.

— C'est bien ce dont je me doutais.

Apprendre qu'il s'était ainsi fait exploiter par Damien March l'agaçait, à vrai dire. Il n'avait pourtant pas eu le choix : de quelque côté qu'il prenne le problème, tout avait concouru depuis le début à le remettre en présence de son ancien associé. Il regrettait seulement que leur rencontre se déroule dans d'aussi mauvaises conditions.

— Je suis heureux de vous féliciter pour l'efficacité avec laquelle vous avez accompli cette mission, déclara March. Vous avez réussi à apprendre que l'acquéreur de ma coupe n'était autre qu'Adam Daventry. Mais il était déjà mort à ce moment-là, n'est-ce pas ?

— Oui. Cet imbécile a été poussé du haut de son escalier où il s'est cassé le cou avant que je puisse m'occuper de lui.

Du coin de l'œil, Cyrus vit Nellie faire la grimace.

— Je suivais votre enquête, de loin et discrètement. Votre association avec Mlle Swift m'avait intrigué, je dois dire. Je connaissais sa réputation d'expert, mais vous n'aviez pas besoin d'elle pour localiser la coupe ou l'identifier. C'est en apprenant que Daventry avait légué sa collection au musée Leabrook que j'ai compris votre tactique.

— Que voulez-vous dire ? intervint Eugenia.

— En tant que conservateur du musée, vous aviez libre accès à la Maison de Verre, ce dont Colfax avait absolument besoin. Il lui suffisait donc de trouver le moyen de se lier à vous pour pénétrer dans la place. Si je puis m'exprimer ainsi, ajouta-t-il avec un clin d'œil égrillard.

Eugenia regarda fixement Cyrus mais ne répondit pas.

— Ce qui m'a quelque peu désorienté, mademoiselle Swift, reprit March, c'est votre curieux intérêt pour Mlle Grant. Je n'avais d'abord pas compris pourquoi vous aviez acheté son tableau dans cette galerie.

— En quoi cela vous a-t-il étonné ?

— Tu n'as pas compris ? intervint Cyrus. Il croyait que tu voulais résider à la Maison de Verre parce que tu avais, toi aussi, entendu les rumeurs qui couraient sur la coupe Hadès.

— Mais c'est absurde ! s'exclama Eugenia. Je ne croyais même pas à l'existence de cette coupe ! Je ne suis allée dans l'île qu'afin de découvrir la vérité sur ce qui était arrivé à Nellie !

— Tu es partie à ma recherche ? demanda Nellie, stupéfaite.

— Je te croyais morte, mais l'histoire de l'accident ne m'avait pas convaincue. Je croyais que tu avais été assassinée.

— Et tu voulais savoir par qui ? Oh, Eugenia…

Un sanglot l'interrompit.

— Veuillez me pardonner, mademoiselle Swift, dit March avec son plus gracieux sourire, mais il était tout naturel de supposer que vous cherchiez la coupe. Je n'avais pas envisagé un instant que vous puissiez vous intéresser à la mort simulée de Mlle Grant. Elle n'était, après tout, qu'une petite écervelée qui avait travaillé un moment pour vous. Pourquoi vous seriez-vous souciée de son sort ?

— Je ne vous crois pas capable de comprendre mes raisons, répondit sèchement Eugenia.

— Je suis sincèrement désolée, Eugenia, murmura Nellie en baissant piteusement la tête.

— Ne pleure pas, Nellie.

Eugenia tendait vers elle une main compatissante quand le doigt de Damien March se crispa sur la détente.

— Pas un geste, je vous prie, mademoiselle Swift.

Eugenia se figea, la main en l'air.

— Vous êtes une créature méprisable, March.

— Eugenia, calme-toi, intervint Cyrus.

— Vous devriez l'écouter, dit March. Il me connaît bien.

— Il va nous tuer, murmura Nellie.

— Allons, mademoiselle Grant, ne soyez pas aussi alarmiste. Je vous ai dit que, si tout le monde coopérait, il n'y avait pas de raison de ne pas conclure nos petites affaires et de nous séparer sans plus jamais avoir besoin de nous revoir. Vivre et laisser vivre, telle est ma devise.

— Sauf si quelqu'un devient trop gênant, dit Cyrus. Comme Katy.

— Ah, oui ! Pauvre petite Katy, fit March d'un ton faussement apitoyé. Elle m'a posé un problème, en effet. Non seulement elle m'avait aidé à m'emparer de la coupe, mais elle était au courant de mon intention de disparaître. Je n'avais nulle envie de m'en encombrer dans ma nouvelle vie, elle n'était pas du tout mon type. Je me suis toujours demandé pourquoi vous éprouviez le besoin de la venger. Cette petite grue vous trompait sans le moindre remords.

— C'est vous qui l'aviez séduite, espèce de salaud !

— Je n'ai pas eu grand effort à faire, croyez-moi. Elle vous avait épousé, m'a-t-elle dit une fois, parce que vous lui apportiez la sécurité et la stabilité. Elle s'est aperçue ensuite que la sécurité et la stabilité deviennent ennuyeuses comme la pluie au bout d'un moment.

Cyrus sentit monter une bouffée de colère, mais celle-ci était aussi éventée que son affection passée pour Katy. Il ne lui restait que le désir ou, plutôt, le devoir de la venger.

— Vous lui avez donc offert des distractions.

— Qu'elle a prises par erreur pour de l'amour et de la passion, la pauvre idiote, dit March avec dédain. Elle s'accrochait à moi. Quand elle a compris que je comptais disparaître avec la coupe et sans elle, elle est devenue hystérique.

— Et vous l'avez tuée de sang-froid.

— Je n'avais pas le choix, Colfax, elle vous aurait tout raconté, comme toujours quand quelque chose la dépassait. De toute façon, elle en savait trop. Comme Mlle Grant, ajouta-t-il en se tournant vers Nellie avec un sourire carnassier.

— J'ai fait de mon mieux pour le retenir, je te jure, gémit Nellie.

— Tu lui as parlé de ta série de quatre tableaux, n'est-ce pas ? demanda Eugenia.

— Je n'avais pas le choix. Quand ses brutes m'ont retrouvée, ils m'ont menacée des pires sévices si je ne parlais pas.

— Selon notre chère Mlle Grant, dit March, Daventry lui avait fait inclure dans le portrait de la coupe Hadès des indices auxquels elle ne comprenait rien elle-même mais qu'un expert saurait reconnaître.

— Des indices ? s'étonna Cyrus.

— C'est tout ce qui m'est venu à l'idée sur le moment, dit Nellie d'une voix tremblante. Je lui ai dit que Daventry ne m'avait jamais parlé de l'endroit où il cachait la coupe, mais qu'il voulait en laisser une trace au cas où il lui arriverait malheur.

— J'ai cru à son histoire, enchaîna March, car je savais que Daventry voulait ériger un monument à sa propre gloire. Il m'a donc paru logique qu'il souhaite incorporer après sa mort son plus précieux trésor, la coupe Hadès, à sa collection. Pour cela, il était obligé de révéler l'emplacement de sa cachette.

— Mais un indice trop évident aurait été dangereux, commenta Cyrus. Votre histoire n'était donc pas mensongère, ajouta-t-il en se tournant vers Nellie. Sauf que c'est vous qui avez peint l'indice dans le tableau et non pas Daventry qui vous l'avait demandé.

Nellie approuva d'un signe de tête.

— C'est pourquoi vous avez cherché à mettre la main sur les quatre tableaux, reprit-il à l'adresse de Damien March.

— Bien entendu. Malheureusement, quand mes gens se sont rendus dans l'île, un des quatre avait déjà été vendu dans une galerie. Je me suis alors rendu compte que quelqu'un les avait dérobés à la Maison de Verre dans l'intention de gagner de l'argent sans peine.

— Rhonda Price ? suggéra Cyrus.

— Elle-même. Mais elle avait déjà pris le large lorsque mes collaborateurs l'ont démasquée. Ils n'ont rien trouvé non plus chez son bon ami le verrier. Sauf vous, Colfax, ce qui était fâcheux.

— Mais, enfin, pourquoi as-tu volé la coupe Hadès ? demanda Eugenia à Nellie.

— C'était idiot de ma part, je sais, mais je n'ai pas pu résister. J'avais vu Fenella Weeks pousser Daventry dans l'escalier. Cette nuit-là, après le départ du shérif et des autres, j'ai pris conscience d'être la seule personne au monde à savoir que la coupe était cachée dans le coffre de la cave à vin, dont je connaissais la combinaison.

— Et Fenella Weeks, tu ne t'inquiétais pas de ce qu'elle aurait pu faire ? Elle savait que tu étais témoin de son crime.

— Fenella était folle, j'aurais pu m'arranger avec elle. Ce n'est pas à cause d'elle que j'ai simulé mon accident de bateau, mais à cause de la coupe. Je savais que sa possession me mettait en danger.

— Et comme vous redoutiez que celui qui chercherait la coupe ne s'en prenne à vous, intervint Cyrus, vous avez préféré disparaître.

— La plus grossière erreur de Mlle Grant, dit March, a été de se croire capable de jouer dans la cour des grands.

— Un pauvre petit poisson rouge dans un océan peuplé de requins, comme aurait dit mon grand-père, grommela Cyrus.

— Excellente image, approuva March avec un large sourire. Et le premier requin sur la scène, c'était moi.

— Cette nuit-là, après la mort de Daventry, tu as repeint le fond du tableau, n'est-ce pas ? demanda Eugenia. Tu as ensuite apporté la coupe à Seattle avant de mettre en scène ta disparition. Mais pourquoi avoir laissé le tableau dans le coffre ?

Agitée d'un tremblement incontrôlable, Nellie se mordit les lèvres, mais elle parvint à se ressaisir.

— Parce que si… s'il m'arrivait quelque chose, je voulais que tu récupères la coupe pour le musée, Eugenia.

— Tu voulais que je récupère la coupe ?

— Oui. Tu as été pour moi une vraie amie. Tu m'as donné du travail quand j'en avais besoin, tu m'as encouragée à peindre. Et tu avais essayé de me mettre en garde au sujet de Daventry.

— Mais comment aurais-je pu découvrir le coffre secret ?

— C'était une question de temps, répondit Nellie. L'emplacement du coffre et sa combinaison figurent dans le testament de Daventry. Je savais qu'il faudrait aux avocats plusieurs mois avant de régler une succession de cette importance. Si, pour une raison ou une autre, je n'avais pas pu venir reprendre le tableau moi-même, quelqu'un aurait ouvert le coffre et y aurait trouvé le tableau. J'étais sûre que tu aurais reconnu ma facture et compris les indices.

— Pourquoi, dans ces conditions, ne pas avoir laissé la coupe elle-même dans le coffre ? demanda Cyrus.

— J'avais peur qu'un membre du Club des Connaisseurs ou même Fenella Weeks ne finisse par l'y découvrir. Ils savaient tous que Daventry l'avait en sa possession et ils devaient supposer qu'il la cachait dans la maison. Il fallait la prendre avant qu'ils la trouvent.

— Et si l'un d'eux avait trouvé le tableau ? voulut savoir Eugenia.

— Ils n'auraient pas pu comprendre les indices. Ils auraient reconnu la coupe, sans plus.

— Alors que tu savais que j'aurais reconnu ma cheminée…

— J'étais sûre que tu ferais le rapprochement avec ma dernière visite chez toi. Tu as toujours eu une intuition extraordinaire, Eugenia.

Cyrus se cala confortablement contre la cloison avant de parler :

— Ce que vous n'aviez pas prévu, c'est qu'elle se pose aussi vite des questions sur les circonstances de votre disparition.

Nellie se remit à trembler.

— Non, c'est vrai. Je ne m'en serais jamais doutée.

— Vous ne vous êtes jamais doutée non plus qu'elle avait des remords de vous avoir présentée à Adam Daventry, dit Cyrus d'un ton accusateur. Il ne vous est jamais venu à l'idée qu'elle craignait que vous n'ayez été assassinée parce que vous aviez vu ou entendu quelque chose de compromettant.

Un flot de larmes ruisselait à présent sur les joues de Nellie.

— Je savais qu'Eugenia était une amie fidèle, mais comment aurais-je pu deviner qu'elle se souciait de mon sort au point de chercher à savoir ce qui m'était réellement arrivé ? Personne au monde ne s'est jamais intéressé à moi.

— Je suis navré d'interrompre une scène aussi touchante, intervint March, mais il me semble que nous sombrons dans l'eau de rose.

Comme à son habitude, pensa Cyrus, il s'ennuie et s'énerve dès qu'il n'est pas au centre de l'attention générale.

— Alors, demanda-t-il, quel est le programme ?

— Vous allez terminer vos petits travaux de bricolage, Colfax. Sortez la coupe de ce trou.

Cyrus marqua une brève hésitation.

— Tout de suite, je vous prie.

Avec un geste fataliste, Cyrus plongea une main dans l'ouverture, écarta les touffes de matériau isolant jusqu'à ce que ses doigts entrent en contact avec l'objet cylindrique enveloppé de plastique à bulles.

— Eh bien ? dit March avec impatience. Elle est là ?

— Il y a quelque chose là-dedans, je ne sais pas encore quoi, répondit Cyrus en tirant avec précaution le paquet vers l'ouverture.

— Ne la lui donnez pas ! gémit Nellie. Il nous tuera tous les trois quand il l'aura.

— Taisez-vous ! aboya March. Pressons, Colfax. Je ne veux pas perdre davantage de temps pour récupérer mon bien.

— Cette coupe n'est pas à vous ! intervint Eugenia. Elle devrait se trouver dans un musée pour que tout le monde puisse l'admirer.

— Elle m'appartient, répliqua March sèchement. Donnez, Colfax.

— Pas de précipitation, March. Elle est lourde, ne l'oubliez pas.

Il l'avait oublié, lui. Le sourd rougeoiement du verre transparaissait sous la triple épaisseur du plastique translucide.

— Attention ! s'écria Eugenia. Elle est fragile.

C'est bien le moment de laisser libre cours aux scrupules professionnels ! pensa Cyrus. Eugenia n'avait-elle plus conscience du pistolet braqué sur sa nuque par un homme qui n'hésiterait pas une seconde à presser la détente ?

— Ne t'inquiète donc pas de cette maudite coupe, Eugenia ! gronda Cyrus en l'extrayant de l'ouverture. Si tu ne l'avais pas encore remarqué, nous avons des problèmes plus pressants à... Merde !

Le lourd paquet lui échappa des mains, rebondit et roula lentement sur la moquette. En d'autres circonstances, Cyrus aurait éclaté de rire devant l'expression horrifiée des trois autres.

D'instinct, Eugenia se baissa, les mains tendues.

— Tu l'as lâchée ! cria-t-elle. Grand Dieu…

Nellie poussa un gémissement.

— Misérable imbécile ! s'exclama March. Elle a deux mille ans !

Repoussant Eugenia d'une bourrade, il braqua son pistolet sur Cyrus, mais sans perdre de vue le précieux paquet qui roulait encore en s'éloignant de lui.

Cyrus avait déjà replongé une main dans l'ouverture et empoigné la crosse de son pistolet, qu'il y avait glissé dès l'instant où il avait compris qui étaient les visiteurs inattendus. Malgré sa position malaisée, il visa de son mieux, fit feu. La balle toucha Damien March à la poitrine.

Nellie poussa un hurlement.

Déséquilibré par l'impact de la balle, March pressa la détente de son arme avant de la lâcher et de s'écrouler.

Un silence quasi surnaturel tomba sur la pièce. Pas pour longtemps, pensa Cyrus, les voisins doivent déjà être en train d'appeler frénétiquement la police. Il se releva et s'approcha d'Eugenia, sans cesser de surveiller March qui remuait faiblement.

— Ça va ? demanda-t-il d'une voix enrouée par l'inquiétude.

— Oui, merci… Mon Dieu, Cyrus, et toi ?

— Oui, ça va. Pourquoi ?

— Tu saignes !

Soudain conscient d'une brûlure au bras gauche, il baissa les yeux pour s'en assurer. Eugenia défit d'un seul geste l'écharpe de son cou.

— Nellie, appelle la police ! ordonna-t-elle en nouant l'écharpe autour du bras de Cyrus.

— Aïe ! Pas si fort !

— Excuse-moi. Va t'étendre, tu es en état de choc.

— Mais non, protesta-t-il, ce n'est qu'une éraflure.

De grosses larmes ruisselèrent tout à coup sur ses joues.

— Oh, Cyrus ! Tu aurais pu mourir…

Son inquiétude fit plus pour calmer la douleur de Cyrus que tous les analgésiques administrés par un médecin, mais il estima que le moment et le lieu étaient mal choisis pour le lui dire.

Il s'approcha de Damien March qui gisait toujours au même endroit. L'autre fit un léger mouvement, ouvrit les yeux et lança à Cyrus un regard chargé de haine.

— Vous avez fini par gagner la partie, espèce de salaud, dit-il d'une voix étouffée.

— C'est la fable du lièvre et de la tortue, répondit Cyrus en ramassant le pistolet avec son mouchoir. La tortue atteint toujours son but.

— Vous et les stupides dictons de votre grand-père…

Une quinte de toux l'interrompit.

— Vous a-t-il jamais récité ce verset de la Bible sur les péchés des pères qui retombent sur leurs enfants ?

Cyrus sentit son estomac se nouer.

— Oui, répondit-il.

— C'est vrai, vous savez. Vous auriez pu faire fortune ou, mieux encore, détenir un réel pouvoir. Vous auriez pu tout avoir. Mais vous avez craché dessus, pauvre crétin.

— Alors, vous avez essayé de vous en emparer.

— Oui. J'ai quand même commis une erreur de jugement. J'ai cru pouvoir manœuvrer le… le…

Sa tête retomba, inerte.

Cyrus ramassa la mallette de cuir tombée à côté de March, l'ouvrit. Comme il s'y attendait, il y découvrit un ordinateur. Puis il prit dans sa poche son téléphone portable. Quint Yates répondit à la première sonnerie.

— J'ai besoin de toi à Seattle, Quint. Prends le premier avion.

— J'arrive.

Eugenia posa une main sur son épaule. Il referma son téléphone, lui caressa les doigts, regarda l'homme gisant à ses pieds.

Une tache de sang s'élargissait sur la chemise de soie de Damien March. Elle avait la nuance exacte que prenait la coupe Hadès sous une lumière indirecte.

23

Cyrus était morose.

Eugenia s'en inquiétait. Son humeur, déjà sombre pendant les formalités policières et son passage aux urgences de l'hôpital, avait carrément viré au noir après son entrevue de deux heures avec Quint Yates. Souffrait-il d'un choc nerveux ou émotionnel consécutif à sa blessure ? Avec son habituelle maîtrise de soi, il était impossible de savoir ce qui se tramait sous la surface.

Le sort de la coupe Hadès n'était pas résolu. Elle se trouvait pour le moment confiée à la garde du musée Leabrook. Mais si, disait la loi, en matière de biens meubles possession valait titre, c'était sans compter avec la ténacité inflexible de quelqu'un comme Cyrus.

Incapable de supporter le spectacle de sa moquette tachée de sang et de son mur défoncé, Eugenia avait retenu pour Cyrus et elle une chambre d'hôtel en ville. Elle en avait elle-même pris la décision, Cyrus se désintéressant complètement de l'endroit où ils allaient passer la nuit. Il ne prêtait pas plus d'attention à ce qui se passait autour de lui, jusqu'au moment où Eugenia avait décroché le téléphone pour commander à dîner dans leur chambre.

— Non, avait-il déclaré, les plats arrivent toujours froids.

— Tu as raison, avait-elle répondu, heureuse de le voir enfin émerger du tréfonds de lui-même. Sortons dîner.

Ils étaient allés à pied dans le quartier de Belltown qui regorgeait de restaurants. La soirée était douce, les cafés de la 1re Avenue avaient sorti leurs terrasses sur les trottoirs. Un public jeune et branché grignotait des croûtons à la tapenade en buvant du chardonnay frappé ou des bières artisanales, qui faisaient fureur depuis peu. Eugenia choisit un de ses établissements préférés, où l'hôtesse la reconnut aussitôt et les installa à une table du fond à l'écart de la foule.

Au bout de cinq minutes, Eugenia cessa de feindre de consulter la carte et se pencha vers Cyrus.

— Es-tu sûr que tu ne devrais pas être au lit ?

— Hein ? fit-il sans lever le nez du menu.

— J'ai dit que tu ferais peut-être mieux d'aller te coucher, répéta-t-elle un peu plus fort pour couvrir le brouhaha des conversations.

Il leva enfin les yeux. Elle crut y distinguer un éclair d'humour qui, pour bref qu'il ait été, valait mieux que son humeur absente et distraite de l'après-midi.

— J'adore que tu te laisses emporter par ton obsession pour mon physique, dit-il. Sois tranquille, nous irons nous coucher. Mais j'ai d'abord besoin de me nourrir.

— Ce n'est pas de sexe que je parlais, tu le sais très bien !

Horrifiée par son éclat de voix, elle se tut, regarda autour d'elle. Dieu merci, on ne l'avait pas entendue et aucune tête ne s'était tournée vers eux.

— En es-tu sûre ? demanda Cyrus qui s'amusait visiblement.

— Enfin, voyons, tu as été blessé par balle il y a quelques heures à peine ! répondit-elle en désignant du regard le bandage qui dépassait de sa manche de chemise, décorée cette fois de flamants roses. Dans ton état, tu ne devrais pas faire d'efforts.

— Je ne crois pas que le fait de manger imposera à mon bras un effort trop épuisant. Qu'est-ce que tu prendras ? poursuivit-il en voyant un serveur s'immobiliser à côté de leur table.

Elle jeta un coup d'œil impatient à la carte et commanda un poisson grillé. Cyrus fit de même.

— Et une bière, ajouta-t-il.

Eugenia pianota nerveusement sur la table pendant que le serveur notait leur commande.

— Qu'est-ce qui ne va pas ? s'enquit Cyrus quand ils furent de nouveau seuls.

— Tu ne devrais pas boire d'alcool avec les analgésiques que le médecin t'a donnés.

— En effet. Mais, comme je ne les ai pas pris, la précaution est inutile.

— Quoi, tu ne les a pas pris ? s'exclama Eugenia, effarée. Mais ton bras doit te faire souffrir !

— Une bonne bière suffira amplement à calmer mes douleurs.

— J'abandonne, soupira-t-elle, accablée.

— Tant mieux. Changeons de sujet.

Eugenia se prépara au pire.

— Tu veux sans doute parler de la coupe Hadès ?

— Plus tard. Pour le moment, elle ne risque rien au musée.

Son apparente indifférence n'atténua pas l'anxiété d'Eugenia, au contraire. Il lui cachait quelque chose de grave. Mais quoi ?

— Vas-y, accouche avant que je devienne folle.

— Accoucher de quoi ?

— De ce qui te tracasse depuis tout à l'heure, dit-elle en lui prenant la main. Écoute, il n'y a pas de honte à éprouver une légère dépression après ce que tu as subi aujourd'hui.

— Moi, déprimé ? répondit-il avec un étonnement sincère. Pas du tout. Je réfléchis, voilà tout.

— La différence n'est pas visible à l'œil nu. Tu... tu penses au passé ? ajouta-t-elle en hésitant.

Le serveur apporta le vin blanc d'Eugenia et la bière. Cyrus le congédia d'un geste quand il fit mine de la verser dans un verre, prit la canette et but une longue gorgée au goulot.

— À propos du passé, tu avais raison au sujet de Katy. Elle me trompait sans vergogne. J'ai longtemps refusé de voir la vérité en face, parce que cela m'aurait forcé à admettre qu'elle ne m'aimait pas assez pour résister à Damien March. Elle avait besoin de moi à bien des égards, mais ce n'était pas de l'amour, n'est-ce pas ?

— Je crois, répondit-elle avec précaution, qu'il y a toujours dans l'amour du besoin et beaucoup d'autres sentiments. La combinaison de ces éléments varie avec chaque personne, c'est pourquoi l'amour est si difficile à définir.

— Un peu comme l'art, alors ?

— Oui, dit-elle en souriant. On ne peut pas le décrire, mais on le reconnaît quand on le voit.

— Mais comme on ne sait pas à quoi il ressemble avant de l'avoir vu, dit-il en la regardant dans les yeux, on commet souvent des erreurs.

— En effet.

— J'en ai commis une avec Katy.

— C'est fini, Cyrus. Tu l'as vengée, ne pense plus au passé.

— Il faut quand même que tu saches que j'ai effacé Katy de ma mémoire il y a longtemps, mais pas Damien March. Ce sont deux sujets différents, bien qu'ils soient liés… Je m'exprime mal. Comprends-tu ce que je veux dire ?

— Oui. Un sentiment est une chose, la justice une autre. Que le premier ait disparu ne suffit pas à annuler l'autre.

Il but une nouvelle gorgée de bière au goulot et reposa la canette sur la table d'un geste trop précis pour être naturel.

— Tu es une intellectuelle, une conservatrice de musée, et pourtant tu me comprends. Comment fais-tu ?

— Tu as oublié « intuitive ». Je suis une conservatrice de musée et une intellectuelle douée d'intuition.

— Je croyais que ton intuition ne s'appliquait qu'à l'art.

— Crois-moi, Colfax, tu es une véritable œuvre d'art.

Sa boutade ne le fit pas sourire.

— Tu penses donc que c'est ton intuition qui te permet de me comprendre aussi bien ?

— Non, ce n'est pas grâce à mon intuition que je te comprends parfois. Je ne dis pas *toujours*, tu remarqueras.

— Grâce à quoi, alors ?

Elle mit les coudes sur la table et posa le menton sur ses mains.

— Tu veux vraiment le savoir ? C'est important, pour toi ?

— Oui, très.

— Eh bien, je crois que c'est parce que au fond, là où cela compte vraiment, nous avons beaucoup de choses en commun.

Un bref sourire apparut sur les lèvres de Cyrus.

— Je me demandais si tu t'en étais enfin rendu compte.

Son étrange humeur n'était donc due ni au passé ni à la coupe Hadès, mais à leurs rapports. Eugenia ne sut si elle devait se sentir soulagée ou plus angoissée que jamais.

Cyrus retomba dans son silence maussade. Au bout d'un long moment, n'y tenant plus, elle reprit l'offensive.

— Ce n'est pas tout ce dont tu voulais me parler, je pense ?

— Non.

Elle eut soudain l'impression d'être accrochée par le bout des doigts à une falaise à pic dominant un torrent furieux. S'il lui disait adieu en la remerciant des bonnes vacances passées ensemble, elle serait incapable de répondre de ses actes.

Cyrus contemplait sa canette de bière comme s'il avait devant lui une boule de cristal.

S'il lui disait qu'il ne voyait pour eux aucun avenir viable à long terme, elle se ruerait sur lui, lui arracherait sa chemise hawaiienne et la réduirait en charpie.

Cyrus avala une nouvelle gorgée de bière.

S'il ne disait rien du tout, elle piquerait une crise de folie furieuse.

Eugenia froissa sa serviette dans son poing crispé. Elle sentait venir la crise de démence. Elle souffrait les mille morts d'un suspense intolérable, et il était là, paisiblement assis en face d'elle, à siroter sa bière sans même lui accorder un regard ! C'était atroce ! Inhumain !

Elle avait eu raison au début, fulmina-t-elle en son for intérieur, il n'était pas du tout son type. Mais, alors, pas du tout ! Il était impensable qu'elle tombe amoureuse de lui.

Amoureuse…

Eugenia ferma les yeux. C'était pourtant ce qu'elle avait fait ! Elle était tombée amoureuse d'un homme qui s'affublait de chemises hawaiiennes et décorait son appartement de paysages pompiers. Un homme dont les oreilles se bouchaient d'elles-mêmes quand elle lui parlait d'art. C'en était trop !

Il lui fallut un effort de volonté surhumain pour ne pas se rouler par terre en poussant des cris de bête et en tapant des poings.

— Tu as de la chance que je ne sois pas de ces femmes qui se ridiculisent en public, dit-elle.

Il leva les yeux, ahuri.

— Hein ?

Eugenia faillit se laisser aller à lui envoyer des coups de pied sous la table, rien que pour voir si cela relançait la conversation. Dans l'espoir de se calmer, elle prit son verre, but une gorgée de vin.

— Alors ? Te décideras-tu à me dire de quoi il s'agit ?

— March faisait chanter Zachary Elland Chandler.

— Quoi ?

Sa main tremblante renversa du vin, elle reposa son verre en hâte. Elle pouvait se vanter de sa fameuse intuition !

— En es-tu sûr ? parvint-elle à demander après s'être ressaisie.

— Quint a trouvé sur le disque dur de son ordinateur un gros fichier à ce sujet.

Eugenia se souvint alors de la mallette que Cyrus avait discrètement cachée dans la penderie avant l'arrivée de la police. Elle l'avait vu l'ouvrir brièvement pour en vérifier le contenu et la refermer aussitôt. Le chaos qui avait suivi lui en avait fait oublier l'existence.

— Je comprends pourquoi tu n'en as pas parlé aux policiers.

— Je ne pouvais pas en prendre le risque, répondit-il. J'ignorais encore le contenu de la mémoire mais, quand March a fait allusion juste avant de mourir au verset de la Bible sur les péchés des pères, j'ai compris qu'il était le maître chanteur.

— Et tu n'as rien dit afin de protéger ton père ?

— March est mort, les preuves de ses méfaits sont assez abondantes pour en ajouter inutilement une autre.

— Qu'as-tu fait de l'ordinateur ?

— Quint a effacé le fichier compromettant. Il s'arrangera pour que la police retrouve la machine.

— Pourquoi ne pas l'avoir simplement jetée dans la baie ?

— Parce que, parmi les éléments intéressants restés en mémoire, figurent les noms des deux voyous qui ont fouillé les cottages de Jacob Houston et de Rhonda Price.

— Mais comment diable avais-tu découvert que March faisait chanter Chandler ?

— Il m'a suffi de procéder par élimination. March était l'une des seules personnes à savoir que Chandler est mon père. Comme je ne le lui avais jamais dit, c'est sûrement Katy qui a vendu la mèche.

— Et maintenant, qui d'autre sait que tu es le fils de Chandler ?

— Quint Yates, toi et moi.

— C'est tout ?

— Oui.

L'émotion lui noua un instant la gorge. Il lui avait confié son plus lourd secret, cela devait signifier quelque chose.

— Je crois quand même que ta liste n'est pas complète. Les enquêteurs engagés par ton père, son avocat, d'autres peut-être sont au courant. Chandler a toujours un problème sur les bras.

— Oui, je sais. Moi.

— Il continuera sans doute à te rechercher. Même si le chantage cesse, il ne peut plus ignorer ton existence.

— C'est vrai. Il sait que je suis une sorte de bombe à retardement, répondit-il avec un sourire sans gaieté.

— Alors, que comptes-tu faire ?

— Pourquoi devrais-je faire quoi que ce soit ? C'est son problème, pas le mien.

— Écoute, tu ne peux éluder indéfiniment la question. Il faut lui apporter une solution.

— Tu te trompes. Je n'ai strictement rien à résoudre.

— Si tu le penses vraiment, peux-tu me dire pourquoi tu es d'une humeur aussi pénible, ce soir ?

— La journée a été longue, se borna-t-il à répondre.

Eugenia se réveilla peu après minuit, consciente d'être seule au lit. Désorientée, il lui fallut quelques instants pour se rappeler qu'elle était dans une chambre d'hôtel et distinguer la silhouette de Cyrus devant la fenêtre. Ses larges épaules occultaient les lumières de la ville.

— Qu'y a-t-il ? demanda-t-elle. Ta blessure te fait mal ?

— Pas trop. J'ai pris une pilule du docteur.

— Autrement dit, tu souffres comme un damné.

— Non, ça ira mieux quand la pilule aura fait son effet.

Elle se redressa, releva les genoux, s'y appuya les bras.

— Ton obstination ne te mène à rien, Cyrus.

Il ne fit pas semblant de n'avoir pas compris.

— Que voudrais-tu que je lui dise ?

— Je ne sais pas. Mais tu pourrais commencer par lui apprendre que son maître chanteur est mort. Tu verras comment il réagira.

— S'il me propose d'acheter mon silence…

— Eh bien, tu lui craches sur les pieds et tu t'en vas.

Il se retourna lentement, revint vers le lit.

— Tu as raison. C'est exactement ce que je ferai.

— Mets ta plus belle chemise, Cyrus, dit-elle en lui prenant la main. Les circonstances en valent la peine.

Il choisit pour l'occasion sa chemise bleu pétrole et jaune, avec des poissons rouges qui nageaient en rond.

La femme grisonnante en tailleur de coupe militaire qui siégeait à la réception jeta sur les poissons un regard plein de méfiance.

— S'agit-il d'un programme de préservation de la nature ? voulut-elle savoir. Dans ce cas, je vous ferai parvenir un exemplaire des déclarations de M. Chandler sur ce sujet.

Cyrus se pencha vers elle et planta les poings sur son bureau :

— Dites à M. Chandler que Cyrus Colfax, de Second Chance Springs, désire un entretien personnel et qu'il représente une voix.

La stylée secrétaire sursauta :

— Je vous demande pardon ?

— Faites ce que je vous dis, le résultat vous étonnera.

— M. Chandler attend son épouse d'une minute à l'autre pour déjeuner avec elle, protesta la secrétaire.

— Je ne serai pas long. Si vous ne voulez pas m'annoncer, je m'annoncerai moi-même.

L'infortunée chercha en vain des renforts autour d'elle. Cyrus avait décidé de se présenter à midi, car il savait que Chandler restait travailler à son bureau pendant que le personnel sortait déjeuner.

Résignée, la secrétaire décrocha son téléphone :

— Excusez-moi de vous déranger, monsieur, mais un certain M. Colfax de Second Chance Springs insiste pour vous voir. Je ne crois pas qu'il fasse partie des associations habituelles qui... Comment ? Bien, monsieur, je vous l'envoie tout de suite. M. Chandler va vous recevoir, dit-elle en levant vers Cyrus un regard effaré.

— Je vous l'avais bien dit.

Cyrus traversa l'antichambre vers la porte du Saint des Saints, étonné de n'éprouver d'autre sentiment qu'une froide indifférence. Eugenia lui en fournirait à coup sûr une explication satisfaisante. Cette seule pensée lui redonna confiance quand il tourna la poignée.

— Nos prétentions sur la coupe sont légalement fondées, Samantha, déclara Eugenia en faisant les cent pas dans son bureau, mais j'estime que nous devrions y renoncer.

— Je n'en crois pas mes oreilles ! La coupe Hadès est la pièce la plus importante et la plus rare apparue depuis plus d'un demi-siècle !

— Croyez-vous que je l'ignore ?

— Non, certes. Et, malgré tout, vous suggérez sérieusement de nous en dessaisir au profit d'un collectionneur anonyme qui ne peut même pas nous fournir la preuve indiscutable qu'elle lui appartient !

— Il le peut, mais il refuse. Cyrus s'en porte garant et nous pouvons le croire sur parole s'il affirme que son client est le propriétaire légitime à qui elle doit être restituée. Il s'en considère responsable.

— C'est ridicule, Eugenia ! Laissons ce client faire le premier pas et prendre contact avec nos avocats.

— Il ne le fera pas. Selon Cyrus, c'est un excentrique, je vous l'ai déjà dit. Qu'il tienne à conserver l'anonymat n'enlève rien à son droit légitime de reprendre possession de la coupe.

Samantha poussa un soupir d'incrédulité.

— Je n'en reviens pas que vous vouliez renoncer à la coupe ! Je m'attendais à ce que vous luttiez bec et ongles pour la conserver.

— Vous ne pouvez pas savoir combien cela me coûte, Samantha, répondit Eugenia avec un sourire amer. Mais, compte tenu des circonstances, nous ne pouvons pas faire moins. Cyrus a risqué sa vie et, du même coup, il a sauvé la mienne et celle de Nellie. Sans compter celles de Rhonda Price et de Jacob Houston.

— Bien sûr, bien sûr, grommela Samantha. N'oubliez quand même pas que sans votre assistance et celle du Leabrook il n'aurait peut-être jamais retrouvé la coupe.

Eugenia se retint de pouffer de rire.

— Erreur, Samantha. Cyrus aurait tôt ou tard remis la main dessus, je vous prie de me croire.

La pose adoptée par Zachary Elland Chandler était hautement révélatrice, constata Cyrus en entrant. Il se tenait debout devant le portrait de sa femme et de ses enfants, légitimes ceux-là, comme pour les protéger d'un quelconque péril.

L'éblouissant soleil californien, qui brillait derrière lui en laissant son visage dans l'ombre, soulignait le contour de ses larges épaules et l'angle agressif de sa mâchoire. Une mâchoire que Cyrus connaissait bien pour voir la même tous les jours dans son miroir.

Il avait souvent vu l'image de Chandler dans les pages des journaux ou sur un écran de télévision, mais jamais assez nettement pour y déceler davantage qu'une vague ressemblance. Maintenant qu'il le voyait en personne, la similitude le frappa avec une force inattendue.

— Qui êtes-vous ? demanda Chandler froidement.

— Je ne suis pas celui qui vous faisait chanter. Il s'appelait Damien March et il est mort.

L'expression de Chandler demeura indéchiffrable.

— Mort ?

— Tout à fait.

— Vous prenez donc sa suite, n'est-ce pas ? Qu'espérez-vous m'extorquer ? Vous perdez votre temps, je ne vous donnerai pas un sou, encore moins des appuis politiques.

Cyrus sentit revenir sa froide indifférence, plus glaciale cette fois.

— Je ne suis pas venu vous demander de l'argent ni des faveurs.

— Qui êtes-vous, alors ?

— Je pensais que votre réceptionniste vous l'avait dit. Je m'appelle Colfax, Cyrus Chandler Colfax, et je suis né à Second Chance Springs. Vous avez assez bien connu ma mère, je crois ? ajouta-t-il.

Un bref silence suivit. Chandler s'écarta de la fenêtre, s'approcha.

La couleur des yeux ne se distingue pas facilement sur des photos de presse ou des écrans de télévision. Pour la première fois, Cyrus vit de près les yeux de son père. Ils étaient verts. Comme les siens.

— Vous prétendez être mon fils ?

— J'en ai peur, oui.

Chandler le dévisagea longuement en silence.

— C'est vrai, bon sang, dit-il enfin. Vous êtes vraiment mon fils.

— Nous ne perdrons rien au change, Samantha. Cette affaire nous fera une publicité extraordinaire. Pensez donc, la coupe Hadès retrouvée et rendue à son légitime propriétaire grâce à l'intervention du Leabrook ! Nous publierons des photos, la presse se jettera dessus. On ne peut pas rêver mieux pour la promotion de l'exposition.

Plus Eugenia s'échauffait, plus l'enthousiasme de Samantha semblait tiédir.

— Vous avez déjà tout prévu, n'est-ce pas ?

— Si nous calculons bien le moment, enchaîna Eugenia, la campagne de presse arrivera juste avant la réception annuelle de la Fondation Leabrook. Les administrateurs seront enchantés.

— À moins, bien entendu, qu'ils n'estiment que la coupe fait partie intégrante de la donation Daventry et nous reprochent de nous en être dessaisis sans même les avoir consultés.

Eugenia ne put réfréner une grimace de dépit.

— Oui, je sais... Mais nous ne pouvons pas la garder, Samantha.

— Vous tenez donc vraiment à la rendre ?

— C'est beaucoup vous demander, je sais. Trop, sans doute. Mais je crois sincèrement que nous ne pouvons pas refuser cela à Cyrus. C'est pour lui une question de déontologie professionnelle.

— Tant que nous ne nous soumettrons pas à des tests génétiques, dit Cyrus, il n'existe aucune preuve dont quelqu'un de malintentionné pourrait abuser. Ma mère a mis un faux nom sur mon acte de naissance en prétendant que le père avait disparu et restait introuvable.

— Je sais. Je me suis d'ailleurs demandé pourquoi.

— Elle était très jeune. Elle voulait vous protéger.

— De qui ?

— De mon grand-père. C'était un homme à principes, il vous aurait pourchassé le fusil à la main. Elle aurait peut-être fini par céder à son insistance et lui aurait dit la vérité, mais elle est morte dans un accident de voiture quand je n'avais que quelques mois.

Les mains de Chandler se crispèrent sur le bord de son bureau.

— J'ai récemment appris sa mort, en effet. Je la déplore plus que je ne puis vous le dire.

— Beaucoup de gens sont maintenant au courant. De mon côté, je me porte garant de ceux qui le savent, ils garderont le secret. Du vôtre, vous avez peut-être des raisons de vous inquiéter. Mais, si vous pensez qu'ils se tairont, nous n'avons rien à craindre.

Un réel étonnement traversa le regard de Chandler.

— Cherchez-vous à me dire que vous garderez le silence ?

— Je n'ai aucune raison d'en parler à qui que ce soit.

Chandler ne répondit pas aussitôt.

— Ce March était un criminel, disiez-vous ?

— Il me l'a avoué devant deux témoins.

— Qui a-t-il assassiné ?

— Ma femme, répondit Cyrus en hésitant. Elle s'appelait Katy.

Il y eut un long silence.

— A-t-il fait d'autres victimes ? dit enfin Chandler.

— C'est vraisemblable. Il y a deux jours, en tout cas, il avait l'intention de me tuer ainsi que deux autres personnes.

— Pourtant, vous êtes toujours en vie.

— Les choses ont évolué favorablement.

— Qu'avez-vous au bras ?

— March a pu faire feu une fois avant que je prenne le contrôle de la situation.

Chandler dévisageait Cyrus depuis un moment avec une intense curiosité.

— Quelle profession exercez-vous, au juste ?

— Pourquoi ?

— Cela m'intrigue. Vous semblez beaucoup mieux renseigné sur mon compte que je ne le suis sur le vôtre.

Cyrus le regarda dans les yeux.

— Eh bien, disons que je n'ai pas choisi la politique.

— Bien, d'accord, vous avez gagné ! s'exclama Samantha avec impatience. La réputation du Leabrook est irréprochable. Si vous estimez qu'en gardant la coupe Hadès elle serait à jamais ternie, nous n'avons pas d'autre solution que d'y renoncer.

Épuisée par la longue discussion, Eugenia se laissa tomber sur le siège le plus proche.

— Merci, Samantha. Je vous revaudrai cela.

— J'y compte bien ! Vous avez toujours payé vos dettes.

— Croyez-moi ou non, mais je vous affirme que, jusqu'à ce que je reçoive sur mon ordinateur le premier message du maître chanteur, j'ignorais totalement votre existence.

— De toute façon, cela n'a pas grande importance.

— Vous vous trompez. Quand avez-vous appris la vérité ?

— Quand j'ai eu vingt et un ans.

— Par qui ?

— Il n'y avait plus personne pour m'en parler. Je l'ai découverte par mes propres moyens.

— Alors, pourquoi n'avoir pas cherché à me joindre ?

— À quoi bon ? Cela ne m'aurait avancé à rien.

— Vous venez pourtant me voir en prétendant vouloir m'épargner un scandale fatal à ma campagne électorale. Dans mon métier, personne ne fait jamais rien pour rien.

Et merde, il veut m'acheter ! pensa Cyrus.

Une soudaine colère bouillonna en lui, si puissante que, s'il ne la dominait pas immédiatement, elle risquait de provoquer des dégâts imprévisibles. Il fallait qu'il s'en aille. Sans perdre une minute.

— Je n'ai rien de plus à vous dire, déclara-t-il.

Il allait atteindre la porte quand celle-ci s'ouvrit devant une femme élégante, qui lui fit un sourire courtois empreint de curiosité.

— Excusez-moi, lui dit-elle. Bernice n'était pas à son bureau, Zachary, je ne savais pas que tu avais un visiteur. J'attendrai dehors que vous ayez terminé votre entretien.

Pour la première fois, un sourire apparut sur les lèvres de Zachary Elland Chandler.

— Entre donc, Mary. Il faut que je te présente mon fils aîné.

Mary Chandler s'avança, la main tendue.

— Enchantée de faire enfin votre connaissance. J'attendais ce moment avec impatience, comme Jason et Sarah qui s'en réjouissent d'avance. Zachary nous a tout raconté à votre sujet, autant du moins qu'il ait été capable de découvrir. Laissez-moi vous dire, en tout cas, que votre ressemblance est extraordinaire.

24

Eugenia l'attendait à l'aéroport. Il ne fallut à Cyrus que quelques secondes pour la repérer dans la foule qui se pressait à la barrière.

Avec une jupe noire à mi-mollet, un chandail noir, un foulard turquoise et ses cheveux noirs rassemblés en chignon sur la nuque, elle était superbement distinguée.

Et très provocante.

En le voyant, elle lui fit un sourire radieux. Cyrus s'arrêta pile devant elle en bloquant le flot des passagers, dont il n'entendit même pas les grommellements de protestation. Il était incapable de détourner son regard d'Eugenia. Rien ni personne ne lui avait paru plus merveilleux de sa vie.

Il laissa tomber son sac à ses pieds, la prit dans ses bras.

— Sais-tu que la première fois que je t'ai vue, dit-il un long moment plus tard lorsque leurs lèvres se séparèrent, j'ai trouvé que tu ressemblais à un rat d'hôtel dans les films des années trente ?

Elle leva vers lui ses yeux où brillait un éclair amusé.

— Et moi, la première fois que je t'ai vu, je te trouvais l'allure d'un de ces shérifs inflexibles qu'on voit dans les vieux westerns, de ceux qui châtient les méchants à coups de revolver.

— Malgré ma chemise ?

— Tu ne peux pas te cacher derrière tes chemises, Cyrus, répondit-elle en jouant avec un de ses boutons. Viens, rentrons à la maison. Le service de nettoyage a fait du bon travail, il n'y a plus de sang sur la moquette. La cloison est encore éventrée, mais ce n'est pas grave.

Rentrons à la maison… Ces mots provoquèrent un instant des courts-circuits dans le cerveau de Cyrus. Reviens sur terre, se dit-il. Elle a sans doute parlé sans réfléchir.

— Alors, comment cela s'est passé ? demanda-t-elle en l'entraînant par la main vers la sortie.

— Chandler a donné une conférence de presse pour annoncer qu'il avait retrouvé un fils dont il avait toujours ignoré l'existence et qu'il était heureux d'accueillir au sein de sa famille. Il a même dit aux journalistes que j'avais réussi à déjouer une tentative de chantage dont il était victime.

— Déjoué ?

— C'est le genre de terme dont se servent les hommes politiques.

— Je vois…

— Cela fera la une des journaux de Californie au mieux un jour ou deux avant de passer aux oubliettes. Je dois rendre justice à Chandler, il est doué pour retourner à son avantage les situations les plus délicates. Je parie qu'il sera élu haut la main.

— Qu'a-t-il dit d'autre aux journalistes ?

— Qu'il assumait pleinement la responsabilité de son aventure avec ma mère. Qu'il regrettait qu'elle ne lui ait pas fait savoir qu'elle était enceinte. Qu'il aurait « réparé sa faute », je le cite, car ses parents l'auraient exigé.

— Et comment les journalistes ont-ils réagi ?

— Ils lui mangeaient dans la main. Il a réussi à étouffer dans l'œuf toute éventualité de médisance et de scandale. Chapeau !

— Ne sois donc pas cynique, l'histoire est touchante ! Mais toi, l'as-tu cru ?

— Tu plaisantes ? Le vieux Chandler aurait piqué une crise si son fils chéri avait épousé une petite bonne à rien de Second Chance Springs. Au mieux, il aurait essayé d'acheter ma mère ou de la pousser à se faire avorter. Ce n'est pourtant pas ma mère qui lui aurait posé le plus grave problème, mais mon grand-père.

— J'imagine que ton cher bon-papa Beau aurait proféré sur la situation quelques aphorismes définitifs.

— Oui. En tout cas, le public se régalera de l'histoire. Chandler est un homme politique, Eugenia. Pour te regarder au fond des yeux et te faire croire n'importe quoi, il n'a pas son pareil.

— C'est ton père, Cyrus. Ne sois pas si dur.

Il lui serra la main un peu plus fort.

— En tout cas, je peux dire en sa faveur que, lorsqu'il s'est trouvé au pied du mur, il a refusé de céder au chantage. Voilà une réaction qui commande le respect.

Cyrus avait réussi à quitter Los Angeles en évitant les journalistes lancés à ses trousses en quête d'une interview. Pendant son vol de retour à Seattle, il avait appelé Quint pour lui dire d'ordonner à leurs collaborateurs de refuser tout contact avec la presse. Il savait que l'affaire perdrait vite son intérêt maintenant qu'elle était au grand jour.

Il avait d'ailleurs d'autres problèmes plus pressants à résoudre. Celui de son avenir, par exemple. Que deviendrait-il s'il ne parvenait pas à convaincre Eugenia qu'ils étaient faits l'un pour l'autre ?

Arrivé au parking, il jeta son sac à l'arrière de la Toyota d'Eugenia et s'accouda au toit de la voiture.

— Veux-tu que je conduise ? demanda-t-il.

— Non merci, tu sors à peine d'une expérience traumatisante. Ce n'est pas tous les jours qu'un homme de ton âge rencontre son père pour la première fois. Je vais te conduire à la maison et te servir une bière bien fraîche, c'est la moindre des choses.

Il s'assit à côté d'elle, boucla sa ceinture et se concentra sur cette sensation inconnue : se laisser dorloter. Il était fatigué, en effet. Les deux jours qu'il venait de vivre avaient été épuisants. Plus qu'il n'avait voulu l'admettre.

— J'ai eu une longue discussion avec Samantha en ton absence, dit Eugenia en manœuvrant pour sortir du parking. Elle a finalement accepté de renoncer aux prétentions du musée sur la coupe Hadès. Tu pourras la restituer à son propriétaire.

— Bravo, dit-il en étouffant un bâillement. Tu as donc réussi à le lui faire comprendre ?

— Oui. Mais tu n'as l'air ni surpris ni même reconnaissant.

— Je ne m'inquiétais pas, voilà tout. J'étais sûr que tu ferais ton devoir.

— Quoi ? s'exclama Eugenia avec indignation. Tu crois que je me suis donné tout ce mal parce que j'étais convaincue que les droits de ton client étaient plus valables que ceux du Leabrook ?

Cyrus posa la tête sur le dossier et ferma les yeux.

— Oui, bien sûr.

— Je n'ai jamais entendu proférer pareille énormité ! Je l'ai fait parce que je t'aime, Cyrus ! Tu entends ce que je te dis ? C'est pour toi, pour toi seul que j'ai lâché la coupe Hadès ! Je ne l'aurais fait pour aucun autre homme au monde ! Tu pourrais au moins me manifester un minimum de reconnaissance, non ?

Une fraction de seconde, Cyrus crut s'être endormi et être en train de rêver. Il ouvrit les yeux, vit les feux rouges de la voiture qui les précédait. Non, en déduisit-il, il ne rêvait pas.

Il se tourna vers Eugenia, qui regardait fixement le pare-brise et agrippait son volant comme si elle regrettait que ce ne soit pas la gorge de Cyrus.

— Dois-je comprendre, demanda-t-il sans élever la voix, que nos rapports ont progressé au point de dépasser notre goût commun pour l'amour physique ?

— Et alors, si c'était le cas ?

— Ce serait pour moi un immense soulagement… je pourrais enfin te dire que, moi aussi, je t'aime.

Le silence qui suivit se prolongea pendant des kilomètres. Eugenia semblait se concentrer sur la conduite comme si rien d'autre ne lui effleurait l'esprit. Ce ne fut qu'en abordant la bretelle de sortie de Western Avenue qu'elle reprit la parole.

— Où cela nous mène-t-il ?

— À faire des projets, répondit Cyrus avec un sourire amusé.

— De quelle nature, ces projets ? demanda-t-elle en actionnant son clignotant.

— Rien qui puisse t'inquiéter. Ils consistent à transférer le siège de l'agence Colfax Security à ses nouveaux bureaux de Seattle et, en ce qui me concerne, à m'installer chez toi.

Elle ouvrit la bouche, la referma, l'ouvrit de nouveau.

— Comme ça ? articula-t-elle enfin.

— Oui, comme ça. Je suis un type simple, vois-tu. Je n'aime pas compliquer inutilement les choses.

Eugenia gratifia le pare-brise d'un large sourire :

— D'accord.

Quinze jours plus tard, rien ne manquait au succès de la grande réception de la Fondation Leabrook.

Rien que Cyrus.

À part lui, se disait Eugenia en allant d'un groupe d'invités à l'autre, tout se déroulait à la perfection. Les salles du musée étaient décorées dans un style Arts-Déco mettant admirablement en valeur la beauté des collections. Les compositions florales étaient disposées dans de grandes urnes sculptées datant des années trente. Un quartette jouait des succès de l'époque. Des serveurs en smoking chargés de plateaux de champagne allaient et venaient dans la foule. On aurait pu se croire à bord d'un luxueux paquebot traversant l'Atlantique pendant l'entre-deux-guerres.

Comme à l'accoutumée, les collections du musée constituaient la principale attraction de la fête. Toutes plus rares et plus belles les unes que les autres, les œuvres scintillaient dans des vitrines soigneusement éclairées. On voyait des coupes hellénistiques du IIIe siècle avant Jésus-Christ, des calices égyptiens, des flacons de parfum d'époque romaine. D'autres salles abritaient des aiguières et des jattes ayant orné la table de quelque puissant seigneur du Moyen Âge. Ailleurs encore, des verreries vénitiennes du quattrocento richement décorées brillaient de tout leur éclat, des cristaux d'Angleterre et de Bohême du XVIIIe siècle étincelaient. Dans la nouvelle aile, construite depuis qu'Eugenia avait pris ses fonctions, étaient offertes à l'admiration des visiteurs les œuvres contemporaines qui prolongeaient dans le domaine de l'art pur la tradition millénaire de la verrerie artisanale.

Eugenia portait un fourreau de satin émeraude de style 1930, accordé au thème de la soirée, qui lui dénudait largement le dos. Elle regrettait que Cyrus ne soit pas là pour en apprécier comme elle le méritait la sublime perspective.

Parti l'avant-veille restituer la coupe Hadès à son propriétaire, il avait téléphoné la veille en disant qu'il pensait être de retour à temps pour le début de la soirée. Puis, deux heures avant de quitter son appartement, Eugenia avait reçu un appel de Quint Yates.

— Il m'a demandé de vous avertir qu'il serait un peu en retard, lui avait-il annoncé.

— A-t-il un problème ?

— Non, rien.

— Alors, pourquoi sera-t-il en retard ?

— Il ne m'en a rien dit.

Sur quoi, estimant sa mission accomplie, Quint avait raccroché.

— Nous n'avions jamais attiré une assistance pareille ! exulta Samantha en considérant la foule avec satisfaction. Vous aviez raison, Eugenia, la publicité a bien servi nos intérêts. Je mettrai du temps à me résigner à la perte de la coupe Hadès, je l'avoue, mais le succès de cette opération de relations publiques m'aidera à m'en consoler.

— Et vous verrez les entrées à notre exposition de l'automne, affirma Eugenia. Elles grimperont en flèche.

— Je l'espère bien. Laissez-moi aussi vous dire que l'œuvre de Jacob Houston que vous avez rapportée de l'île m'a étonnée par sa beauté. Je suis enchantée que le Leabrook soit le premier musée à exposer son travail. Nous en apportera-t-il d'autres pour l'exposition ?

— Bien sûr. Je l'ai eu hier au téléphone, il m'en a promis plusieurs. Au fait, il m'a appris que Rhonda Price et lui allaient se marier.

— J'espère que cela ne compromettra pas sa production.

— Soyez tranquille sur ce point, répondit Eugenia en souriant. Rhonda a décidé de devenir son imprésario. Elle a de grands projets pour promouvoir sa carrière.

— Et sans doute tripler ses prix ? soupira Samantha.

— Sinon davantage.

Voyant Nellie entourée d'administrateurs de la fondation, Eugenia la salua de loin en levant son verre. Nellie lui répondit de même avant de reporter son attention sur un digne personnage aux cheveux blancs qui lorgnait sans vergogne dans son décolleté.

— Avez-vous eu raison de lui redonner son emploi ici jusqu'à ce que sa carrière décolle vraiment ? s'inquiéta Samantha.

— Mais oui. C'est elle l'héroïne grâce à qui nous bénéficions de toute cette publicité, ne l'oubliez pas. Nous ne pouvions pas faire moins que de lui rendre service.

Le rôle de Nellie dans la saga de la coupe Hadès avait été quelque peu altéré à la demande d'Eugenia. Cyrus et Samantha avaient soulevé de vives objections avant de se rendre à ses raisons. Lorsque la police et la presse avaient eu connaissance de la version expurgée des faits, Nellie tenait le rôle de la jeune artiste intrépide ayant dissimulé la coupe au péril de sa vie afin de la protéger des menées criminelles d'une galeriste sans scrupule nommée... Fenella Weeks.

— À propos de personnages héroïques, dit Samantha, je crois apercevoir M. Colfax.

— Cyrus est arrivé ? demanda Eugenia dont le pouls subit une accélération foudroyante. Où est-il ?

— Il vient de franchir la porte, répondit-elle d'un air amusé. Il est difficile de ne pas le remarquer dans une chemise aussi... pittoresque. Je croyais pourtant vous avoir entendue dire qu'il s'était résigné à louer un smoking pour la soirée ?

À la vue de Cyrus resplendissant dans une chemise rouge et bleu parsemée de perroquets, Eugenia sentit son cœur reprendre son rythme normal. Il l'avait déjà vue et se dirigeait vers elle, sans paraître remarquer que la foule s'écartait sur son passage comme de frêles yachts de plaisance se dispersent prudemment à l'approche d'un porte-avions.

Eugenia vit qu'il était porteur d'un objet volumineux.

— Je ne comprends pas, dit-elle en fronçant les sourcils. Il a loué un smoking, je l'ai vu dans la penderie quand j'ai quitté l'appartement. Il doit donc arriver tout droit de l'aéroport. Excusez-moi, Samantha.

Ils se rejoignirent au milieu du hall.

— Qu'est-ce qui t'a retardé ? demanda-t-elle.

— Ceci, répondit-il en lui tendant l'objet dans son épais emballage. Il m'a fallu un peu plus longtemps que prévu pour amener mon client à faire don de la coupe Hadès au musée Leabrook.

— Faire don de ?...

Bouche bée, elle baissa les yeux sur le paquet, les releva. Autour d'eux, des têtes se tournaient avec curiosité.

— Quoi, il a accepté de nous rendre la coupe ? s'exclama-t-elle.

— Oui. Il a admis que tu avais raison, que c'est un objet trop rare et trop précieux pour appartenir à un seul homme. Je l'ai également persuadé au prix d'un léger effort, ajouta-t-il avec un clin d'œil complice, que la coupe serait plus en sûreté dans un musée que chez lui.

Eugenia éclata de rire.

— Samantha baisera le sol sous tes pas !

— Je me suis toujours efforcé de satisfaire mes clients. Excuse-moi, au fait, je n'ai pas eu le temps de passer à la maison me changer.

— Ce n'est pas grave, j'ai eu moi-même beaucoup à faire aujourd'hui.

— Ah, oui ? Quoi donc ?

— Entre autres choses, j'ai réservé les billets pour notre voyage de noces. J'ai pensé, ajouta-t-elle en redressant son col de chemise, que Hawaii te ferait plaisir.

Les yeux de Cyrus prirent une nuance de vert qu'elle n'avait encore jamais vue.

— Un voyage de noces suppose un mariage au préalable, dit-il en lui caressant la joue.

— C'est bien ce qui me semblait.

— Dois-je comprendre que tu réponds oui à la question que je t'ai posée avant de partir ?

En guise de réponse, elle se contenta de lui sourire. Un sourire aussi pur, aussi éclatant de certitude et de joie que lorsqu'il lui était donné de contempler un chef-d'œuvre.

"Ange gardien"

(Pocket n°11247)

Molly Abberwick, 29 ans, dirige une fondation pour aider les inventeurs démunis et sélectionne les projets dignes de recevoir une subvention. Comme conseiller, elle engage un brillant et charmant docteur ès sciences, Harry Trevelyan. Quelques semaines plus tard, elle se rend compte que leur collaboration est vouée à l'échec car Harry, bien trop différent d'elle, critique tous ses choix. Mais les opposés s'attirent et elle hésite à le congédier… Et si Harry était le seul homme capable de lui sauver la vie ?

Il y a toujours un Pocket à découvrir

"Une ville trop calme"

(Pocket n°11303)

Renonçant brutalement à l'empire familial qu'elle dirige et au brillant mariage auquel elle est promise, Charity se réfugie dans une petite ville côtière pour y ouvrir une librairie. Parfaitement intégrée dans la sympathique communauté formée par les commerçants du bord de mer, Charity apprend peu à peu à connaître le mystérieux Elias, un brasseur d'affaires à la réputation sulfureuse. La découverte de cadavres au sein de la paisible bourgade les rapprochera plus encore.

Il y a toujours un Pocket à découvrir

Achevé d'imprimer sur les presses de

BUSSIÈRE

GROUPE CPI

à Saint-Amand-Montrond (Cher)

en février 2004

POCKET - 12, avenue d'Italie - 75627 Paris Cedex 13
Tél. : 01-44-16-05-00

— N° d'imp. : 40341. —
Dépôt légal : février 2004.

Imprimé en France